KIPPS
킵스 2

어느 순수한 영혼의 이야기

허버트 조지 웰스 지음 | 마이너스 옮김

해밀누리

킵 스 2

어느 순수한 영혼의 이야기

허버트 조지 웰스 지음 | 마이너스 옮김

목차

2부

샤프롱, 쿠트 씨

3. 약혼

1

두 달도 채 안 되어, 정확히 53일 만에, 킵스는 마음 속 소원의 벽을 넘어섰다. 이 모든 것은 월싱엄 가문 덕분에 가능했다. 아마도 쿠트의 부추김이 있었던 듯, 그들은 결국 브뤼헤에서 휴가를 보내지 않기로 결정했다. 대신 포크스톤에 머물렀고, 이 행운은 킵스에게 그가 필요로 했던 모든 기회를 주었다. 그의 최고의 날은 림프네에서였다. 여름의 열기가 채 가시지 않은, 여전히 8월의 태양이 한창일 때였다. 그들은—누가 먼저 제안했는지는 아무도 모르는 듯했다—하이스의 오래된 군용 운하에서 뱃놀이를 하기로 했다. 그 운하는 나폴레옹의 침공에 대비해 만들어진 것이었다. 그들은 벽돌다리 옆에서 피크닉을 하고, 그 후에는 림프네 성으로 올라갈 예정이었다. 이 모임의 주최자는, 모두가 암묵적으로 동의했듯이, 킵스였다.

그들은 즐거운 파티를 떠났다. 운하엔 잡초가 무성했고 얕은 곳은 수심이 몇 인치에 불과했기 때문에, 그들은 세 척의 캐나다 카누를 타고 갔다. 킵스는 노 젓는 법을 배웠다. 그것은 그가 운동 분야에서 이룬 첫 번째 성취였고, 두 번째는 자전거 타기였다(열 번의 개인 교습 중 서너 번이 아직 남아 있었지만). 킵스는 노를 꽤 잘 저었다.

크레톤 옷감을 들어 올리며 단련된 근육은 쿠트의 솜씨였고, 옆에서도 괜찮아 보였다. 그를 이해해주는 주근깨 소녀가 그의 카누에 탔다. 그들은 월싱엄 남매와 경주를 벌였고, 쿠트는 땀으로 흠뻑 젖어 거친 숨을 몰아쉬면서도, 여전히 끈기 있고 정중하게 월싱엄 부인을 태우고 뒤따라왔다. 그녀는 노를 저을 필요가 없었고(물론 하겠다고 이야기는 했지만), 특별히 마련된 쿠션에 기대어 흑백 양산 아래에서 킵스와 자기 딸을 지켜보며, 이따금씩 쿠트가 너무 더워하지는 않을까 걱정했다.

그들은 모두 휴가에 맞는 복장을 하고 있었고, 소녀들의 눈은 넓은 챙 모자 그늘 아래에서 반짝였다. 주근깨 소녀조차 예상치 못하게 예뻤고, 헬렌은 햇살을 받으면서 노를 저으며 킵스에게 거의 처음으로 그녀의 우아한 몸매를 드러냈다. 킵스는 완벽하게 보트 활동에 적합한 복장을 하고 있었고, 유행하는 파나마 모자를 벗어 머리카락이 헝클어졌을 때, 흰색 플란넬 옷을 입은 모습은 젊은이들만큼이나 보기 좋았다. 그의 환한 얼굴은 주목할 만한 자산이었다.

상황은 그에게 유리했고, 날씨도 그에게 유리했으며, 모두가 그에게 호의적이었다. 월싱엄, 주근깨 소녀, 쿠트, 그리고 월싱엄 부인은 가장 자비로운 방식으로 그에게 협조하고 있었다. 그리고 상륙 지점과 림프네 사이에서, 운명은 그들의 노력을 완성시키기 위해, 젊은 황소 한 마리가 마음대로 노니는 작고 편리한 들판을 배치해 두었다. 크고 진짜배기 황소는 아니었지만, 그렇다고 송아지도 아니었다. 킵스와 비슷한 감정 발달 단계에 있는, 말하자면 '두 갈래 길에 서 있는' 젊은 황소였다. 일행은 무심코 그를 향해 나아갔다.

배에서 내렸을 때, 월싱엄은 형제처럼 단순하고 직접적인 태도로 자기 여동생을 킵스에게 맡기고 주근깨 소녀를 데려갔으며, 쿠트에게는 월싱엄 부인이 가진 가볍고 양모로 된 숄을 들게 했다. 그는 자신과 여동생, 그리고 쿠트 사이의 보호자적 구도에서 즉시 적절한 거리를 확보하기 위해 곧바로 출발했다. 월싱엄은 앞서 언급했듯이 나폴레옹을 연상케 하는 옆모습에 어둡고 강한 인상을 가진 남자였고, 따라서 그가 담대한 사상가이자 경구를 즐겨 쓰는 화자가 되는 것은 자연스러웠다. 그는 오래전부터 주근깨 소녀에게 감수성 있는 잠재력을 발견해 지켜보고 있었다. 그날 그는 매우 기뻐했는데, 바로 킵스의 재산 관리를 신임으로 맡게 되었기 때문이었다 (늙은 빈 씨는 설명할 수 없는 이유로 해임되었다).

변호사가 된 지 불과 몇 달 만에 나쁘지 않은 시작이었다. 게다가 그는 니체를 읽고 있었고, 자신이 아마도 그 작가가 말한 '초인'일지도 모른다고 생각했다. 그는 꽤 커다란 모자를 쓰고 있었다. 주근깨 소녀의 귀에 '초인'이라는 개념을 더 자세히, 다시 한 번 설명하고 싶었고, 방해받지 않기 위해 두 사람은 숲속과 황소가 있는 들판을 가로질러 무단으로 지나갔다. 그들은 이 고상한 주제를 논하면서 간발의 차로 위험을 피했다. 쿠트와 윌싱엄 부인은 모두 노련한 보호자였고, 각자 나름의 이유로 킵스와 헬렌을 방해할 생각이 없었기에, 그 뒤를 가까이 따르고 있었다. 두 사람은 곧장 황소가 있는 들판의 울타리 쪽 계단으로 향했다. 그 동물을 본 순간 쿠트의 '잔혹함에 대한 본능적 혐오감'이 깨어났고, 그는 계단이 너무 높다며 울타리를 따라 돌아가는 편이 낫겠다고 말했다. 윌싱엄 부인은 이에 전적으로 동의했다. 이렇게 해서 킵스와 헬렌은 결국 황소와 마주하게 되었다. 헬렌은 그것을 보지 못했지만, 킵스는 보았다.

그러나 그날 오후만큼은, 그가 사자를 마주친다 해도 피하지 않았을 것이다. 투우장처럼 절망적인 돌진이나 뿔질은 아니었지만, 황소는 정말로 그들을 향해 왔다. 그는 크고 사악한 푸르스름한 눈으로 그들을 노려보았고, 촉촉하게 빛나는 코 아래 입을 벌려 정확히 울부짖지는 않았지만, 적어도 "음메" 하고 소리를 냈다. 그는 머리를 사납게 흔들며 들이받을 기세를 분명히 드러냈다. 헬렌은 품위를 잃지 않은 채 겁을 먹었고, 킵스는 얼굴이 창백해졌다.

그러나 그는 완전히 침착했고, 그녀의 눈에는 그의 말투에서 마지막 남은 억양과 사회적 불안감의 흔적마저 사라진 듯했다. 그는 그녀에게 조용히 울타리 계단으로 걸어가라고 말하고, 자신은 황소 쪽으로 비스듬히 다가갔다.

"저리 가!" 그가 말했다.

헬렌이 무사히 계단을 건너자, 킵스는 침착한 태도로 한걸음 물러나 그녀에게 길을 내주었다. 그는 곧이어 재빠르게 계단을 내려섰고, 작은 해프닝은 그렇게 조용히 마무리되었다. 사소한 일이었지만, '찻잔 하나도 두려워하는 남자라면 세상의 모든 것 앞에서 비굴하게 움츠러들 것이다'라고 단정하던 헬렌의 잘못된 추측을 바로잡기에는 충분했다. 그녀는 이유도 모른 채 가볍게 안도했고, 어쩌면 그 감정이 조금 지나쳤을지도 모른다. 지금까지 그녀에게 킵스는 언제나 어딘가 부드럽고 연약한 인상으로만 남아 있었기 때문이다.

그러나 그 짧은 순간, 그는 뜻밖에 단단한 기질을 지닌 사람으로, 앞으로 더 많은 가능성을 보여줄 수 있는 인물로 새롭게 드러났다. 헬렌은 그제야 처음으로 깨달았다. ― 이 곁에, 마침내 여자가 기대어도 좋을 듯한 든든한 등이 있었다고. 그렇게 둘은 '시대의 온갖 유산을 물려받은 자들'처럼, 풀로 뒤덮인 고대 로마 항구의 잔해를 지나 언덕 정상의 중세 성을 향해 나란히 걸어올랐다. 그리고 그 순간만큼은, 헬렌은 그것이 분명히 사실이라고 느꼈다.

2

포크스톤에 머무는 이라면, 누구나 결국 한 번은 림프네로 향하게 마련이다. 그곳의 성채는 오래전에 농가로 변했고, 이제는 그 농가마저 세월의 빛을 머금어, 마치 작은 사람이 큰 사람의 외투를 걸친 듯 성벽 안에 어색하면서도 정겹게 자리 잡고 있다. 인심 좋은 여주인은 끊임없이 찾아드는 방문객들을 반갑게 맞아들여 자신의 집 구석

구석을 안내한다. 거대한 다리미와 유제품 저장실을 보여주고, 장미 정원 옆에 숨듯 마련된 작은 테라스 정원으로 발길을 이끈다.

그곳에 서서 아래를 내려다보면, 언덕 비탈에는 양들이 흰 점처럼 흩어져 있고, 그 사이로 운하가 길을 내며 흐르고, 그 너머에는 숲이 가라앉은 기운으로 펼쳐진다. 멀리에는 딤처치가, 그 뒤로는 바다가 아른거리며 은빛 막을 드리운다. 발치에는 로마 점령기의 흔적들이 부서진 기억처럼 흩어져 있다. 무너져 내린 벽, 바닥난방 시설의 파편, 바람만이 스쳐 가는 잔해들. 한때는 그곳으로 로마의 갤리선이 드나들고, 군단과 황제들, 제국의 화려함이 지나갔다. 그에 비하면 이 성은 고작 어제의 일에 지나지 않는다. 아무리 잡아도 노르만 시대, 어쩌면 스티븐 왕 시절의 유물일 뿐이다.

성의 망루에 오르면, 영국에서도 보기 드문 넓고 장대한 풍경이 눈앞에 펼쳐진다. 언덕 발치에서부터 바다까지는 완만한 평야가 이어지고, 그 평야는 마치 세계의 곡선을 따른 거대한 초승달처럼 바다를 길게 감싸고 있다. 그

너른 땅 위에는 잊힌 중세 도시들의 교회 첨탑이 점점이 솟아 있고, 길들은 거미줄처럼 얽혀 흐르다가 마지막에는 윈첼시와 헤이스팅스의 낮고 푸른 언덕에서 부드럽게 흩어진다.

동쪽으로 시선을 돌리면, 바다와 하늘 사이에 걸린 프랑스의 윤곽이 희미하게 모습을 드러내고, 북쪽으로는 농장과 집들, 숲이 어우러진 위올드와 다운스 언덕이 완만한 물결처럼 펼쳐진다. 그 위로는 숲과 백악 구덩이 위를 흘러가는 구름의 그림자가 고요하게 드리워져, 마치 시간을 한동안 멈춰 세운 듯한 마음을 남긴다.

그리고 여기, 일상의 세계에서 높이 솟아올라, 광활한 아름다움 앞에서, 킵스와 헬렌은 기분 좋게 단둘이 남게 되었다. 여섯 명 모두 망루로 올라오는 듯했지만, 월싱엄 부인은 좁고 가파른 계단 앞에서 망설이다가 갑자기 어지럼증을 느껴, 그녀와 주근깨 소녀는 아래에 남아 집 그늘에서 산책했다. 쿠트는 모두 담배가 떨어졌다는 것을 기억하고 월싱엄을 마을로 데려갔다.

아래쪽과 성벽 사이에서 몇 마디 외침이 오갔고, 그러

고 나서 헬렌과 킵스는 다시 경치를 향해 돌아섰다. 그들은 풍경을 칭찬하다 이내 침묵에 잠겼다. 헬렌은 포좌 위에 겁 없이 앉았고, 킵스는 그녀 옆에 섰다.

"저는 언제나 풍경을 좋아해요."

잠시 후 킵스가 말했다. 그리고는 말을 이었다.

"쿠트 씨가 제 이름에 대해 한 말, 그게 맞다고 생각하세요?"

"당신 이름이요?"

"네. 쿠트 씨가 그러더군요. 제 이름은 C-U-Y-P-S로 써야 한대요. '카위프(Cuyp)' 있잖아요, 그 네덜란드 화가 이름이요. 철자만 다를 뿐, 사실 같은 이름이라는 거예요."

"정말 그럴까요?" 그녀가 말했다. "그가 맞을지도 모르죠. 네덜란드어로 '카위프'[1]에 무언가 뜻이 있지 않나요?"

"모르겠어요." 킵스가 우울하게 말했다. "그럴 수도 있겠다고 생각했어요."

---

1 킵스의 이름 Kipps와 Cuyp's의 유사성을 활용한 언어유희. 킵스는 자신의 평범한 이름이 남들에게 고급스럽게 들릴 수 있나 생각하며 어색한 느낌을 받는다.

그녀는 그를 재빨리 힐끗 쳐다보더니, 다시 바다 쪽으로 시선을 돌렸다. 킵스는 잠시 멍해졌다. 그는 이름 이야기를 꺼내면서, 자연스럽게 '성(姓)'과 '이름'이라는 일반적인 주제로 넘어가고, 결국 그녀의 이름과 자신의 이름을 이야기할 기회를 만들려 했다. 그것이 그가 마음속에 품은 말을 꺼내는, 가볍고 재치 있는 방법이라 생각했던 것이다. 하지만 그는 문득 그것이 형언할 수 없이 저속하고 어리석은 생각이었음을 깨달았다. 그 's'가 그를 구했다. 그는 잠시 그녀를 바라보았다 — 햇살을 등진 푸른 바다를 배경으로, 하늘빛에 비친 그녀의 옆모습, 어깨의 선, 귀 옆에 흘러내린 잔머리까지. 그러다 다시 시선을 바다로 돌리며, 이름 이야기를 아예 지워버렸다.

"풍경이나 아름다운 걸 보면, 사람은 말이죠…."

그가 말을 더듬자, 그녀가 갑자기 그를 쳐다보았다.

"바보." 그녀가 말했다.

그녀의 시선은 예전처럼 '소유의 빛'을 띠면서도, 그 안에는 이제 따뜻함이 배어 있었다.

"그러지 않아도 돼요." 그녀가 말했다. "아시죠, 킵스

씨, 당신은 자신을 너무 과소평가해요."

그녀의 눈빛과 말이 동시에 그를 놀라게 했다. 킵스는 마치 잠에서 깨어난 사람처럼 그녀를 바라보았다. 그녀는 고개를 숙이고 아래를 내려다보았다.

"그러니까 제 말은요…." 그가 말했다. 그러고는 잠시 머뭇거리다 덧붙였다.

"저를 낮게 평가하지 않으시는 건가요?"

그녀가 다시 고개를 들고는, 부드럽게 고개를 저었다.

"하지만… 그러니까… 저를 당신과 같은 사람으로는 생각하지 않으시잖아요."

"왜 그렇다고 생각하죠?" 그녀가 조용히 말했다.

"아, 하지만… 정말로…."

그의 심장은 미친 듯이 뛰었다.

"만약 그렇다면…."

그는 숨을 고르며 말을 이었다.

"당신은 너무 많은 걸 알고 계시잖아요."

"그건 아무것도 아니에요."

그녀의 목소리는 차분하고 따뜻했다.

그리고 한참 동안, 두 사람은 아무 말도 하지 않았다. 그 침묵은 오히려 말보다 많은 것을 전했고, 그들 사이에 무엇인가를 이루어냈다.

"저는 제가 어떤 사람인지 알아요."

그가 마침내 입을 열었다.

"만약 제가 당신을 마음에 품고, 그리고 당신도 저를 그렇게 생각해줄 수 있다고, 그렇게 믿을 수 있다면— 저는 그 무엇이든 해낼 수 있을 거예요."

그는 말을 멈췄다. 헬렌은 고개를 숙인 채, 놀라울 만큼 가만히 앉아 있었다.

"월싱엄 양." 그가 조용히 말했다.

"저를… 저를 아껴주실 수 있을까요? 월싱엄 양, 저를 조금이라도… 생각해주실 수 있을까요?"

그녀는 한동안 대답하지 않았다. 그러다 고개를 들어 그를 바라보았다.

"저는요." 그녀가 말했다.

"당신이 가장 너그럽고—오빠에게 해주신 일을 봐요— 가장 겸손한 분이라고 생각해요. 그리고 오늘 오후에는…

당신이 가장 용감한 분이라고 생각했어요."

그녀는 갑자기 고개를 돌려, 아래 테라스 쪽을 향해 손을 흔들었다.

"어머니가 부르시네요." 그녀가 말했다.

"내려가야 해요."

킵스는 습관적으로 정중하고 공손하게 행동했지만, 그의 마음은 그것과는 아무 상관없는 소란으로 가득했다. 그는 그녀보다 앞서 구불구불한 계단으로 통하는 작은 문쪽으로 움직였다. '계단을 오르내릴 때는 항상 숙녀보다 앞서가라.' 그리고 두 번째 계단에서 그는 단호하게 돌아섰다. "하지만." 그가 그림자 속에서, 플란넬 옷을 입은 놀랍도록 남자다운 모습으로 올려다보며 말했다.

그녀는 돌 문설주에 손을 얹고 그를 내려다보았다.

그는 그녀를 돕기 위해 손을 내밀었다.

"이젠 말해주실 수 있나요?" 그가 말했다. "당신은 이미 알고 있잖아요.."

"뭘요?"

"당신이 저를 마음에 두고 있다는 걸요."

그녀는 오랫동안 대답하지 않았다. 마치 세상의 모든 것이 끊어지기 직전까지 갔다가, 곧 확실히 끊어질 것만 같았다.

"네." 그녀가 마침내 말했다. "맞아요."

갑자기, 어떤 감지할 수 없는 신호로, 그는 대답이 무엇일지 알았고, 그는 가만히 있었다. 그녀는 그를 향해 몸을 구부렸고, 그녀의 놀라운 미소로 한결 부드러워졌다.

"약속해주세요." 그녀가 고집했다.

그는 여전히 굳은 얼굴로 약속했다.

"만약 제가 당신을 낮게 보지 않는다면, 당신도 결코 자신을 낮게 보지 않겠다고요."

"만약 당신이 저를 낮게 보지 않는다면, 그 말씀이죠?"

그녀는 그의 바로 옆으로 몸을 숙였다.

"저는 당신을 낮게 보지 않아요." 그녀가 말하고는 속삭였다. "당신을 사랑하니까요."

"절요?"

그녀는 큰 소리로 웃었다.

그는 엄청나게 놀랐다.

동시에, 이 일을 확실히 못 박으려고 했다.

"저와 결혼해주시겠어요?"

그녀는 여전히 웃고 있었다. 풍요와 힘, 그리고 성공의 감각이 온몸을 감싸고 있었다. 그는 그녀에게 꽤 괜찮은, 작지만 믿음직한 남자로 보였다.

"네." 그녀가 웃으며 말했다. "제가 무슨 뜻으로 말했겠어요?"

그리고 한 번 더, "네, 좋아요."

그는 마치 삼베옷을 입고 재 속에서 조용히 기도하던 은둔자가, 갑자기 낙원의 반짝이는 문 너머로— 무지갯빛 날개와 밝은 눈의 천사들 틈으로 내던져진 것처럼 느꼈다. 마치 가난하고 의로운 사람이 행복의 다이너마이트에 의해 폭파된 듯한 기분이었다. 그의 손이 돌계단의 밧줄 손잡이를 꽉 움켜쥐었다. 그는 그녀의 손에 키스하고 싶었지만, 그렇게 하지 않았다.

3

모두가 이해하는 듯했다. 아무 말도, 아무 설명도 없었지만, 잠시 스친 빛과 공기 속에서 서로가 이해했다. 그들이 성문 앞에서 다시 모였을 때, 킵스는 나중에 기억했다 ― 쿠트가 마치 우연인 듯 그의 팔을 잡고 꼭 눌렀던 일을.

그는 알고 있었다. 그의 눈과 코는 자비로운 축하의 빛, 그리고 마침내 일이 잘 풀렸다는 만족감으로 빛났다. 언덕 때문에 조금 지쳐 보이던 월싱엄 부인은 기운을 되찾았고, 딸에 대한 애정으로 감동한 기색이었다. 그녀는 지나가며 다정하게 딸을 어루만졌다. 그녀는 킵스에게 가파른 길을 내려갈 때 팔을 빌려달라고 부탁했고, 킵스는 꿈속에서처럼 순순히 그에 따랐다.

그는 그녀에게 집중하려 애썼고, 곧 그렇게 하고 있었다. 그녀와 킵스는 진지하고 책임감 있는 사람들처럼 이야기하며 천천히 걸었고, 다른 네 사람은 느슨한 무리를 지어 언덕을 내려갔다. 한동안 그는 그들이 무슨 이야기를 나누는지 궁금해했으나, 곧 월싱엄 부인과 대화에 빠져들었다.

그는, 말하자면, 자신의 피상적인 껍질로 이야기했고, 그의 내면은 요란하고도 어처구니없을 만큼 잠들어 있었다. 그것은 흥미롭고 다정한 대화였고, 그는 그것이 거의 그들의 첫 번째 긴 대화처럼 느껴졌다. 그는 월싱엄 부인이 혹시 비꼬기 좋아하는 사람일지도 모른다고 두려워한 적이 있었으나, 그녀는 분별 있고 감정이 풍부한 사람으로 드러났다. 그리고 킵스는 여전히 약간 멍한 상태였지만, 예상외로 그녀와 잘 어울렸다. 그들은 풍경과 오래된 유적의 쓸쓸함, 그리고 사라진 세대들에 대해 이야기했다.

"아마도 이곳에서는 마상 시합이 열렸을 거예요."

월싱엄 부인이 말했다.

"온갖 일이 있었겠죠."

킵스가 말했다. 그리고 그들의 대화는 헬렌으로 흘러갔다. 그녀는 딸의 문학적 야망에 대해 이야기했다.

"그 아이는 무언가를 해낼 거예요, 확신해요."

그녀가 말했다.

"아시죠, 킵스 씨, 딸이 유난히 똑똑하다고 느끼는 것은 어머니에게 큰 책임이기도 해요."

"그렇겠지요."

킵스가 말했다.

"충분히 이해됩니다."

그녀는 또한 아들에 대해서도 이야기했다. 그 소년은 거의 헬렌의 쌍둥이처럼 닮았지만, 피부가 더 밝았고, 그는 킵스로 하여금 완전히 아버지 같은 기분이 들게 했다.

"그 애들은 너무 빠르고, 너무 예술적이에요."

윌싱엄 부인이 말했다.

"아이디어가 너무 많아서, 때로는 저를 두렵게 할 정도예요. 다른 사람들이 공기를 필요로 하듯, 그 아이들은 기회를 필요로 해요."

그녀는 헬렌의 글에 대해 이야기했다.

"그 아이는 아주 어렸을 때도 시를 썼어요."

(킵스는 깊어지는 신비감으로 가득 찼다.)

"그 아이 아버지도 똑같은 취향을 가지고 있었죠. 그는 사업가라기보다 예술가에 가까웠어요 ― 그게 문제였죠. 그는 사람을 믿었고, 속았고, 일은 잘못되었어요. 모두가 그를 외면했죠. 하지만 이제는 다 지난 일이에요. 끔찍한 일들을 떠올리는 건 좋지 않아요, 킵스 씨 ― 특히 오늘 같은 날엔요. 밝은 날도 있고, 어두운 날도 있는 법이에요, 킵스 씨. 그리고 제 날들이 항상 밝았던 건 아니랍니다."

킵스는 쿠트와 똑같은 동정 어린 표정을 지었다. 그녀는 꽃 이야기를 하기 시작했다. 그리고 킵스의 마음은 성채 안에서 그에게 몸을 숙이던 헬렌의 모습으로 가득 찼다. 그들은 작은 여관 앞 나무 아래에서 차를 마셨다. 어느 순간 킵스는 모두가 동시에, 그리고 몰래 자신을 바라보고 있다는 것을 느꼈다. 만약 쿠트의 재치와, 나중에 나타난 여러 마리의 말벌이 아니었다면, 어색한 순간이 있었을지도 모른다. 쿠트는 이 기억에 남을 날을 밝게 마무리하기로 결심했고, 거의 떠들썩하다고 할 만큼의 유머 감각을 보였다. 월싱엄은 림프네 아래의 로마 유적에 대해 이야기하며 초인 사상을 끌어내기 시작했다.

"이 늙은 로마인들 말이지…."

그가 말했을 때, 바로 그 순간 말벌들이 나타났다. 그들은 잼 통에서만 세 마리를 잡았다. 킵스는 마치 꿈속에서처럼 말벌을 잡고, 엉뚱한 사람에게 물건을 건네주며, 가장 난감한 상황 속에서도 평범한 지성의 얇은 외피를 가까스로 유지했다. 때때로 헬렌은 그에게 특별한 생생함으로 다가왔다. 그녀는 그를 전보다 더 쳐다보진 않았지만, 언제나 곧 그럴 듯한 기운이 감돌았다. 그리고 단 한 번, 그녀의 상아색 뺨 아래로 잠시 분홍빛이 스쳐 지나갔다.

다른 사람들은 암묵적으로 킵스가 헬렌과 함께 돌아갈 권리가 있다는 것을 인정했다. 그는 그녀가 카누에 타는 것을 도왔고, 노를 잡아 천천히 물길을 따라 내려갔다. 그들은 다른 사람들보다 멀리 뒤로 처졌다. 이제 그의 영혼은 더 이상 고요하지 않고, 다시 움직이기 시작했다. 그는 그녀에게 아무 말도 하지 않았다. 어떻게 다시 그녀에게 말을 걸 수 있을까? 그녀는 드문 간격으로 물 위의 그림자, 꽃, 나무에 대해 말했다. 그는 부드럽게 대답했다. 그러나 그의 영혼은 이제 점점 자라나, 성채에서의 혼미함을 벗어나 자신에게 닥친 놀라운 사실을 서서히 깨닫기 시작하고 있었다. 아직 그는 마음속 깊이조차 그녀가 자신의 것이라고 말하지 않았다. 그러나 그는 여신이 제단에서 내려와 자신의 손을 잡았다는 것을 알고 있었다.

하늘은 석양의 불빛으로 가득했고, 황금빛으로 물든 수면 위로 나무들의 갈색 그림자가 피어올랐다. 그녀에게 그는 그 빛 앞에 선 검은 실루엣이었고, 물속으로 잠겼다 떠오르는 노가 번뜩이며 빛났다. 노가 물을 스칠 때마다 물결은 은빛 파편으로 부서져, 햇살 속에서 멀리 소용돌이치며 흘러갔다. 사실 그는 조금도 나쁘게 보이지 않았다. 젊음은 온 세상에서 젊음을 불러들이고, 그녀의 영혼은 그가 자신에게 굴복했다는 승리감으로 가득 차 있었다. 그리고 그의 등 뒤에는 돈과 자유, 런던, 그리고 아직 형체를 갖추지 않은 미래의 거대한 배경처럼 펼쳐져 있었다. 그에게서 본 그녀의 얼굴은 따뜻하고 희미했다. 그는 그녀의 눈을 똑똑히 볼 수 없었지만, 그 눈이 어두운 별처럼 자신을 향해 빛나고 있다는 것을 느꼈다. 그날 저녁, 세상 전체는 헬렌을 둘러싼 어둡고 고요한 공간처럼 느껴졌다. 하늘과 물, 갈대 그림자까지도 모두 그녀를 위한 배경에 지나지 않았다. 그는 마치 모든 것을 투명하게 꿰뚫어 보는 듯한 명료함 속에 있었고, 그녀는 분명 그 모든 것의 원인이자 본질로 그의 앞에 드러났다. 그는 진정으로 마음의 소원을 이루었다. 그 순간, 미래라는 것은 더 이상 존재하지 않는 듯했다. 그날 저녁, 그녀 곁에 앉아 있던 킵스는 내일이라는 것이 결코 오지 않을 것처럼 느꼈다. 상상이 가리켜 왔던 모든 것이 이미 이루어졌고, 그의 마음은 고요히 멈추어 있었다. 그리고 그 뒤에 이어질 날들은 그저 흘러가 버릴 뿐이었다.

4

그날 밤 아홉 시쯤, 쿠트가 어퍼 샌드게이트 로드에 있는 킵스의 새 아파트로 찾아왔다. 새로 사랑에 빠진 그는 열린 창가 옆, 어둑한 방 안에서 머리를 손에 괴고 앉아, 자신에게 닥친 이 놀라운 행운이 어떻게 해서 찾아왔는지 곱씹어 보고 있던 참이었다. 쿠트는 그 소식을 진심으로 감동스럽게 받아들였고, 킵스와 악수하면서 그의 손바닥을 힘주어 눌렀다. 그러고는 하얗고 마디가 굵은 자기 손을 킵스의 어깨 위에 얹었다. 그 손길은 끝없이 따뜻하고 다정했다. 킵스는 너무 벅차서 말이 나오지 않았다. 그는 쿠트가 마치 형처럼 대해 줬다고 느꼈다.

"그녀는 정말 훌륭해요." 쿠트가 갑자기 말했다.

"그렇죠?" 킵스가 말했다.

"그녀의 얼굴을 보지 않을 수가 없었어요." 쿠트가 말했다. "친애하는 킵스, 이건 유산보다도 더 값진 겁니다."

"저는 그럴 자격이 없어요." 킵스가 말했다.

"그럴 자격이 있는 사람은 아무도 없죠."

"지금도 도저히 믿기지가 않아요. 전부 다, 제 분수에 넘치는 일 같아요. 정말 아직도 실감이 안 나요."

말보다 더 많은 의미를 담은 침묵이 흘렀다.

"놀라워요. 정말 놀라워요, 그게 전부예요."

킵스가 말했다. 쿠트는 깊은 한숨을 내쉬었고, 다시 침묵이 이어졌다.

"그 감정은… 돈을 가지기 전부터 있었나요?"

"그녀의 수업을 들을 때부터요." 킵스가 엄숙히 말했다.

쿠트는 시가에 불을 붙이며, 불빛에 비친 얼굴로 황홀한 표정을 지었다.

"아름다운 일이네요." 그가 말했다. "당신에게 이보다 더 나은 행운은 없을 거예요."

그는 킵스의 시가에도 불을 붙여 주었다. 그리고 킵스가 점점 말을 할 수 있게 되자, 쿠트는 헬렌과 그녀의 어머니, 그리고 오빠를 칭찬하기 시작했다. 그는 결혼식이 언제쯤일지를 이야기하며, 그 모든 일을 놀라울 정도로 구체적이고 현실적으로 만들었다.

"그들은 훌륭한 가문이에요."

쿠트가 말했다.

"그녀는 보프레 가문과 연관되어 있죠. 보프레 경을 아시죠?"

"아니요!"

킵스가 말했다.

"정말로요!"

"물론 먼 친척이지만요."

쿠트가 말했다.

"그래도―"

그는 황혼 속에서 반짝이는 미소를 지었다.

"너무 과분해요."

킵스가 압도된 듯 말했다.

"모든 게 다 그래요."

쿠트는 한숨을 내쉬었다. 잠시 동안 킵스는 헬렌에 대한 칭찬을 들으며 자신의 관점을 조정했다.

"저기, 쿠트." 그가 마침내 말했다. "이제 어떻게 해야 하죠?"

"무슨 뜻이에요?" 쿠트가 물었다.

"그녀를 찾아뵙고, 그런 일들 말이에요. 모든 걸 제대로 하고 싶어요."

"물론이죠." 쿠트가 말했다.

"이제 무슨 일이라도 잘못되면 끔찍할 거예요."

쿠트의 시가 끝이 그가 생각에 잠긴 동안 희미하게 빛났다.

"물론 찾아뵈어야죠." 그가 말했다. "월싱엄 부인께 말씀드려야 합니다."

"어떻게요?" 킵스가 물었다.

"따님과 결혼할 생각이라고 솔직히 말씀드리세요."

"부인은 이미 알고 계실걸요."

킵스가 약간 방어하는 듯한 통찰력으로 말했다. 쿠트의 머리가 현명하게 돌아가는 것이 보였다.

"저, 그럼… 반지 말인데요." 킵스가 말했다. "그건 어떻게 해야 하죠?"

"무슨 반지요?"

"약혼반지요. 『상류 사회의 예절과 규칙』에는 그에 대한 부분이 전혀 없어요."

"물론, 그녀의 취향에 맞는 점잖은 걸로 사야죠."

"어떤 종류의 반지요?"

"아, 예쁜 걸로요. 가게에서 직접 여러 가지를 보여줄 거예요."

"그렇군요. 그럼 제가 직접 가져가야겠죠? 그녀의 손가락에 끼워줘야 하고요?"

"음—아니요. 보내세요. 그게 훨씬 더 낫습니다."

"아!"

킵스가 처음으로 안도의 숨을 내쉬며 말했다.

"그럼, 월싱엄 부인 댁을 찾아갈 때는요? 어떻게 가야 할까요?"

"그건 꽤나 격식을 갖춰야 하는 자리죠."

쿠트가 생각하며 말했다.

"무슨 뜻이에요? 프록코트를 입어야 할까요?"

"그게 좋겠어요."

쿠트가 분별력 있는 차분함으로 말했다.

"밝은색 바지 같은 것도요?"

"네."

"장미는요?"

"그렇죠. 단추 구멍에 하나 꽂는 정도가 좋겠어요."

미래를 가리고 있던 커튼이 킵스의 눈앞에서 걷히는 듯했다. 내일, 그리고 그 다음 날들이 적어도 존재하긴 하는 것을 느껴졌다. 프록코트, 실크 모자, 그리고 장미! 그는 어떠한 엄숙함 속에서, 격식을 차려 프록코트를 입고, 편넷 부인의 친숙한 지인이자 보프레 백작의 먼 친척인 아가씨의 인정받는 구혼자, '아서 큐프스'로 천천히 변모해가는 자신을 상상했다.

자신의 행운이 얼마나 거대한지에 대한 경외심 같은 것이 그의 머릿속에 닥쳐왔다. 그는 이 황금 지팡이의 손길이 세상을 마치 변신 장면 속 마법의 꽃처럼 펼쳐가는 것을 느꼈다. 그리고 헬렌은, 그 꽃의 붉은 심장 속에 아름답게 자리 잡고 있었다. 불과 10주 전만 해도 그는 게으르고 지저분한 견습생이었으며, 방탕한 생활로 인해 해고된 부끄러운 존재였다.

이제 그는 교양 있는 생각을 지닌 여성과 약혼했고, 쿠트—그 많은 사람 중 쿠트가—그의 약혼 예절을 지도하고 있었다. 그는 약혼반지는 가능한 한 최고 품질로, 가장 아름다운 것으로, 말하자면 그들이 가진 것 중 최고로 해야겠다고 결심했다.

"그녀에게 꽃을 보내야 할까요?"

그가 생각하며 말했다.

"꼭 그럴 필요는 없어요."

쿠트가 말했다.

"물론, 호의의 표시이긴 하지만요."

킵스는 꽃에 대해 생각에 잠겼다.

"그녀를 만나면." 쿠트가 말했다,

"날짜를 정해 달라고 해야 합니다."

킵스가 놀랐다.

"그건 좀 이르지 않나요?"

"지체할 이유는 없죠."

"아—하지만, 1년쯤은요?"

"1년이라…." 쿠트가 생각하며 말했다.

"좀 긴데요."

"그래요?"

킵스가 움찔하며 말했다.

"하지만—"

잠시 침묵이 흘렀다.

"저기요."

킵스가 마침내, 약간 무너진 듯한 쾌활함으로 말했다.

"결혼식에 대해서 도와주셔야 해요."

"기꺼이요."

쿠트가 말했다.

"저는 아무것도 몰라요."

"전부 함께 살펴보죠."

쿠트가 말했다.

"쿠트." 킵스가 말했다. "테트-아-테트[2]가 뭐예요?"

"네?"

"'테트-아-테트'가 뭐냐고요."

"아!—둘이서만 나누는 대화예요."

"아하!"

킵스가 말했다.

"저는 그게 다른 뜻인 줄 알았어요. 그게 제 책 『상류 사회의 예절과 규칙』에 나와 있거든요. 그 책에는 약혼한 커플은 어떤 경우에도 '테트-아-테트'를 가져서는 안 되고, 단둘이 앉거나 걷거나 말을 타거나, 점심 전에 만나는 것도 금지라고 되어 있어요. 그럼, 언제 만나라는 거죠?"

"책에 그렇게 쓰여 있나요?"

쿠트가 말했다.

"당신 오시기 전에 방금 외웠어요. 좀 딱딱하다고 생각했지만, 괜찮을 수도 있겠다 싶었죠."

---

2 테트 아 테트(tête-à-tête): 프랑스어로 '머리와 머리를 맞대고'라는 뜻으로, 영미권 문학에서 종종 은밀한 대화, 사적인 둘만의 시간을 뜻한다.

"음." 쿠트가 말했다, "월싱엄 양은 그런 타입이 아니에요. 그 집안은 그렇게 엄격하지 않아요. 그건 옛날식, 귀족풍 예법이죠. 월싱엄 가족은 현대적이에요. 진보적인 사람들이죠. 아마 그녀와 이야기할 기회가 많을 겁니다."

"그랬으면 좋겠어요."

킵스가 말했다.

"와… 생각할 게 정말 많네요. 생각해보면, 몇 달 안에 결혼할 수도 있다는 거잖아요!"

"그래야죠." 쿠트가 말했다. "안 될 이유가 없어요."

그날 밤, 킵스는 침대에 앉아 『상류 사회의 예절과 규칙』의 페이지를 넘기며 약혼에 알맞은 절차에 대한 지침을 찾고 있었다. 233페이지에 이르러 그는 깊은 생각에 잠겼다.

"결혼으로 맺어진 숙부나 숙모의 경우, 애도 기간은 6주간 검은 상복이며, 흑옥 장식을 한다."

"아니." 킵스가 격렬한 정신적 노력 끝에 말했다. "이게 아니야." 페이지가 다시 바스락거렸다. 그는 "결혼식"에 관한 장의 첫머리에서 단호하게 책을 펴고 평평하게 눌렀다. 그는 생각에 잠긴 채 램프 심지를 쳐다보았다.

"가서 말해야겠어." 그가 마침내 결심했다.

5

킵스는 낮 시간의 격식 차린 방문에 어울리는 옷차림으로 월싱엄 부인을 찾아갔다. 그는 실크 모자를 쓰고, 자락이 긴 프록코트를 입고, 에나멜 가죽 구두를 신고, 짙은 회색 바지를 입었다. 금색 커프스 단추가 달린 넉넉한 흰 소맷부리가 돋보였고, 끼다가 엄지손가락 부분이 터져버린 회색 장갑은 손에 느슨하게 들고 있었다. 그는 정교하게 꽉 말린 작은 우산도 챙겼다. 그의 온몸에는 기묘한 정확성이 스며들어 있었고, 그는 이 행사의 중대함과 싸우며 자신의 영혼을 지키려 애썼다. 이따금씩 그는 실크 크라바트를 만지작거렸다. 세상은 그의 단추 구멍에 꽂힌 장미 봉오리의 향기로 가득했다. 그는 새로 천을 씌운 꽃무늬 안락의자에 앉아, 모자를 든 팔의 팔꿈치를 살짝 내밀었다.

"알아요." 월싱엄 부인이 말했다.

"다 알고 있답니다."

월싱엄 부인은 놀라울 정도로 그를 편안하게 해줬기 때문에 분별력 있고 세련된 부인이라는 인상이 더욱 깊어졌다. 그녀의 부드러움에 킵스는 감동했다.

"이건 어머니로서 아주 큰 일이에요."

월싱엄 부인은 잠시 동안 흠잡을 곳 없는 코트 소매 위에 손을 놓으며 말했다.

"딸은요, 아서. 아들보다 훨씬 큰 의미를 가진답니다."

그녀는 결혼이 복권과 같다고 말했다. 사랑과 상호 간의 관용이 없으면 많은 불행이 뒤따를 수밖에 없다고 했다. 자신의 삶이 항상 밝지만은 않았으며, 어두운 날도 있었고, 밝은 날도 있었다고 했다. 그녀는 살짝 달콤한 미소를 지으며 말했다.

"오늘은 밝은 날이에요."

월싱엄 부인은 킵스에게 매우 다정하고 듣기 좋은 말을 했으며, 자신의 아들에게 베푼 그의 친절에 대해 감사했다.

("그건 아무것도 아니었어요." 킵스는 이렇게 말했다.)

잠시 후 그녀는 두 자녀의 이야기로 넘어갔다.

"두 아이 모두 정말 재능있는 애들이에요." 그녀가 말했다. "정말 똑똑하죠! 저는 애들을 쌍둥이 보석이라고 부른답니다."

그녀는 림프네에서 했던 말을 되풀이했다. 자신의 자녀들은 다른 사람들이 공기를 필요로 하듯, 기회를 필요로 한다고 항상 느꼈다는 이야기였다. 그때 헬렌이 들어왔고, 잠시 침묵이 흘렀다. 아마도 그녀는 평일 낮 시간에 킵스의 복장이 화려해서 약간 당황했을 것이다. 그녀는 조용하지만 단호한 몸짓으로 손을 내밀었고, 킵스가 그 손을 잡았다. 그들 모두에게 그 만남은 잊지 못할 순간이었다.

"그냥 들렀어요." 킵스가 말했다.

그리고는 말을 잇지 못했다.

"차 좀 드시겠어요?" 헬렌이 말했다.

그녀는 창가로 걸어가 거리의 익숙한 손수레를 바라보았다. 그리고 돌아서서 잠시 동안 알 수 없는 표정으로 킵스를 바라보다가 말했다.

"차를 좀 가져올게요."

그리고는 방을 나갔다. 월싱엄 부인과 킵스는 서로를
바라보았다. 부인은 너그럽게 미소 지었다.

"두 사람 서로 부끄러워할 필요 없어요."

그녀가 말했다. 그 말은 킵스를 얼굴이 붉어질 만큼 위
축시켰다. 그녀는 헬렌이 아주 사소한 일에도 얼마나 예
민한지를 말하고 있었다. 그때 하녀가 차를 들고 들어왔
고, 헬렌이 그 뒤를 따라왔다. 헬렌은 작은 대나무 찻상 뒤
에 안전하게 자리를 잡았다. 잠시 동안 찻잔과 주전자의
작은 소리가 방 안을 채웠다. 그리고 나서 그녀는 곧 있을
연극 '뜻내로 하세요' 이야기를 꺼냈고, 가장 어색한 순간
이 지나갔다. 그들은 무대의 환상에 대해 이야기했다.

"저는 말하자면 극장에서 하는 연극이 썩 마음에 들지
않아요." 킵스가 말했다. "왠지 너무 비현실적으로 보여서
요."

"하지만 대부분의 연극은 무대를 위해 쓰인 걸요?"

헬렌이 설탕 그릇을 바라보며 말했다.

"알아요." 킵스가 말했다.

그들은 차를 마셨다.

"그럼." 킵스가 말했다.

그리고 일어섰다.

"아직 가면 안 돼요." 월싱엄 부인이 일어나 그의 손을 잡으며 말했다. "둘 다 서로 할 말이 많을 텐데." 그리고 그녀는 문 쪽으로 휙 사라졌다.

6

그 순간 킵스에게는 두 가지 길이 똑같이 옳게 보였다. 하나는 헬렌의 팔을 붙잡고 입맞추는 것이었고, 다른 하나는 열린 창문으로 뛰어내리는 것이었다. 그러다가 그는 월싱엄 부인을 위해 문을 열어드려야 한다는 걸 기억했고, 그 일을 마치고 돌아와 보니 헬렌은 여전히 그 작은 대나무 찻상 뒤에, 아름답지만 다가설 수는 없는 모습으로 서 있었다. 그는 문을 닫고 그녀 쪽으로 걸어가, 팔짱을 낀 채 코트 자락에 손을 얹고 그녀를 바라보았다. 그는 어색함을 느꼈고, 코트 자락에서 손을 떼어 콧수염을 만졌다. 그래도, 그는 제대로 차려입고 있었다. 그의 마음속 어딘가에서 모든 것이 예전과 달라졌다는, 림프네 이후 그들 사이에 어떤 보이지 않는 장벽이 생겨났다는 희미한 깨달음이 일었다. 그녀는 평가하듯, 자기 사람을 살피는 눈으로 그를 바라보았다.

"어머니께서 아주 친절하게 대해주셨어요."

그녀가 희미하게 미소 지으며 말했다.

"찾아와 주셔서 고마워요."

그들은 잠시 침묵 속에 서 있었다. 마치 서로가 무언가를 기대했지만, 그것이 일어나지 않은 듯했다. 그때 킵스는 자신이 갈색 천으로 덮인 작은 탁자 모퉁이에 서 있는 것을 알아차렸고, 생각을 달래려 그 위에 놓인 작은 책 한 권을 집어 들었다.

"오늘 당신을 위해 반지를 샀어요."

그가 책을 구부리며, 무언가 말을 해야겠다는 생각으로 말했다. 그러고 나서 그는 진심 어린 감정이 치밀어 올랐다.

"있잖아요." 그가 말했다.

"아직도 믿기지가 않아요."

그녀의 얼굴이 다시 부드러워졌다.

"그래요?" 그녀가 말했다. 그리고 어쩌면 부드럽게 이렇게 덧붙였을지도 모른다. "나도요."

"네." 그가 계속했다.

"모든 게 변한 것 같아요. 돈을 얻었을 때보다도 더요. 이제 우리가 약혼을 했잖아요. 정말 놀라워요. 제가 느끼는 건…."

그는 상기된, 진지한 얼굴을 그녀에게 돌렸다. 그것이 그 순간만큼은 그녀에게 자연스럽고 인간적으로 보였다.

"저는 아무것도 몰라요. 저는 충분히 좋지도 않고, 세련되지도 않았어요. 당신이 저를 더 알수록, 그걸 더 많이 알게 될 거예요."

"하지만 제가 당신을 도와줄 거예요." 그녀가 말했다.

"아마 저를 정말 많이 도와주셔야 할 거예요."

그녀는 창가로 걸어가 밖을 힐끗 보고는 결심하듯 돌아서서, 두 손을 등 뒤에 깍지 낀 채 그에게 다가왔다.

"당신을 괴롭히는 건 아주 사소한 것들이에요. 만약 제가 그걸 말해도 괜찮다면— 제가 당신에게 그런 말을 해도 된다면….”

“그러셨으면 좋겠어요.”

“그럼 그렇게 할게요.”

“그건 당신에게는 사소한 일이지만, 저한테는 그렇지 않아요.”

“당신이 듣는 걸 개의치 않는다면, 모든 건 거기에 달려 있어요.”

“당신한테서요?”

“낯선 사람에게선 그런 말을 듣는다고 기대하진 않잖아요.”

“아!” 킵스가 많은 의미를 담아 말했다.

“아시겠지만, 몇 가지 사소한 것들이 있어요. 예를 들어, 당신은 발음에 부주의해요. 제가 이런 말을 하는 게 언짢지는 않으시죠?”

“괜찮아요, 좋아요.” 킵스가 말했다.

“‘h’ 발음이요.”

“알아요.” 킵스가 말하고는, 자신을 변호하듯 덧붙였다. “들은 적이 있어요. 사실, 제가 아는 친구, 배우인데,

그가 말해줬어요. 저에게 한두 번 교습을 해주기로 했어요."

"그거 다행이네요. 조금만 신경 쓰면 돼요."

"물론이죠. 무대에서는 조심해야 하니까요. 그들은 정기적으로 교습을 받아요."

"물론이죠." 헬렌이 약간 멍하니 말했다.

"곧 익숙해질 거예요." 킵스가 말했다.

"그리고 옷차림이 있어요." 헬렌이 다시 화제를 꺼냈다.

킵스는 얼굴이 붉어졌지만, 정중하게 귀를 기울였다.

"언짢지 않으시죠?" 그녀가 물었다.

"아, 아니요."

"너무… 너무 차려입어서는 안 돼요. 너무 격식을 차리거나, 너무 공들인 것처럼 보일 수 있어요. 그러면 가게 점원처럼, 평범하고 돈 많은 사람처럼 보여요. 그보다 더 나은 편안함이 있어요. 진짜 신사는 제대로 차려입으면서도, 그렇게 보이려고 애쓴 것처럼 보이지 않아요."

"마치 손에 잡히는 대로 입은 것처럼요?" 킵스가 제자가 된 듯 희미한 목소리로 물었다.

"정확히 그런 것은 아니지만, 편안함이 느껴져야 하죠."

킵스는 지적인 표정으로 고개를 끄덕였다. 그러나 속으로는 그녀가 떠나자마자 실크 모자를 방 안에서 걷어차리라 결심하고 있었다.

"그리고 사람들 앞에서 조금 더 편안해지는 법을 배워야 해요."

헬렌이 말했다.

"그들을 두려워하지 말고, 자신을 조금만 잊으면 돼요."

"노력할게요."

킵스가 찻주전자를 판단하듯 바라보며 대답했다.

"최선을 다해볼게요."

"그럴 줄 알았어요."

헬렌이 말했다. 그리고 잠시 그의 어깨에 손을 얹었다가 천천히 손을 거뒀다. 하지만 그는 그 손길을 알아차리지 못했다.

"배워야 해요."

그가 말했다. 그의 마음은 지금, 머릿속에서 벌어지는 치열한 싸움 때문에 산만했다. '저기, 날짜를 정해주실래요?'라는 말을 자연스럽고 품위 있게 표현하려는 싸움이었다. 그가 자리를 떠날 때까지 그 혼란은 끝나지 않았다. 집으로 돌아온 그는 오랫동안, 열린 창가에 앉아 진지하고 생각에 잠긴 얼굴로 그 만남을 되새겼다. 시선이 옆에 놓인 실크 모자에 머물렀다. 그의 눈빛에는 거의 꾸짖는 듯한 빛이 스쳤다.

"어떻게 알 수 있었겠어."

그가 혼잣말을 했다. 닳아버린 모자의 가장자리로 시선을 옮기던 그는, 손에 들고 있던 손수건을 천천히 풀어 부드럽게 펼쳤다. 그의 표정이 조금씩 변했다.

"도대체 어떻게 알 수 있었겠어."

그가 다시 말하며 실크 모자의 윗부분을 힘주어 눌렀다. 그는 일어나 방을 가로질러 사이드보드로 가서, 그 앞에 서서 『상류 사회의 예절과 규칙』을 펼쳐 읽기 시작했다.

4. 자전거 제조업자

1

그리하여 킵스는 약혼 생활에 착수했고, 자신보다 높은 신분의 사람과 결혼하는 이 중대한 과업을 위해 스스로를 단련했다. 다음 날 아침, 그는 조용하고 엄격한 몸짓으로 옷을 입었고, 아침 식사 때의 그는 하녀의 눈에 유난히 위엄 있어 보였다. 그는 훈제 청어와 신장, 베이컨을 앞에 두고 깊은 생각에 잠겼다. 그는 뉴 롬니로 가서 숙모와 숙부에게 무슨 일이 있었는지, 그리고 자신이 이제 어떤 위치에 서게 되었는지 말씀드리러 갈 것이었다. 그리고 헬렌을 향한 그의 사랑은, 예전에 버긴스가 '내가 네 자리라면 이렇게 했을 거야' 하고 말하던 그 일을 마침내 해볼 수 있는 용기를 그에게 주었다. 바로 오후에 자동차를 빌리는 것이었다. 그는 일찍 차가운 점심을 먹고, 조용한 결심의 분위기 속에서 이 목적을 위해 사둔 모자와 코트를 걸쳤다. 그렇게 차려입고, 약간 숨을 몰아쉬며, 그는 자동차 가게로 어슬렁거리며 갔다. 거래는 예상외로 쉬웠고, 한 시간 안에, 고글을 쓰고 온몸을 감싼 킵스는 딤처치를 지나 덜덜거리며 달리고 있었다. 그들은 작은 장난감 가게 밖에서 재빨리 그리고 깔끔하게 멈췄다.

"저것 좀 울려줄래요?" 킵스가 말했다.

"네, 그거요."

"빵빵." 자동차가 울렸다.

"빵빵!"

숙모와 숙부가 모두 보도로 나왔다.

"어머나, 아티잖아." 숙모가 외쳤고, 킵스는 승리의 순간을 맛보았다. 그는 악수를 하기 위해 차에서 내려, 겉옷과 고글을 벗었고, 운전사는 '한 시간 쉬기' 위해 물러났다. 숙부는 기계를 살펴보고는, 마치 그런 것에 대해 잘 안다는 듯한 말투로 얼마를 줬는지 물어 킵스를 잠시 당황하게 했다. 두 남자는 잠시 동안 기계를 뜯어보며 이웃들에게 인상을 남긴 후, 술 한잔하러 가게를 통해 작은 응접실로 들어갔다.

"아직 안정되지 않았어."

숙부가 이웃들에게 말했다.

"아직 실험 단계야. 해결해야 할 세부사항이 좀 있지. 내 조언을 들어라, 얘야. 네가 직접 하나 사기 전에는 1년이나 2년은 기다려." (물론 킵스는 그런 일을 하겠다고 한마디도 한 적이 없었다.)

"제가 보낸 위스키는 어땠어요?"

킵스가 양동이를 든 어린아이를 피해가며 물었다. 숙부는 능청스럽게 대답했다.

"아주 좋은 위스키지."

그가 말했다.

"아주 좋은 위스키고, 네가 비싼 값을 냈을 거란 것도 의심치 않아. 하지만, 이런! 나한텐 안 맞아! 그놈들이 거기 퓨젤 오일을 넣었더군, 그게 문제야―여기를 딱 잡는단 말이지."

그는 배 한가운데를 가리켰다.

"속 쓰림이 와."

그가 말하고는 슬프게 고개를 저었다.

"그건 굉장히 좋은 위스키예요." 킵스가 말했다. "런던의 유명 배우들이 그걸 마신다고 하더군요."

"그러겠지, 얘야." 숙부가 말했다. "하지만 그 사람들은 간이 다 타버렸지, 나는 아니야. 그 사람들은 나만큼 섬세하지 않아. 나는 항상 위가 유난히 약했거든. 때로는 아무것도 소화가 안 될 때도 있어. 하지만 그건 그렇고, 그 시가가 마음에 들더라. 그 시가 한 상자 더 보내다오."

퓨젤 오일과 소화불량 이야기에서 사랑 이야기로 넘어가는 건 불가능했다. 그래서 킵스는 숙부가 최근 싸게 샀다는, 모랜드 화풍의 희귀한 고판화를—가운데에 구멍이 하나 뚫려 있는 걸 제외하면 완벽한—호기심 어린 눈으로 살펴보고, 대화를 노부부의 이사 문제로 돌렸다. 킵스의 큰 행운이 처음 찾아왔을 때, 그들을 평생 편히 살게 해주자는 말이 많았다. 그들이 여생을 걱정 없이 지낼 수 있도록 하자는 데 모두가 동의했고, '사업에서 은퇴한다'는 말이 그 무렵 자주 오르내렸다.

킵스는 문가에 인동덩굴이 얽히고, 언제나 햇살이 비치며, 바람 한 점 불지 않고, 문 앞에는 늘 따뜻한 환영의 미소가 머무는 오두막을 꿈꾸었다. 그것은 참으로 아름다운 꿈이었다. 하지만 막상 실제로 그 오두막을 고를 때—이 집이냐 저 집이냐를 결정해야 할 순간이 되자— 노부부는 킵스가 지금껏 가장 형편없는 집이라고 여겼던 바로 이 작은 집에 뜻밖의 애착을 보였다.

"우리는 서둘러 이사하고 싶지 않아." 숙모가 말했다.

"이사할 때는, 평생 살 곳으로 가고 싶어. 나는 지금까지 이사는 충분히 했어." 숙부가 말했다.

"여기서 좀 더 지낼 수 있어. 오랫동안 여기서 지냈으니까." 숙모가 말했다.

"내가 먼저 좀 둘러볼게." 숙부가 말했다.

그리고 집을 둘러보는 동안 숙부는, 단순히 무언가를 소유하는 데서 얻을 수 있는 것보다 훨씬 큰 즐거움을 발견했다. 그는 사실상 가게 문을 닫아걸고, 새로운 집을 찾는 일을 인생의 임무처럼 삼았다. 그는 마른 몸에 회색

빛 머리를 한 채, 수줍지만 끈질기게 묻고 다니는 사람으로 세상을 돌아다녔다. 어느 집이든—작든 크든—그의 관심을 피할 수 없었다. 그는 빈집보다 사람이 사는 집을 더 좋아했다.

"당신은 여기에 살 거라고 생각하겠지만, 실제로는 그렇지 않을 겁니다. 오래 못 살아요."

그가 말하곤 했다. 물론, 자신의 사적인 공간에 대한 이런 불청객의 검사를 불쾌해하는 집주인들도 있었다. 그런데 뜻밖의, 전혀 예상치 못한 어려움이 찾아왔다.

"우리가 더 큰 집으로 옮기면."

숙모가 갑자기 말했다.

"하인을 둬야 할 거예요. 하지만 난, 비웃고 낄낄거리며, 잘난 체하고 게으른 그런 계집애들은 절대 우리 집에 두고 싶지 않아요. 그렇다고 더 작은 집으로 가면, 고양이 한 마리 휘두를 공간도 없을 거예요."

고양이를 휘두를 공간은 드물지만 꼭 필요한 일인 듯했다.

"우리가 이사하게 되면 말이야."

숙부가 말했다.

"사냥이라도 좀 할 수 있으면 좋겠어. 하지만 이 재고를 손해 보고 팔고 싶진 않아. 이걸 쌓는 데 몇 년이 걸렸다고. 창문에 '판매 중'이라고 써 붙였지만, 손님들이 몰려들진 않더군. 어제 온 사람은 손님도 아니었어. 그저 구경만 하러 들어왔다가, 나가서 다른 데 가서 나를 비웃겠지. 고맙지만, 됐네. 그게 내 생각이야, 아티."

그들은 앞으로 어디에 정착할지를 두고 꽤 오랫동안 이런저런 상상을 주고받았다. 그 사이 킵스는 자신이 전하려던 중대한 발표를 어떻게 꺼내야 할지 점점 더 막막해졌고, 그 시작을 어디서 어떻게 해야 할지도 점점 더 불확실해졌다.

한 번은 숙부가 이사 문제 같은 위험한 주제에서 벗어나려는 듯 "그래서, 너는 포크스톤에서 어떻게 지내니? 언젠가 너를 보러 가야겠구나."라고 말하자 킵스는 바로 그 틈을 잡으려 했다. 그러나 숙부는 곧 여주인들이 허풍떨고 속이는 가게 점원들을 어떻게 다뤄야 하는지에 대한 긴 설명으로 넘어가 버렸고, 기회는 그대로 사라졌다.

킵스는 결국 이렇게 생각했다.'산책을 나가서 효과적인 첫마디를 잘 만들어야겠다. 그러고 나서 돌아와 차분히 다 털어놔야지.' 하지만 막상 밖으로 나가보니, 혼자 걸을 때조차 그의 머릿속은 전혀 엉뚱한 생각들로 흩어져 있었다.

2

그의 발걸음은 하이 스트리트를 지나 교회 쪽으로 향했다. 그는 한때 앤 포닉과의 경주에서 결승선이었던 문에 잠시 기대어 있다가, 이내 문 위 난간에 걸터앉았다. 그는 이제 모든 것을 다시 정리해야 한다는 걸 알고 있었다. 그의 마음은 한 줄기 산들바람이 스쳐 간 뒤의 수면처럼 흔들리고 있었다. 헬렌과 자신의 위대한 미래에 대한 이미지는 부서져, 더 오래된 기억들, 그날 오후 하이 스트리트의 빛과 공기의 장난 속에서 되살아난 오랫동안 잠자고 있던 기억의 왜곡된 조각들과 뒤섞여 있었다. 그때 갑자기, 팔꿈치 아래에서 멋지고 쨍한 금속성의 목소리가 들려왔다.

"이봐, 아트!"

그가 돌아보니, 시드 포닉이 있었다. 6년 전, 가게 문간에서 그를 보았을 때와 거의 똑같았다. 변한 듯하면서도 변하지 않은 얼굴이었다. 넓은 얼굴과 입, 수많은 주근깨, 짧은 코와 묵직한 턱.

여동생 앤처럼 아름답지는 않았지만, 어딘가 그녀를 떠올리게 하는 무언가가 있었다. 다만 이제 그는 전혀 다른 목소리를 가지고 있었다 ― 크고 약간 딱딱한 음색의 목소리, 그리고 윗입술 위에는 뻣뻣하고 아주 옅은 콧수염이 나 있었다. 킵스는 악수했다.

"방금 너 생각을 하고 있었어, 시드."

킵스가 말했다.

"바로 이 순간에 말이야. 다시는 너를 못 볼 줄 알았는데, 이렇게 만나게 되다니!"

"가끔은 이쪽 동네로 와보곤 해."

시드가 말했다.

"잘 지내냐, 친구?"

"괜찮아."

킵스가 대답했다.

"방금 유산을—"

"넌 별로 안 변했구나."

시드가 말을 가로막았다.

"그래?"

킵스가 살짝 풀이 죽은 듯 말했다.

"거리 저쪽에서부터 알아봤어. 네 그 모자에도 불구하고 말이야. '저건 아트 킵스 아니면 악마다'라고 생각했지. 그리고 보니까 정말 너였어."

킵스는 등을 한번 돌려보려는 듯 몸을 움직였다가, 다시 시드의 얼굴을 바라보았다.

"콧수염이 났네, 시드."

그가 말했다.

"휴가 중이지."

시드가 말했다.

"음, 나도 뭐… 부분적으로는 그래. 방금 유산을—"

"나도 휴가야."

시드가 말을 이었다.

"하지만 요즘엔 내가 나한테 휴가를 줘야 하거든. 이제 나 독립했거든."

"여기서?"

킵스가 물었다.

"아니, 설마! 난 시골에 박혀 있고 싶진 않았어. 해머스 미스에서 시작했지. 제조업이야."

"잡화점은 아니지?"

"아니야! 엔지니어. 자전거를 만들어."

그는 가슴 주머니에 손을 넣어 분홍색 전단지 몇 장을 꺼냈다. 그는 킵스에게 한 장을 건네고는, 설명과 함께 손가락으로 짚어가며 그가 읽을 틈을 주지 않았다.

"저게 우리 제품이야. 정확히 말하면 내 제품이지. '붉은 깃발', 보이지? 내 이름이 새겨진 상표도 있고. 판토크 랫 타이어는 8파운드, 클린처는 10파운드, 던롭은 11파운드, 여성용은 1파운드 더 비싸. 저게 여성용이야. 런던에서 민주적인 가격에 살 수 있는 최고의 자전거지. 기니 단위도 없고 할인도 없어. 정직한 거래야. 나는 주문 제작을 해. 지금까지 이걸 만들었지…" 그는 바다 쪽을 바라보며 생각했다. "열일곱 대. 주문받은 것까지 포함해서. 그냥 옛 동네 좀 둘러보러 왔어. 어머니가 가끔 고향 근처를 보고 싶어 하셔서."

"너희 가족은 다 떠난 줄 알았는데."

킵스가 말했다.

"떠나다니! 아버지가 돌아가신 뒤에? 전혀 아니야!"

시드가 대답했다.

"어머니는 돌아오셔서 머깃 부부의 오두막에서 지내고 계셔. 공기가 좋대. 해머스미스보다 옛 동네가 더 좋으시지. 그리고 이제는 내가 어머니가 편히 지내시도록 할 형편이 됐거든. 아직 옛 친구들도 한두 명 남아 있고. 우린 담 너머로 얘기도 하고, 차도 마셔."

"넌 아직 결혼 안 했지, 킵스?"

킵스는 고개를 저었다.

"나는…." 그가 말을 꺼내려 했다.

"나는 결혼했어." 시드가 말했다.

"2년 됐고, 애도 하나 있어. 똑똑하고 귀여운 녀석이지."

"나는 약혼했어."

킵스가 힘겹게 말했다.

"아!" 시드가 가볍게 외쳤다. "좋네! 행운의 주인공은 누구야?"

킵스는 태연한 척하려 애썼다. 두 손을 주머니에 찔러 넣으며 아무렇지 않은 듯 말했다.

"포크스톤에 사는 변호사 딸이야. 꽤 괜찮은 집안이지. 명문가고, 보프레 백작하고도 친척이야."

"뭐라고?"

시드가 외쳤다.

"진짜야."

킵스가 말했다.

"운이 좀 따랐거든, 시드. 돈을 좀 상속받았어."

시드는 본능적으로 킵스의 옷차림을 훑어보았다.

"얼마나?" 그가 물었다.

"1년에 1200파운드 정도."

킵스가 마치 대수롭지 않은 일인 양 말하려 애썼다.

"세상에…."

시드가 놀라움과 당혹감이 섞인 목소리로 말했다. 그는 한두 걸음 뒤로 물러섰다.

"할아버지 덕분이야."

킵스가 겸손하고 소박하게 보이려 애쓰며 말했다.

"할아버지가 계신 줄도 거의 몰랐는데, 갑자기, 쾅! 변호사 빈 씨가 와서 그 얘기를 해줬지. 그 자리에 네가 있었으면 아마 놀라서 쓰러졌을 거야."

"얼마라고?"

시드가 다시 날카롭게 물었다.

"1년에 1200파운드쯤. 대략 그 정도야."

시드의 유쾌하고 질투 없는 축하 시도는 1분도 채 가지 않았다. 그는 어색한 진심으로 악수하며 정말 기쁘다고 말했다.

"정말 대단한 행운이야." 그가 말했다.

"정말 대단한 행운이지." 그가 되풀이했다.

"바로 그거야." 그의 얼굴에서 미소가 사라졌다.

"물론, 내가 갖는 것보다 네가 갖는 게 낫지, 친구. 그러니 어쨌든 나는 너를 부러워하지 않아. 내가 가졌더라도,

지킬 수 없었을 거야."

"어째서?" 킵스가 시드의 명백한 분함에 약간 기분이 상하며 물었다.

"나는 사회주의자잖아, 알잖아." 시드가 말했다.

"나는 부를 인정하지 않아. 부가 뭐야? 가난한 사람들에게서 빼앗은 노동의 대가야. 기껏해야 그건 네가 잠시 맡아두는 거라고. 적어도 나는 그렇게 생각할 거야." 그는 잠시 생각했다.

"현재의 부의 분배란…." 그가 말끝을 흐렸다.

그러고 나서 그는 노골적인 쓴맛을 드러냈다. "전혀 말이 안 돼. 그냥 빌어먹을 헛짓거리야. 이런 엉망진창 속에서 누가 일하고 신경이나 쓰겠어? 여기 너는, 어쨌든, 세상의 일을 하고 있었는데 세상은 너에게 거의 아무것도 주지 않았지. 그러다 갑자기 아무것도 하지 말라며 1년에 1200파운드를 줘. 세상이 이런 빌어먹을 짓을 하는데 누가 법과 관습을 존중하겠냐고?" 그는 되풀이했다. "1년에 1200파운드!"

킵스의 얼굴을 보자 그는 약간 누그러졌다.

"너를 탓하는 게 아니야, 친구. 이 시스템을 탓하는 거지. 대부분의 사람들보다 네가 낫지. 그래도…."

그는 두 손을 문에 얹고 혼잣말로 되풀이했다.

"1년에 1200파운드. 맙소사, 킵스! 너는 이제 거물이 되겠구나!"

"아니야." 킵스가 불완전한 확신으로 말했다. "아니야."

"그런 돈을 가지고 있으면서 으스대지 않을 수는 없어. 너는 곧… 뭐라고 하더라? 나 같은 평범한 기계공에게는 말을 걸기에는 너무 높은 사람이 될 거야."

"아니야, 시드." 킵스가 확신에 차서 말했다. "나는 그런 사람이 아니야."

"아!" 시드가 마지못해 회의적인 투로 말했다. "돈이 너에게는 너무 과분할 거야. 게다가, 너는 이미 상류층 아가씨에게 잡혔잖아."

"무슨 뜻이야?"

"네가 결혼할 그 여자 말이야. 매스터먼이 그러는데…."

"매스터먼이 누군데?"

"내가 아는 정말 좋은 친구야. 우리 집 1층 앞방에 세 들어 살고 있어. 매스터먼은 항상 아내가 집안 분위기를 좌우한다고 말해. 항상. 여자가 끼어들기 전까지는 사회적 차이라는 게 없다고."

"아!" 킵스가 깊이 말했다. "너는 잘 몰라."

시드는 고개를 저었다. '생각해봐!' 그가 속으로 생각했다. '아트 킵스가! 1년에 1200파운드라니!' 킵스는 벌어진 틈을 메우려고 애썼다. "휴런족 기억나, 시드?"

"그럼." 시드가 말했다.

"그 난파선은?"

"지금도 그 냄새가 나는 것 같아. 시큼한 냄새 같은 거."

킵스는 시드의 여전히 불편해 보이는 얼굴을 보며 잠시 침묵했다.

"저기, 시드, 앤은 어때?"

"괜찮아." 시드가 말했다.

"지금 어디 있어?"

"어떤 집에서 일해… 애쉬포드에."

"아!"

시드의 얼굴은 이전보다 한층 더 굳어졌다.

"사실은." 그가 말했다. "우리는 서로 잘 지내지 못해. 나는 남의 집 살이를 인정하지 않거든. 우리는 평범한 사람들이겠지만, 나는 그게 싫어. 내 여동생이 다른 사람들 식탁에서 시중드는 꼴을 왜 봐야 하는지 모르겠어. 싫다고. 그들이 1년에 1200파운드를 벌더라도 말이야."

킵스는 화제를 바꾸려고 애썼다. "우리가 여기서 경주할 때 네 동생이 한번 나왔던 거 기억나? 여자치고는 꽤 잘 달렸는데."

그리고 그의 말은 상상했던 것보다 훨씬 더 선명한 이미지를 불러일으켰다. 너무나 선명해서 마치 그의 눈앞에서 숨 쉬는 것 같았고, 그가 한 시간쯤 후에 포크스톤으로 돌아왔을 때도 그 이미지는 완전히 사라지지 않았다. 그러나 시드는 앤에 대한 어떤 추억으로도 마음속 다른 곪아 터지는 상처에서 벗어날 수 없었다.

"나는 네가 그 모든 돈으로 뭘 할지 궁금해." 그가 추측했다. "어떤 좋은 일을 할지 궁금하다고. 네가 뭘 할 수 있을지 말이야. 너는 매스터먼의 말을 들어봐야 해. 그는 너에게 여러 가지를 말해줄 거야. 만약 그 돈이 나에게 왔다면, 나는 뭘 했을까? 지금 상황에서 나라에 돌려주는 건 소용없어. 아마 오언주의식 이익 공유 공장[3]을 시작하거나, 새로운 사회주의 신문을 창간할 거야. 우리에게는 새로운 사회주의 신문이 필요해." 그는 정교하고 모범적인 제안들을 늘어놓으며 개인적인 분함을 잊으려 애썼다.

3

"나는 내 자동차로 가야겠어." 킵스가 마침내, 그의 말을 상당 부분 듣고 나서 말했다.

"뭐! 자동차도 있어?"

"아니!" 킵스가 변명하듯 말했다. "오늘만 빌렸어."

"얼마인데?"

"5파운드."

---

3   로버트 오언(Robert Owen)이 주장했던 협동조합형 공장 / 이익 공유 제도

"일주일 동안 다섯 가족을 먹여 살릴 수 있는 돈이야! 맙소사!" 그것이 시드의 혐오감을 극에 달하게 한 마지막 한 방울인 듯했다. 그러나 어떤 매력에 이끌린 듯, 그는 킵스와 함께 가서 그가 자동차에 오르는 것을 도왔다. 그는 그것이 최신형 자동차가 아니라는 것을 알아차리고 기뻐했지만, 그것이 유일한 위안이었다. 킵스는 작은 가게 문을 한 번 격렬하게 흔들어 종을 울려 숙부와 숙모에게 알린 후, 즉시 차에 올라탔다. 시드는 그의 커다란 털 외투 입는 것을 돕고 고글을 살펴주었다.

"잘 가, 친구!" 킵스가 말했다.

"잘 가, 친구!" 시드가 말했다.

늙은 부부는 작별 인사를 하러 나왔다. 숙부는 승리감에 빛났다.

"맙소사, 아티! 너와 함께 가고 싶구나." 그가 외치고는,

"네가 가져가야 할 게 있어!"라고 말했다.

그는 가게 안으로 다시 들어가, 모랜드 화풍의 구멍 뚫린 판화를 들고 돌아왔다.

"이걸 잘 간직해라, 얘야." 그가 말했다. "아는 사람에게 수리받아. 지금까지 내가 너에게 준 것 중 가장 가치 있는 거야, 내 말을 믿어."

"부릉!" 자동차가 소리를 내고, 쿵, 쿵, 쿵, 뒤로 물러나며 코를 킁킁거리는 동안, 숙부는 복잡한 재앙이라도 예견한 듯 보도 위에서 춤을 추며 운전사에게 "괜찮아."라고 말했다. 그는 멀어지는 조카에게 뚱뚱한 지팡이를 흔들었다. 그러고 나서 그는 시드에게 돌아섰다. "자, 만약 네가 저런 것을 만들 수 있다면, 포닉, 너도 좀 뽐낼 수 있을 텐데!"

"저는 저것보다 훨씬 더 좋은 걸 만들 겁니다, 두고 보세요." 시드가 주머니에 손을 깊이 찔러 넣고 말했다.

"천만에." 숙부가 말했다.

자동차는 길게 윙윙거리는 소리를 내며 도로를 따라 멀어졌다. 시드는 어머니가 날카롭게 부르는 소리에도 아랑곳하지 않고 그 자리에 가만히 서 있었다. 젊은 기계공은, 주문받은 것을 포함해 열일곱 대의 자전거를 만들었다는 것이 자신이 생각했던 것만큼 대단한 일이 아니라는 사실을 깨달았다. 그리고 그런 깨달음은 언제나 자존심 강한 남자에게 뼈아프게 다가오는 법이었다.

"그래, 뭐…."

시드가 마침내 중얼거리고는 어머니의 오두막 쪽으로 발길을 돌렸다. 어머니는 그를 위해 뜨거운 티케이크를 준비해두고 있었다. 하지만 그가 그것을 먹으며 어둡고 생각에 잠긴 얼굴을 하고 있자 그녀는 약간 상처를 받았다. 시드는 언제나 티케이크를 좋아하는 아이였고, 그녀는 특별히 그를 위해 하나를 사 왔던 것이다. 그는 어머니에게 아무 말도 하지 않았다. 아무에게도, 킵스를 만났다는 이야기를 꺼내지 않았다. 한동안은 킵스에 대해 그 누구와도 이야기하고 싶지 않았다.

5. 제자 연인

1

킵스가 그날 오후를 되돌아보았을 때, 그는 자신의 처지와 진정한 사랑의 과정 사이에 놓인 어떤 근본적인 부조화를 처음으로 느꼈다. 그는 자신이 끝내 하지 못한 발표와 숙모와 숙부가 한 말들 사이의 어긋남을 이해할 수는 없었지만, 분명히 느낄 수는 있었다. 그가 침묵하게 된 이유는 단순히 용기가 부족해서가 아니라, 포크스톤에서 뉴 롬니로 가는 동안, 헬렌과의 약혼이라는 온전하고 완벽하게 보였던 사실이 그곳 사람들의 눈에는 믿기 어려운, 어쩌면 우스꽝스럽기까지 한 일로 보일 것이라는 깨달음이 찾아왔기 때문이었다. 그리고 그 생각과 함께 시드 포닉의 변한 태도가 떠올랐다 — 자신의 부유함이 그들의 오랜 관계를 흔들어 놓았다는 당혹스러운 느낌, 그리고 시드가 이제는 더 이상 자신을 '사회적으로 아래'라고 여기지 않는, 분명한 태도를 보였다는 사실 말이다.

킵스는 사회적 상승이란 것이 결국 사랑하는 이들의 뒷모습을 보게 되는 여정임을 미처 예상하지 못했다. 그 사실이 처음 고개를 들었을 때, 그의 마음속에는 쓰라린 혼란이 밀려들었다. 그리고 그것은 곧 잡화점의 '동료들'과 치터로와 관련하여 훨씬 더 심각한 방식으로 드러날 것이었다. 림프네 성에서의 그날부터 헬렌과의 관계는 새로운 국면에 접어들었다. 그는 선한 영혼들이 천국을 위해 기도하듯, 자신이 무엇을 바라는지도 거의 이해하지 못한 채 헬렌을 위해 기도했다. 그리고 이제 신전 앞 그림자 속에서 겸손하게 숭배하던 시절은 끝났고, 여신은 더이상 신비의 베일을 두르지 않은 채 그에게 내려와 그의 손을 잡고, 단단하고 강한 발걸음으로 그의 옆을 걸었다. 그녀는 그를 좋아했다. 이상한 점은, 곧 그녀가 변덕스럽게 그의 이마에 세 번 입을 맞추었지만 그는 한 번도 그녀에게 입을 맞추지 않았다는 것이었다. 그는 자신의 감정을 분석할 수 없었다. 그저 세상이 그들 주위에서 놀랍도록 변했다는 것, 그리고 그 안에서 무언가가 사라졌다는 것만을 알았다. 그러나 진실은—비록 그 자신은 알지 못했지만— 그가 여전히 그녀를 숭배하고 두려워했으며, 약혼에 대해 우스꽝스러울 만큼 자부심을 느끼고 있었음에도, 그녀를 더 이상 사랑하지 않는다는 것이었다. 사랑의 영혼이라 부를 만한, 그 섬세하고 다정하며 형언할 수 없는 무언가는 이미 사라지고, 다시는 돌아오지 않았다. 그러나 그녀는 그것을 전혀 눈치채지 못했고, 사실 그 자신도 그렇다는 것을 깨닫지 못했다.

그녀는 완전한 선의로 그를 떠맡았다. 그녀는 그의 말투, 태도, 옷차림, 그리고 사물을 보는 방식에 대해 이야기했다. 그녀는 킵스의 은밀한 허영심의 가장 부드러운 구석에 그녀 지성의 칼날을 찔러 넣었고, 그의 가장 내밀한 자부심을 피 흘리는 누더기로 만들었다. 그는 쿠트의 도움을 많이 받아 이러한 지적의 칼날 중 적어도 일부를 예상하려고 부지런히 노력했다. 그러나 예상치 못한 공격이 훨씬 더 많았다.

그녀는 그의 순순한 태도가 매우 사랑스럽다고 느꼈다. 사실 그녀는 점점 더 그에게 호감을 느꼈다. 그녀의 그에 대한 감정에는 어머니 같은 면이 있었다. 그러나 그의 성장 환경과 교우 관계는, 그녀의 판단으로는 "끔찍했다." 뉴 롬니에 대해서는 거의 신경 쓰지 않았다. 그곳은 너무 멀었으니까. 하지만 더 가까운 영향들은 달랐다. 야간의 '노래 모임'—그녀는 킵스가 밴조를 연주한다는 사실을 거의 믿기 힘들 정도로 충격적으로 받아들였다— 버긴스가 가르쳐준 저속한 처세술들— "버긴스가 누구예요?" 그녀가 물었다— 피어스와 카샷 같은, 의심할 여지 없이 천한 인물들, 그리고 마지막으로, 가장 심각한 문제는 치터로 일행과 어울리는 것이었다. 배우들과 어울린다는 것은 그녀에게 끔찍한 사회적 타락처럼 보였다.

치터로는 샌드게이트 해안을 따라 학교 연극을 보러 걷고 있던 두 사람 앞에 예고도 없이, 눈부시고 압도적인 모습으로 나타났다. 월싱엄 부인은 막판에 함께하지 못했다. 그리하여 치터로는 마치 미래의 어딘가에서 불쑥 튀어나온 듯, 그들 앞에 등장했다. 그는 줄무늬 플란넬 정장을 입고 있었고, 그의 머리에는 킵스가 그의 웅변 강좌 수강료를 선불로 지불한 뒤 겨우 사들였던 것과 같은 밀짚모자가 얹혀 있었다. 두 손은 바지 옆주머니에 깊이 꽂혀 있었고, 그는 재킷 자락을 휘날리며, 해안을 거니는 사람들을 주의 깊게 훑어보았다. 그의 대담하게 치켜든 코 아래에 희미하게 걸린 미소는 그가 인물 연구 중임을 보여주었는데, 의심할 여지 없이 곧 있을 연극을 위한 것이었다.

"어이!"

그가 킵스를 보자마자 외쳤다. 그리고 그의 넓고 평평한 손이 밀짚모자를 붙잡는 동작에는 너무도 풍부한 과장이 담겨 있어, 헬렌은 마술사가 손바닥 속에 동전을 숨기는 모습을 순간적으로 떠올렸다.

"안녕, 치터로."

킵스가 다소 어색하게, 인사도 없이 말했다. 치터로는 잠시 멈추었다.

"잠깐, 친구."

그가 말하며 넓은 손바닥을 뻗어 킵스의 가슴 앞을 가로막았다.

"실례합니다, 아가씨."

그가 러시아 귀족처럼 우아하게 허리를 굽히며 말했다. 그 미소는 백 야드 떨어진 곳에서도 사람을 압도할 만큼 강렬했다. 헬렌은 하얗게 질려 그 자리에 서 있었고, 그 사이 치터로는 자신과 킵스만의 비밀스러운 작은 세계를 순식간에 만들어냈다.

"그 희곡에 대해서 말이야." 그가 말했다.

"어떻게 됐어요?" 킵스가 헬렌을 날카롭게 의식하며 물었다.

"괜찮아." 치터로가 말했다. "신디케이트의 강한 냄새가 공중에 진동해. 정말로, 강하게."

"괜찮네요." 킵스가 말했다.

"모두에게 말할 필요는 없어요."

치터로가 손을 입가로 가져가며, '비밀'을 공유하자는 과장된 몸짓을 했다. 그 손짓만으로도 '모두'의 범위가 얼마나 좁은지 명확했다.

"하지만 이건 분명 성공할 거라고 봐요. 어쨌든… 지금 은 방해하지 않겠어요. 잘 가요. 다시 올 거죠?"

"좋아요."

킵스가 말했다.

"오늘 밤?"

"8시요."

그리고 나서 치터로는, 이전보다 더 러시아 귀족 같은 품격으로 절을 하고 물러났다. 그는 한순간 정복자의 눈 빛으로 헬렌을 바라보며, 그녀를 자신이 속한 높은 세계 의 여인으로 표시했다.

잠시 동안 두 연인 사이에는 침묵이 흘렀다.

"저 사람은."

킵스가 고갯짓으로 가리키며 말했다.

"치터로예요."

"친구인가요?"

"어떤 면에서는요. 제가 그를 만난 게 아니라, 그가 자 전거로 저를 쳤거든요. 그게 인연이 됐죠."

킵스는 태연한 척했지만, 헬렌은 그의 옆모습을 세심

히 살폈다.

"그 사람은 뭐 하는 사람이에요?"

"배우예요." 킵스가 말했다.

"적어도 희곡은 쓰죠."

"그리고… 팔아요?"

"부분적으로요. 희곡의 지분을 팔아요. 그래도 꽤 괜찮은 사람이에요, 정말로. 사실 전부터 이야기하려고 했어요."

헬렌은 어깨너머로 멀어져 가는 치터로의 뒷모습을 바라보았다. 그 표정엔, 믿기 어려운 기묘한 의심이 스쳤다. 그녀는 킵스에게로 돌아섰고, 조용하지만 단호한 어조로 말했다.

"그 치터로라는 사람에 대해 전부 말해줘요. 지금 당장."

진땀 빼는 설명이 시작되었다. 학교 연극은 킵스에게 안도감과도 같았다. 극장으로 들어가는 소란 속에서 그는 잠시나마 그 필사적인 설명을 잊을 수 있었고, 연극이 상연되는 동안에는 잊으려고 최선을 다했다. 그러나 헬렌은 부드러우면서도 끈질겼다. 그들이 포크스톤으로 돌아올 때, 그녀는 다시 치터로에 대한 설명을 요구했다. 치터로를 설명하기란 정말 어려웠다. 상상하기 힘들 정도로! 헬렌의 태도에는 거의 어머니 같은 불안감과, 사건의 진상을 파헤치려는 여교사 같은 단호함이 뒤섞여 있었다. 킵스의 귀는 이내 새빨갛게 달아올랐다.

"그의 희곡을 본 적이 있나요?"

"하나 말해준 적은 있어요."

"무대에서 상연된 거 말이에요."

"아니요. 아직 무대에 올린 건 없어요. 그건 다 앞으로의 일이죠."

"약속하세요." 그녀가 결론을 내리듯 말했다. "저와 상의하기 전에는 아무것도 하지 않겠다고요."

그리고 물론 킵스는 약속했다. "아, 그럼요!"

그들은 침묵 속에서 길을 걸었다.

"아무나하고나 어울릴 수는 없어요." 헬렌이 일반론처럼 말했다.

"물론이죠." 킵스가 말했다.

"어떤 면에서는 그가 제 돈을 찾는 데 도움을 줬어요."
그는 광고지에 대한 이야기를 얼버무렸다.

"그를 갑자기 내치고 싶지는 않아요." 그가 덧붙였다.

헬렌은 잠시 침묵하더니, 화제를 돌렸다.

"우리는 곧 런던에서 살게 될 거예요." 그녀가 말했다.
"여기 있는 동안만 참으면 돼요."

그것은 그녀가 그에게 그들의 결혼 후 미래에 대해 던
진 첫 번째 암시였다.

"우리는 서쪽에서 너무 멀지 않은 곳에 멋진 작은 아파
트를 얻을 거예요. 그리고 거기서 우리만의 교우 관계를
만들어 나갈 거고요."

2

그해 여름 내내 킵스는 배우는 연인이었다. 그는 자기
계발에 대한 열망을 숨김없이 드러냈고, 자신의 부족함을
인정하는 데도 후했다. 사실, 그의 겸손은 지나칠 정도여
서 헬렌이 한두 번은 "그건 너무 과한 겸손이에요"라며 살
짝 귀띔해야 할 정도였다. 그의 새로운 친구들 또한 각자

의 방식으로 헬렌의 노력을 도왔다. 그가 더 세련된 세계 속에서 편안함과 품위를 익히도록 하기 위해서였다. 쿠트는 여전히 그의 주된 스승이었다. 남자는 사랑하는 여자에게 털어놓기 힘든 자잘한 결점을 다른 남자에게는 말할 수 있기 때문이다. 그러나 말하자면, 그의 주변 모두가 일종의 교직원이었다. 주근깨 소녀조차 그를 한 번 가르쳤다.

"'콩트르탕'이라고요? 그건 '콩트르통'이에요."

그가 『예절과 규칙』에서 그 단어를 인용했을 때였다. 그리고 그녀는 그의 요청에 따라 'as'와 'has'의 차이를 설명하려 애썼다. 이 둘의 구별은 언제나 그를 괴롭혔고, 그 혼란은 치터로에게서 배운 'h 발음 수업'의 첫 결실이었다. 그전까지 그는 그 위험한 알파벳을 거의 무시했으나, 이제 그는 'h'로 시작하는 단어를 보면 마치 폭발이라도 일어날 듯 잠시 숨을 고르고, 곧 갑작스럽게, 과도하게 'h'를 내뱉었다. 어느 날 킵스가 말했다.

"as he(애즈 히)였던가? 아니, has he(해즈 히)? 저는 이 두 개가 항상 헷갈려요. 뭐가 맞는 건가요?"

"음⋯."

헬렌이 미소 지으며 말했다.

"'as'는 접속사고, 'has'는 동사예요."

"네, 알아요." 킵스가 말했다.

"그런데 언제 'has'가 접속사고, 언제 'as'가 동사인가요?"

"그건 전혀 그렇지 않아요."

주근깨 소녀가 또렷하게 말했다. 얼굴이 조금 붉어졌지만, 설명은 여전히 명료했다.

"'has'는 소유를 뜻해요. 예를 들어 'He has(그는 가지고 있다)'. 'as'는 문장을 이어줄 때 써요. 'As he has(그가 가지고 있듯이)'처럼요."

"알겠어요." 킵스가 말했다.

"그러니까 '그가 그랬듯이(as he)? 아니, 그가 그랬나요(has he)?—그거군요. has he? as he. 네, 이제 알겠어요."

"소유를 기억하세요." 주근깨 소녀가 덧붙였다.

"그럴게요." 킵스가 말했다.

쿠트 양은 킵스의 예술적 발전을 담당했다. 그녀는 일

찍이 킵스가 상당한 예술적 감수성을 지녔다고 판단했고, 킵스의 작품 감상 발언은 확실히 지적으로 들렸다. 킵스가 방문할 때마다, 쿠트 양은 그에게 예술 작품들을 보여주곤 했다 —

때로는 삽화가 실린 책, 때로는 보티첼리의 컬러 복제화, 혹은 '위대한 그림 100선', '아카데미 화집', 독일 미술교재, 또는 가구와 디자인 잡지였다.

"이런 것들을 좋아하시죠?"

쿠트 양이 물으면, 킵스는 대답했다.

"네, 좋아합니다."

그는 점차 미적 감상에 관한 그럴듯한 어휘를 익혔고, 월싱엄 가문이 그를 예술공예 전시회에 데려갔을 때, 그의 태도는 유난히 지적이었다. 한동안 그는 신중하게 침묵을 지키다가, 갑자기 한 컬러 판화 앞에서 멈추었다.

"저건 꽤 멋지네요."

그가 월싱엄 부인에게 말했다.

"저기, 그 작은 거요."

그는 완전히 확신하지 않는 한, 딸보다는 어머니에게

그런 말을 하는 쪽을 선호했다. 그는 점점 월싱엄 부인에게 호감을 느끼게 되었다. 그녀의 밝고 우아한 품위, 말을 고르고 다루는 섬세한 태도에 감탄했다. 그녀는 그에게 '숙녀다움'이란 말의 완전한 구현이었다. 그녀는 언제나 세심한 완벽함으로 옷을 입었고, 언제나 단정하고 향기롭게 정돈되어 있었다. 그녀의 머리카락과 안색, 그리고 약간 빛바랜 듯한 세련미조차 그녀의 매력을 더해주었다. 킵스는 그전까지 이토록 결점 없는 여인을 단 한 번도 본 적이 없었다. 그녀는 그에게 '진짜 숙녀 그 자체'였다.

그녀 곁에 있으면 그는 자신이 어딘가 투박하고 거칠며, 마치 섬세한 도자기 옆의 흙덩이처럼 느껴졌다. 자신의 목소리와 억양, 거친 손과 서툰 몸가짐이 모두 부끄럽게 의식되었다. 하지만 그럴수록 그는 그녀를 더 깊이 존경했다. 그녀의 손은 언제나 차갑고, 부드럽고, 창백하게 희었다. 그리고 그녀는 처음부터 그를 이렇게 불렀다.

"아서."

그녀는 그를 직접적으로 가르치지는 않았다. 너무 섬세한 성품이어서 그런 노골적인 방식은 쓰지 않았다. 대신 그녀는 재치 있게 그를 다루며, 적절한 일화를 통해 많은 것들을 비춰주었다. 그녀의 대화는 언제나 품격 있었다. 설교적이지 않았지만, 본보기가 되는 이야기였다.

"나는 사람들이 이렇게 하는 게 좋아요."

그녀는 종종 이렇게 말하며 우아한 배려나 모범적인 행동의 일화를 들려주었다. 혹은 그 반대의 경우—품격 없는 행동을 한 사람들의 이야기였다. 그녀는 기차나 버스에서 만난 사람들에 대해 이야기를 자주 했다. 어느 날, 한 남자가 그녀의 잔돈을 차장에게 건네주었다는 이야기였다.

"꽤 평범한 사람 같았지만, 모자를 벗어 인사하는 모습이 인상적이었어요."

그녀는 킵스에게 모자를 드는 예절을 깊이 새겨주었다. 그래서 킵스는 길에서 여자를 보면 예의 바르게 모자를 벗어 인사하곤 했다— 몇몇의 놀란 웃음소리에 부끄러워질 때까지 말이다. 그리고 그녀는 이런 개인적 교훈의 날카로움을 누그러뜨리기 위해, 자신의 두 자녀에 대한 이야기를 곧잘 덧붙였다. 그녀는 그들을 "쌍둥이들"이라 불렀고, 때로는 "나의 보석들"이라 부르며 자주 언급했다. 그녀는 아이들의 재능과 성격, 야망, 그리고 그들에게 기회를 주는 것이 얼마나 중요한지를 이야기했다. 그들은 기회가 필요하다고, 그녀는 말하곤 했다. 다른 사람들이 공기를 필요로 하듯이.

월싱엄 부인과의 대화에서 킵스는 항상, 그리고 그녀역시 그렇게 가정하는 듯했지만, 그녀가 헬렌이 말했던 런던의 그 집에 함께 살 것이라고 생각했다. 그러나 그는 어느 날 이것이 사실이 아니라는 것을 알고 놀랐다.

"그건 안 돼요." 헬렌이 단호하게 말했다.

"우리는 우리만의 세계를 만들고 싶어요."

"하지만 어머님께서 여기서 좀 외로우시지 않을까요?" 킵스가 물었다.

"웨이스 부부, 프레블 부인, 빈든 보팅 부인, 그리고… 아는 분들이 많아요." 그리고 헬렌은 그 가능성을 일축했다.

이 교육적 연합 속에서 월싱엄이 맡은 역할은 작았다. 그러나 가끔 그는 눈에 띄게 활약했다. 특히 그들이 런던의 예술 공예 전시회를 처음 보러 갔을 때가 그랬다. 그날 그는 킵스에게 기차 안에서 읽을 만한 연극 전문지를 고르는 법, 금박 팁이 달린 담배와 1실링짜리 시가를 선택하는 법, 점심에는 호크 와인을, 저녁에는 스파클링 모젤 와인을 주문하는 법을 가르쳤다. 또한 마차 요금을 계산하는 법(1분에 1페니), 호텔의 주가 표시판을 지적인 표정으로 바라보는 법, 그리고 쓸데없는 말을 늘어놓기보다 '생각에 잠긴 사람처럼' 기차 안에 조용히 앉아 있는 법도 보여주었다. 그는 또한, 좋은 시절이 곧 올 것처럼, 언젠가 모두 함께 런던에 살게 될 날을 은근히 암시하곤 했다.

그 미래에 대한 전망은 점점 더 구체적이고 생생해졌다. 이제 그것은 두 사람의 대화에서 점점 더 큰 비중을 차지했다. 그들은 겉으로 감정을 드러내는 연인은 아니었다. 감상은 언제나 그들의 관계의 배경에 머물렀다. 이 새로운 미래에 대한 이야기들은 킵스에게 흥미로웠고, 최근 그가 들은 결점에 대한 직접적인 지적들보다는 훨씬 덜 불쾌했다. 미래는 거의 사업 계획처럼 솔직하게 제시되었다— 월싱엄 부인의 '쌍둥이 보석'이 함께 세상으로 나아가는 원정처럼, 킵스는 그 원정대의 짐꾼이자 보급 담당관이었다. 그들은 끔찍할 만큼 가난할 예정이었다— 이 말은 킵스를 놀라게 했지만, 그는 아무 말도 하지 않았다— '브루더'[4](즉, 오빠)가 자리를 잡을 때까지는 말이다. 하지만 그들은 둘 다 똑똑했고, 운이 따른다면 위대한 일을 해낼 수 있을 것이다. 헬렌이 런던 이야기를 할 때면, 그녀의 눈에는 약속의 땅을 바라보는 사람처럼 부드러운 빛이 어렸다.

이미 그들 주위에는 작은 문학 모임이 형성되고 있었다. 헬렌의 오빠는 훌륭한 문인과 예술가들이 모인 '연극 비평회'라는 문학 클럽의 회원이었고, 그곳에는 '레드 라이언'의 시머, 스타게이트, 휘플, 그리고 '레벨 부부'도 속해 있었다. 그들은 레벨 부부와 꽤 가까운 사이였다. 시드니 레벨은, 지금은 재치 있고 통찰력 있는 에세이로 유명한 작가지만, 한때 포크스톤 최고의 학교 중 한 곳에서 조

---

4 19세기 영국 소설에서는 교육 수준이 낮거나 방언을 쓰는 인물의 발음을 그대로 표기하는 기법이 흔했다. brother가 아닌 brudder를 사용한 원작자의 의도를 살리기 위해 음차 번역했다.

교사로 일했던 인물이었다. 헬렌의 오빠는 그와 여러 번 함께 차를 타고 나갔고, 헬렌에게 "글을 써보라"고 처음 권한 사람도 바로 그였다.

"아주 쉬운 일이에요." 시드니가 말했다. 그 무렵 그는 저녁 신문과 주간지에 가끔 글을 기고하고 있었다. 그러다 런던으로 건너가 거의 필연적으로 드라마 비평가가 되었고, 그 뒤에는 그를 유명하게 만든 화려한 에세이들과 소설들이 이어졌다. 그의 대표작 『여전히 심장은 뛴다(The Heart is Beating Still)』는 젊음과 아름다움, 순수한 열정과 관대한 헌신으로 가득한 생생한 이야기였다. 『북맨(The Bookman)』은 그 작품을 "대담하지만 결코 병적이지 않다"고 평했다. 그는 부유한 미국인 미망인과 결혼했고, 그 부부가 런던의 문학과 예술계에서 확고한 위치를 차지하고 있다는 것을 킵스는 알게 되었다. 헬렌은 레벨 부부에 대해 자주 이야기했다. 그들은 그녀가 이상으로 삼는 인물들이었다. 그녀는 시드니 레벨을 단순히 '시드니'라고 불렀고, 아직 레벨 부인을 직접 만나본 적이 없었기에 자연스레 남편에 대해 더 자주 언급했다. 확실히, 그들은 보프레 가문과의 먼 친척 관계 따위에 의지하지 않아도 곧 세상에 이름을 알릴 인물들이었다. 킵스는 자신의 결혼과 런던 이주와 함께, 쿠트가 처음 암시했던 그 미묘한 이름의 변화를 겪게 되리라는 것을 알고 있었다. 그들은 '큐프스', 즉 큐프스 씨와 부인이 될 것이었다. 아니면, 그냥 '큐프'였을까?

"처음에는 이상할 거야." 킵스가 말했다. "곧 익숙해지겠지."

그래서 그들은 각자의 방식으로 킵스의 지성을 넓히고, 세련되게 만들고, 단련하는 데 기여했다. 그리고 이 모든 영향들 뒤에는, 말하자면 이 모든 것을 총괄하고 교정하는, 킵스의 가장 가까운 친구 쿠트가 있었다. 일종의 의전장이었다. 걱정으로 가볍게 숨을 내쉬고, 슬레이트빛으로 불거진 눈을 우리 영웅에게 고정한 그의 얼굴이 저절로 그려질 것이다. 그가 세운 계획은 지금까지는 완벽할 만큼 순조롭게 진행되고 있었다. 그는 킵스의 성격을 엄청나게 연구했다. 그는 여동생, 월싱엄 부인, 주근깨 소녀, 그리고 귀 기울여 줄 만한 누구와도 킵스에 대해 이야기를 나누곤 했다.

"그 사람은 흥미로운 인물이야." 쿠트가 말하곤 했다.

"호감이 가. 본능적으로 신사다운 사람이야. 그는 점점이 모든 것에 익숙해지고 있어. 하루가 다르게 발전하고 있지. 곧 평정을 찾을 거야. 우리가 제때 그를 만난 거지. 지금으로서는… 글쎄, 내년쯤 좋은 교양 문학 강좌 같은 게 있다면, 그는 아마 등록할지도 몰라. 그런 일에 관심이 많거든."

"그는 지금 자전거를 타러 갔어요." 월싱엄 부인이 말했다.

"여름엔 괜찮죠." 쿠트가 대수롭지 않게 말했다.

"하지만 그는 더 진지하고 지적인 관심사에도 참여하고 싶어 해요. 자신에게서 조금 벗어날 수 있는 무언가 말이죠. 사교술과 자기 망각은 평정심의 절반 이상이니까요."

3

쿠트가 제시한 세계는, 킵스가 알던 세계— 즉 뉴 롬니의 늙은 숙부부모로부터 시작되어, 잡화점에서 성장한 평범한 영국인의 세계—를 부분적으로는 지지하고, 부분적으로는 확장하며, 또 부분적으로는 교정하는 것이었다. 그 속에는 숙모가 늘 "노동자 계급 아이들과 어울리지 말라"고 했던 것 같은, 미묘한 계층 의식이 스며 있었다. 그리고 샬포드 씨의 가게가 그렇게나 지키려 했던, '품격'을 위협하는 '평범함'에 대한 똑같은 두려움이 있었다. 하지만 이제 킵스는 자신의 지위에 대한 불쾌한 의심을 완전히 떨쳐냈고, 쿠트와 함께 확실히 '신사의 세계' 안에 들어와 있었다.

그 세계 안에는 분명 계급의 구별은 있지만, 계층의 구별은 존재하지 않는다. 거기에는 대지주와 같은 거물들도 있고, 쿠트처럼 세련되고 겸손한 작은 신사들도 있다. 그들은 모두 서로 만날 수 있고, 서로를 대체로 동등하게 대하며, 이 나라 안에서 또 다른 하나의 위대한 나라— 즉 '사교계'—를 이루고 있거나, 그렇지 않다고 해도 그렇게 보이려고 노력한다.

"하지만 정말로요." 제자가 물었다.

"그 '사교계'에 우리가 속해 있다는 말은 아니죠?"

"그렇습니다." 쿠트가 대답했다.

"물론, 이 근처에서는 그 모습을 자주 볼 수는 없지만, 여기에도 지역 사회가 있죠. 그 사회는 같은 규칙을 따릅니다."

"서로 찾아가고, 초대하고 그런 건가요?"

"그렇죠." 쿠트가 고개를 끄덕였다.

킵스는 생각에 잠겨 한 소절 휘파람을 불고는, 갑자기 양심의 문제를 꺼냈다. "저는 종종." 그가 말했다. "혼자 있을 때 저녁 식사를 위해 옷을 갈아입어야 하는지 궁금해요."

쿠트는 입술을 내밀고 생각했다. "정식 예복은 아니죠." 그가 판결했다. "그건 좀 과할 겁니다. 하지만 옷은 갈아입어야 해요. 디너 재킷이나 그런 종류의 편안한 복장으로요. 만약 제가 군인이 아니거나 가난하지 않았다면, 저도 확실히 그렇게 했을 겁니다."

그는 겸손하게 기침하고 머리 뒤를 쓰다듬었다.

그 후 킵스의 세탁비는 네 배로 늘어났다. 그는 여름이면 밴드 스탠드 근처를 산책하며, 가벼운 외투의 단추를 풀고 흰 리넨 넥타이를 살짝 드러낸 채로 종종 보였다. 그와 쿠트는 월싱엄이 '세련됨의 표식'이라 처방한 금박 팁 담배를 피우며 음악을 감상했다.

"저건… 아주 좋은 곡이군요."

킵스가 감탄하듯 말하곤 했다. 혹은 좀 더 감정이 고조되면, "저건 멋져!" 하고 덧붙였다. 그리고 국가가 연주되면, 두 사람은 경건한 자세로 모자를 벗고 일어섰다. 그들을 무엇이라 부르든 — 적어도 불충하다고는 부를 수 없었다. 사회적 경계는 쿠트와 킵스 모두에게 대단히 중요한 문제였다. 진정한 신사라면 무엇보다도 자신보다 '아래'에 있는 사람을 명확히 구별하고, 그들에게 걸맞은 태도를 취할 줄 알아야 했다.

"그게 바로 저한텐 너무 어려워요." 킵스가 말했다.

그는 이제 '거리'를 유지하고, 옛 친구들의 버릇없는 친근함을 제지하는 기술을 배워야 했다.

"그건 쉽지 않아요."

쿠트가 인정했다.

"그게 그렇게 어색하죠. 정말 어색해요."

"저는 그 무리와 어울렸거든요."

킵스가 말했다.

"그들에게 신호를 줄 수 있죠."

쿠트가 단호히 말했다.

"어떻게요?"

"아! 그건 상황이 알려줄 겁니다."

그 기회는 어느 가게가 일찍 문을 닫는 날 저녁에 찾아왔다. 킵스는 밴드 스탠드 근처 차양 달린 의자에 앉아, 여름 외투의 단추를 풀고, 새로 산 모자를 약간 비스듬히 이마 위로 눌러 쓴 채 쿠트를 기다리고 있었다.

그들은 한 시간 동안 밴드의 연주를 들은 뒤, 쿠트 양과 주근깨 소녀가 연습 중인 베토벤 듀엣곡의 일부를 도와주러 가기로 되어 있었다.

킵스는 의자에 몸을 기대고, 그런 저녁에 자신이 가장 즐기는 오락— 주변의 사람들이 '저 사람은 누구일까?' 하고 궁금해하고 있을 거라고 상상하는 일—에 잠겨 있었다.

그때, 등받이 뒤에서 거친 두드림과 함께 피어스의 목

소리가 들려왔다.

"신사 노릇, 나쁘지 않지?"

피어스가 말하며 1페니짜리 의자를 제자리로 돌렸다. 곧 버긴스가 다른 쪽에서 웃으며 나타나 지팡이에 몸을 기대었다. 그는 평범한 브라이어 파이프를 물고 있었다! 근처에 앉아 있던, 유행에 맞게 차려입은 진짜 숙녀 두 명이 피어스를 힐끗 보고는 재빨리 시선을 거두었다. 그들의 호기심이 단번에 풀린 듯했다.

"모양이 제법인데."

버긴스가 파이프를 빼며 킵스를 위아래로 훑었다.

"안녕, 버긴스."

킵스가 별로 반가워하지 않으며 말했다.

"잘 지내?"

"그럼. 다음 주면 휴가야. 조심해, 킵스. 내가 자네보다 먼저 대륙에 갈지도 몰라."

"불로뉴로 간다고?"

"그렇지. 프랑스어 좀 하거든. 장담하지."

"나도 언젠간 한 번 가볼 거야."

킵스가 말했다.

잠시 침묵이 흘렀다. 피어스는 지팡이 끝을 입에 물고 킵스를 바라보다가, 주변을 힐끗 둘러보았다.

"이봐, 킵스."

피어스가 일부러 또렷하고 큰 목소리로 말했다.

"요즘 그분 뵌 적 있어?"

킵스는 주위 사람들에게 좋은 인상을 남겨야 한다는 걸 알았지만, 마지못해 대답했다.

"아니, 못 봤어."

"그분, 어젯밤에 윌리엄 경이랑 함께 있었어."

피어스가 여전히 크고 또렷한 목소리로 말했다.

"그리고 자네에게 안부 전해달라더군."

킵스는 그 말에 두 숙녀 중 한 명이 희미하게 웃으며 옆 사람에게 뭔가 속삭이는 걸 눈치챘다. 이내 그들은 확실히 피어스를 힐끗 바라보았다. 킵스의 얼굴이 붉게 달아올랐다.

"그랬어?"

그가 겨우 말했다. 버긴스는 파이프 너머로 유쾌하게

웃었다.

"윌리엄 경은 요즘 통풍이 심하다더군."

피어스가 아무렇지 않게 말을 이어갔다. (버긴스는 파이프를 이 사이에 문 채, 그 상황이 너무 즐거운 듯 웃음을 터뜨렸다.) 그때 킵스는 쿠트가 다가오는 것을 보았다. 쿠트는 피어스를 향해 다소 차갑게 고개를 끄덕이며 말했다.

"기다리게 해서 미안하네, 킵스."

"의자 맡아뒀어요." 킵스가 말하고는 의자를 막고 있던 발을 치웠다.

"하지만 친구들이 있잖나." 쿠트가 말했다.

"아, 우리는 상관없어요."

피어스가 진심 어린 목소리로 말했다.

"사람은 많을수록 좋죠."

그리고는 덧붙였다.

"의자 하나 더 가져오지 그래, 버긴스?"

버긴스는 의자 이야기에 피어스를 향해 살짝 고개를 저었다.

그 순간 쿠트가 손으로 입을 가리며 헛기침을 했다.

"오늘도 늦게까지 일했나?"

피어스가 물었다. 쿠트의 얼굴이 순식간에 하얗게 질렸다. 그는 아무 말도 하지 않고, 못 들은 척 입을 다문 채 잠시 허공만 더듬듯 바라보다가, 갑자기 멀리 있는 아는 이를 본 사람처럼 몸을 휙 돌려 모자를 들어 인사했다. 피어스도 약간 창백해졌다. 그는 낮은 목소리로 킵스에게 물었다.

"저 사람, 이름이 쿠트 씨 맞지?"

쿠트는 피어스에게는 아무 대꾸도 하지 않고, 오직 킵스만을 향해 입을 열었다. 그의 말투에는 억눌린 긴장이 서려 있었지만, 어떻게든 침착한 체하려 애쓰는 기색이 역력했다.

"내가 꽤 늦었네." 그가 조용히 말했다. "이제 곧 가봐야 할 것 같아."

킵스가 자리에서 일어섰다.

"괜찮아요."

"어느 쪽으로 가는데?"

피어스도 일어서며, 소매 위의 담배 재를 털어냈다. 잠시 동안 쿠트는 말을 잇지 못했다. 숨이 막힌 듯 멈칫하다가, 마침내 그가 말했다.

"고맙네."

그가 숨을 고르며 덧붙였다.

"하지만 우리는 자네의 동행이 필요 없을 것 같군."

그 말과 함께 그는 몸을 돌렸다. 킵스는 쿠트를 따라가며, 의자와 사람들 사이를 비틀거리듯 지나 이내 군중 속으로 사라졌다. 잠시 동안 쿠트는 아무 말도 하지 않았다. 그러고 나서 그는 갑자기, 꽤 화가 난 듯이 말했다.

"정말 뻔뻔하기 짝이 없군!" 킵스는 아무 대답도 하지 않았다.

이 모든 것은 '거리두기'에 대한 흥미로운 실습이었고, 그것은 오랫동안 킵스의 마음속에 남았다. 그는 특히 놀라움과 분노가 뒤섞인 피어스의 얼굴을 생생하게 기억했다. 그는 마치 대답할 힘도 없는 피어스의 뺨을 때린 것 같았다. 그는 그날 밤 듀엣 연주에 그다지 주의를 기울이지 않았고, 심지어 한 곡이 끝났을 때 그것이 얼마나 완벽하게 아름다웠는지 말하는 것을 잊었다.

4

그러나 쿠트가 말하는 '신사의 이상'을 단지 예의범절이나 사교의 문제, 즉 천박한 교제를 피해 고립되는 일로만 생각해서는 안 된다. 그에게 신사란 겉모습 아래 한층 더 깊고 진지한 차원을 지닌 존재였다. 그는 쿠트나 월성엄 부인처럼 조용히, 그러나 철저히 종교적인 모습으로 조금의 소란도 일으키지 않는다. 그의 신앙심은 공개적인 감정이 아니라 일종의 사적 연출이다 — 강렬하지만, 절대 눈에 띄지 않게, 그저 적절한 순간의 침묵이나 미묘한 억양으로만 드러난다. 그의 경건함은 말보다 '인상'으로 느껴지는 법이다. 그것은 영성의 최종 단계, 즉 세련된 체면으로 완성된 신앙심, 일종의 '암시로 표현되는 경건함'이었다.

그리고 진정한 신사는 애국자이기도 하다. 쿠트가 국가 연주에 맞춰 모자를 들어 올릴 때면, 그 애국심이 얼마나 숭배에 가까운 경건함인지, 평소에는 숨겨져 있지만 드물고 신성한 순간에는 오히려 약간 두려울 만큼 강렬하다는 걸 느낄 수 있을 것이다. 혹은, 그가 성 스틸라이츠 합창단에서 미디안의 군대에 맞서 저음으로 깊이 울려 노래할 때, 그제야 비로소 그의 영적인 면모를 엿볼 수 있었다.

> 그리스도인이여, 너는 보는가,
> 거룩한 땅 위에서,
> 미디안의 군대가 어떻게,
> 어슬렁거리며 돌아다니는가!
> 그리스도인이여, 일어나 그들을 쳐라.

그러나 그것들은 단지 스쳐 지나가는 번뜩임에 불과했다. 그 밖의 모든 문제—종교, 국적, 열정, 돈, 정치, 그리고 보다 근본적인 것들, 즉 출생과 죽음에 대해서— 진정한 신사는 얼굴을 굳히고, 말을 멈추고, 숨을 한 번 몰아쉬며, 어딘가 멀리 시선을 돌렸다. 그는 언제나 그런 주제들 주위를 조심스레 맴돌며, 무심한 듯 거리를 두었다.

"그런 이야기는 하지 않는 게 좋습니다."

쿠트가 그의 투박한 손을 들어 단호하게 말하곤 했다.

"물론이죠."

킵스는 그 말의 '깊은 의미'를 충분히 이해한 듯 고개를 끄덕였다. 깊이가 깊이에 응답하는 듯한, 무언의 통찰의 교류였다. 그들은 말을 하지 않았다. 대신 행동으로 보여주었다. 행동이 곧 말이었고, 신사의 신앙은 언제나 그런 방식이었다. 킵스는—월싱엄 가문이 다소 느슨하다고 해도— 이전처럼 포크스톤의 여러 교회를 옮겨 다니는 대신 이제는 성 스틸라이츠 교회에 '공식 좌석'을 얻었다. 그는 늘 저녁 예배에, 가끔은 아침에도 참석했다. 정성스레 차려입고 앉아 성가대석의 쿠트를 바라보았다. 이제 그는 찬송가 책에서 제 페이지를 찾는 데도 능숙했다. 그는 성찬식에도 다시 참여했다— 옛날, 견진성사를 받은 직후 의상실의 의붓누이가 떠나면서 그가 중단했던 바로 그 의식이었다. 그는 예배가 끝나면 가끔 성구실로 쿠트를 찾아가곤 했다. 어느 저녁에는 덴스모어 목사에게 직접 소개되었다. 그는 긴장으로 아무 말도 하지 못했고, 존경받

는 성직자 역시 마찬가지였다. 그렇지만, 어쨌든 '소개'는
이루어졌다.

그러나 우리의 '신사'라는 국가적 이상에 진지한 면이
없다고—혹은, 엄격하고 타협하지 않는 면이 없다고— 상
상해서는 안 된다. 물론 상상력은 쿠트가 전쟁터에서 용
맹하게 싸우는 모습을 허락하지 않는다. 하지만, 평화로
운 일상 속에서도 단호함은 절대적으로 필요할 때가 있
다. 신사는 자비로울 수 있다. 그러나 동시에 용납할 수
없는 인간들이 존재한다는 사실을 알아야 한다. 스스로
격을 낮추는 자들, 혹은 운명적으로 낮은 격에 태어난 자
들 말이다.

그리고 그들을 위해—혹은 그들로부터 자신을 보호하
기 위해— 사교계는 쿠트 같은 이들을 위한 무시무시한
방패를 발명했다. 그것이 바로 '절교'였다. 절교는 절대 장
난이 아니다. 그것은 일종의 파문이었다. 한 개인에게 당
할 수도 있고, 집단에게 당할 수도 있으며, 혹은—이건 너
무 비극적이어서 아름다운 소설의 주제가 되기도 하지
만— '지역 사회 전체로부터 절교당할 수도 있다.'

쿠트가 그 마지막 절교를 수행하는 모습을 상상해보라. 그는 꼿꼿하게, 창백하게, 단 한마디 말도 없이, 무자비하게 차가운 슬레이트색 눈으로, 턱을 살짝 내밀고, 얼굴을 찡그리며 아무 감정 없이 상대를 스쳐 지나간다. 킵스는 언젠가 자신이 이 '끔찍한 표정'을 마주하게 될 줄은 전혀 몰랐다—

쿠트에게 죽은 사람처럼 취급받고, 아니, 이미 부패가 진행된 시체처럼 절교당하고, 외면받고, 금지되고, 영원히 추방당해야 할 운명이라는 것을.

놀랍게도 그건… 곧 닥칠 일이었다.

이제 더 이상 숨길 수 없다. 킵스의 이 모든 훌륭한 진보는 결국 붕괴로 귀결될 운명이었다. 지금까지 당신은 그가 올라가는 모습을 보았다. 날마다 더 세련되고, 더 조심스러워지고, 옷차림에 더 신중해지고, 사회생활의 규칙과 예절에 점점 덜 서툴러지는 모습을. 당신은 또한 그와 과거의, 그의 '낮은 동료들' 사이의 거리가 점점 더 멀어지는 것을 보았다. 나는 이제 당신을 그가 촛불과 성가의 장엄한 분위기 속에서, 포크스톤에서 가장 유행하는 교회

중 하나의 단정한 좌석에 앉아 있는 장면으로 데려왔다.
그는 흠잡을 데 없이 옷을 입었고, 자세는 완벽했다. 지금
까지 나는, 이제 서서히 내 이야기 속에 스며들어야 할 비
극의 그림자에 대해선 아주 가볍게만 암시해왔다. 그러나
이제 그 '낮은 세계'의 그물이 조용히 그의 발끝을 휘감기
시작했고, 게다가 그의 존재 자체에는 어딘가 풀리지 않
은 매듭이 있었다.

6. 불협화음

1

어느 날, 킵스는 새로 익힌 자전거를 타고 뉴 롬니로 향했다. 이번에는 정말로 숙모와 숙부에게 약혼 소식을 전하기 위해서였다. 이제 그는 제법 능숙한 자전거 운전자였지만, 아직 노련하다고는 할 수 없었다. 여름의 남서풍도 이 습지대에서는 제법 가파른 언덕처럼 느껴졌고, 그는 때때로 자전거에서 내려 걷는 것으로 피로를 달래곤 했다. 그가 뉴 롬니 외곽에 이르렀을 때, 한 손으로 자전거를 끌며 '승리의 입성'을 준비하던 중이었다. 그때 갑자기 그는 앤 포닉을 마주쳤다. 사실 그는 바로 그때, 그녀를 막 떠올리고 있던 참이었다. 묘한 생각이 그의 머릿속을 맴

돌고 있었다. 결국, 뉴 롬니와 이 습지에는 저 멀리 언덕 위의 화려하고 거만한 포크스톤 세계에는 없는 어떤 다른 공기, 감지하기 어려운 정서, 그런 것이 있지 않을까 하는 생각이었다. 이곳에는 가정적인 따스함, 낯설지 않은 친숙함의 향기가 있었다. 그는 길을 지나며, 늙은 클리포드 다운 씨 댁의 현관문이 새 끈으로 수리되어 있는 것을 알아차렸다. 포크스톤에서는 그런 일에 주의를 기울이지 않았다. 거기서는 집을 삼백 채나 짓는다 해도, 아무도 그 사실을 눈치채지 못할 테니까.

생각해보니 이상했다.

1년에 1200파운드를 번다는 것은 멋지고 대단한 일이었다. 전차나 버스를 타고 다니며, 주위를 둘러보았을 때 자신만큼 부자인 사람은 없다고 생각하는 것은 꽤 근사한 기분이었다. 원하는 것을 사고, 주문하고, 사실상 아무 일도 하지 않으며, 보프레 백작의 먼 친척인 아가씨와 약혼하는 것— 그 또한 멋진 일이었다. 그러나, 옛날에, 휴일의 햇살 아래, 해변과 하이 스트리트에 있던 그 어떤 뜨거운 열정, 그것은 이제 그의 새로운 삶 어디에서도 찾을 수 없었다. 그는 도제 시절의 추억 속에서 그토록 찬란하게 빛나던 여름날의 유리창들을 떠올렸다. 지금, 이 화려한 현재 속에서도, 그 기억이 여전히 찬란하게 느껴진다는 것은 기이한 일이었다. 그 모든 것은 이제 끝났다. 아마 그것이 이유일 것이다.

세상에 무언가가 일어났고, 옛 시절의 빛은 꺼져버렸다. 그 자신도 변했다. 시드도 변했다. 끔찍할 만큼 변했다. 그리고, 앤 역시—의심할 여지 없이—변했을 것이다. 그는 예전에 그녀가 바람에 머리카락을 날리며 경주 후에 서 있던 모습을 떠올렸다. 햇살 속에서 상기된 두 뺨, 짧은 치맛자락 끝까지 그녀 안에 가득 차 있던 그 마법 같은 생기를. 확실히 이제는 달라졌을 것이다. 그 모든 마법은, 의심할 여지 없이, 영원히 사라졌을 것이다. 그리고 그가 그렇게 생각했을 때— 혹은 그렇게 생각하기도 전에, 혹은 생각하는 바로 그 순간— (그의 생각은 언제나 막연하고 더듬거렸으므로) 그는 고개를 들었다. 그리고—거기, 바로 앞에— 그녀가 있었다. 앤이었다. 그녀에게는 칠 년이라는 세월이 지나 있었고, 분명히 많이 변해 있었다. 그러나, 그 짧은 순간 동안만은, 그에게는 그녀가 전혀 변하지 않은 것처럼 보였다.

"앤!"

그가 말했다.

"아트 킵스잖아!"

그녀가 높고 놀란 목소리로 외쳤다. 그러고 나서 그는 그녀에게 찾아든 변화를, 그것도 분명 더 나아진 변모를 알아차렸다. 그녀는 예전의 약속 때처럼 예뻤고, 그녀의 파란 눈은 그의 추억만큼이나 깊었으며, 빠르고 선명한 혈색이 얼굴에 번져 있었다. 이제 킵스는 그녀보다 몇 인치 더 키가 컸다. 그녀는 곧고 건강한 젊은 여인임을 분명히 드러내는 수수한 회색 드레스를 입고 있었고, 모자에는 분홍색 꽃이 달려 있어 어딘가 일요일의 들뜬 기운을 풍기고 있었다. 그녀는 부드럽고 따뜻하며, 누군가를 기꺼이 맞아들이는 사람처럼 보였다. 그리고 그들의 만남이 진심으로 반가운 듯, 꾸밈없는 기쁨이 어린 얼굴이 킵스를 향해 환히 빛났다.

"아트 킵스잖아!" 그녀가 말했다.

"응." 킵스가 말했다.

"휴가 중이야?"

시드가 그녀에게 그의 큰 행운에 대해 말하지 않았다는 사실이 킵스의 머릿속을 스쳐 지나갔다. 시드의 행동에 대해 여러 번 후회하며 생각해본 끝에, 그는 그 만남에서 자신이 과장되게 자랑한 탓이 있다고 확신했고, 이번에는 그런 실수를 하지 않도록 조심했다. 그는 다른 방향으로 실수했다.

"휴가를 좀 보내고 있어." 그가 말했다.

"나도." 앤이 말했다.

"산책 나왔어?" 킵스가 물었다.

앤은 그에게 길가에서 꺾은 꽃다발을 보여주었다.

"오랜만이네, 앤. 도대체 얼마나 됐을까? 거의 7, 8년은 됐지."

"세월을 세는 건 별로인 거 같아." 앤이 말했다.

"그렇게 보이지는 않는데." 킵스가 약간의 의미를 담아 말했다.

"콧수염이 났네." 앤이 꽃향기를 맡으며, 그 너머로 그를 쳐다보았다. 감탄하는 기색이 없지 않았다. 킵스는 얼굴이 붉어졌다. 이윽고 그들은 갈림길에 이르렀다.

"나는 이 길로 어머니 댁으로 갈 거야." 앤이 말했다.

"괜찮다면 그 길로 같이 좀 갈게."

뉴 롬니에서는 포크스톤에서처럼 뚜렷한 사회적 구별이 존재하지 않았고, 그녀가 하녀일 뿐임에도 불구하고 앤과 함께 걷는 것은 꽤 자연스러워 보였다. 그들은 놀라울 정도로 편안하게 이야기했고, 아주 쉽게 친밀한 추억 속으로 빠져들었다. 잠시 후 킵스와 앤은 자신들이 이렇게 편안하다는 사실에 놀랐다.

"그 반쪽짜리 6펜스 동전 기억나? 네가 나를 위해 잘라 준 거."

"응."

"나 아직 가지고 있어."

그녀는 잠시 망설였다. "재미있었지?" 그녀가 말하고는 물었다. "너도 가지고 있어, 아티?"

"그럼." 킵스가 말했다. "당연하지." 그리고 마음속 깊은 곳에서 그는 왜 그렇게 오랫동안 그 동전을 보지 않았는지 궁금해했다. 앤은 그에게 솔직하게 미소 지었다.

"네가 간직하고 있을 줄은 몰랐어." 그녀가 말했다.

"나는 종종 내 것을 간직하는 건 어리석은 짓이라고 생각했어. 게다가." 그녀는 잠시 생각했다. "그건 정말 아무 의미도 없었잖아."

그녀는 말하면서 그를 힐끗 쳐다보고 그의 눈을 마주쳤다.

"아니, 의미 있었어!" 킵스는 대답이 약간 늦었고, 말하는 순간 헬렌에 대한 자신의 불충실함을 깨달았다.

"어쨌든 별 의미 없었어." 앤이 말했다. "너 아직 잡화점에서 일해?"

"나는 포크스톤에 살고 있어." 킵스가 말을 시작했다가, 그 정도로 충분하다고 결정했다. "시드가 나를 만났다고 말 안 했어?"

"아니! 여기서?"

"응. 며칠 전에. 일주일쯤 됐어."

"내가 오기 전이었구나."

"아! 그랬구나." 킵스가 말했다.

"오빠는 성공했어." 앤이 말했다. "이제 자기 가게를 가졌어, 아티."

"들었어."

그들은 머겟 씨네 오두막 밖에 서 있는 자신들을 발견했다.

"들어가?" 킵스가 물었다.

"그래야지." 앤이 말했다.

둘 다 잠시 망설였다. 앤이 용기를 냈다.

"뉴 롬니에 자주 와?" 그녀가 물었다.

"가끔 자전거 타고 와." 킵스가 말했다.

다시 잠시 침묵이 흘렀다. 앤은 손을 내밀었다.

"만나서 반가웠어." 그녀가 말했다.

킵스의 존재 속 잊혔던 부분에서 특별한 충동이 솟아올랐다.

"앤." 그가 말하고는 멈췄다.

"응." 그녀가 말하고, 그에게 환하게 웃어 보였다.

그들은 서로를 쳐다보았다.

그의 청소년기 시절의 그 첫 감정들이 모두, 그리고 그 이상으로 그에게 돌아왔다. 그녀의 존재는 수많은 상반된 생각들을 몰아냈다. 그녀는 그 어느 때보다도 더 앤다웠다. 그녀는 부드러워 보이는 입술을 살짝 벌리고, 눈에는 기쁨을 담은 채, 그에게 가까이 서서 숨 쉬고 있었다.

"다시 만나서 정말 기뻐." 그가 말했다. "옛날 생각이 나네."

"그렇지?"

다시 잠시 침묵이 흘렀다. 그는 그녀와 긴 이야기를 나누고 싶었고, 함께 산책을 가거나 무언가를 하고 싶었으며, 생각할 수 있는 모든 방식으로 그녀에게 더 가까이 다가가고 싶었다. 무엇보다도 그녀의 눈에서 빛나는 호감을 더 많이 받고 싶었다. 하지만 여전히 그의 몸에 배어 있는 포크스톤의 흔적이 그것은 '안 된다'고 속삭였다.

"글쎄." 그가 말했다. "나는 가봐야겠어." 그리고 마지못해 돌아섰다. 그의 의지는 강요당하고 있었다. 그가 모퉁이에서 뒤를 돌아보았을 때, 그녀는 여전히 문 앞에 서 있었다. 그녀는 아마도 그의 갑작스러운 후퇴에 약간 당황했을 것이다. 그는 그것을 느꼈다. 그는 잠시 망설이다가, 반쯤 돌아서서, 서 있다가, 갑자기 모자로 대단한 인사를 건넸다. 아, 모자여! 우리 문명의 놀라운 발명품이여!

잠시 후, 그는 숙부와 평소의 주제에 대해 유난히 정신이 팔린 채 대화를 나누고 있었다.

숙부는 그에게 되팔기 위한 투자로 괘종시계 몇 개를 사주고 싶어 안달이 났다. 그리고 리드의 한 가게에는 육상 및 천체 지구본이 있었는데, 그것들은 거실에 잘 어울리고 시간이 지나면 필연적으로 가치가 오를 것이었다. 킵스는 이 구매에 동의했는지 안 했는지 기억할 수 없었다.

남서풍이 아마도 그를 되돌려 보냈을 것이다. 어쨌든 그는 딤처치를 지날 때 그곳을 전혀 알아차리지 못했다. 그가 하이스에 가까워지자 이상한 효과가 나타났다. 왼쪽의 언덕과 오른쪽의 나무들이 함께 모여 그를 가두는 것 같았고, 그의 길은 곧고 좁아졌다. 그는 그 배신적이고 반쯤 길들여진 기계 위에서 돌아설 수 없었지만, 등 뒤에는 자신이 너무나 잘 아는, 오후 하늘 아래 빛나는 습지의 넓고 광대한 평지가 펼쳐져 있다는 것을 알았다. 어떤 면에서 이것은 그의 생각에 중요했다. 그리고 그가 하이스를 통과할 때, 그는 실질적인 신사인 사람의 존재와 앤의 존재 사이에 상당한 부조화가 있다는 생각을 하게 되었다.

시브룩 근처에서 그는 앤과 나란히 걷는 것으로 어떤 미묘한 방식으로 자신을 낮추었다고 생각하기 시작했다. 결국, 그녀는 단지 하녀였다.

앤! 그녀는 그의 본성 중 가장 신사답지 않은 본능을 모두 불러일으켰다. 그들의 대화 중 한순간, 그는 누군가 가 그녀의 입술에 키스하는 것이 정말로 아주 좋은 일일 것이라고 분명히 생각했다. 앤에게는 어떤 따뜻함이 있었 다. 적어도 킵스에게는 그랬다. 그녀는 그들의 기나긴 이 별 기간 동안 어떤 독특한 방식으로 자신을 그의 것으로 만드는 데 성공했다는 인상을 그에게 주었다.

그 반쪽짜리 6펜스 동전을 이 모든 시간 동안 간직하다 니! 그것은 킵스에게 일어난 가장 기분 좋은 아첨이었다.

2

이윽고 그는 『대화의 기술』을 뒤적이면서도, 가장 기

이한 생각에 잠겨 있는 자신을 발견했다. 그는 일어나서 방 안을 서성이다가, 잠시 창가에서 멍하니 서 있었다. 그는 정신을 차리고, 좀 더 가벼운 책을 읽기 위해 『참깨와 백합』을 집어 들었다. 하지만 그 책에도 주의가 흩어졌다. 그는 등을 기대고 앉았다. 이따금씩 미소를 지었고, 이따금씩 한숨을 쉬었다. 그는 일어나 주머니에서 열쇠를 꺼내 그것들을 바라보고는, 결심하고 위층으로 올라갔다. 그는 세상 모든 소유물의 핵심이었던 작은 노란 상자를 열고, 가장 소박한 선물이었던 작은 휴대용 책상을 꺼내 무릎을 꿇고 열었다. 그리고 거기 구석에, 어떤 엿보는 눈에 대한 마지막 방어책인 양 붉은 밀랍으로 봉인된 작은 종이 꾸러미가 있었다. 그것은 몇 년 동안 손대지 않은 채로 있었다. 그는 이 작은 꾸러미를 손가락과 엄지손가락 사이에 잠시 들고 바라보다가, 책상을 내려놓고 봉인을 뜯었다.

그날 밤 잠자리에 들면서 그는 비로소 무언가를 기억해냈다!

"젠장!" 그가 말했다. "이번에도 그분들께 말씀을 못 드렸잖아. 글쎄! 뉴 롬니에 다시 가야겠어!"

그는 침대에 들어가 잠시 동안 베개에 머리를 기댄 채 앉아 생각에 잠겼다.

"이상한 세상이야."

한참이 지나서야 그가 그렇게 중얼거렸다. 그리고 그녀가 자신의 콧수염을 알아봤던 장면이 떠올랐다. 그 생각과 함께 그는 이기적인 상념의 바다로 천천히 빠져들었다.

그는 앤에게 자신이 얼마나 부자인지를 말하는 상상을 했다. 이 사실을 들으면 그녀가 얼마나 놀라워할까!

마침내 그는 깊은 한숨을 쉬고 촛불을 끈 뒤 몸을 웅크려 누웠으며, 잠시 후 잠에 들었다. 그러나 다음 날 아침, 그리고 그 뒤로도 이따금씩, 그는 밝고 매력적이며 따뜻한 앤을 생각하고 있는 자신을 발견했다. 그리고 묘한 기분으로, 그는 다시 뉴 롬니로 가고 싶어 안달하다가 이내 가지 않으려 안달했다. 어느 날 오후, 라이 해변에 앉아 있던 그에게 한 생각이 떠올랐다.

"나는 그녀에게 내가 약혼했다는 사실을 말했어야 했

어."

"앤!"

그의 정신세계에서 완전히 사라졌던 온갖 꿈과 인상들이 되살아나, 그녀의 달라진 모습에 맞게 새롭게 변형되었다. 그는 크리스마스 휴가 때 뉴 롬니로 돌아가 그녀에게 키스하기로 결심했던 순간과, 그녀가 떠났다는 사실을 알았을 때 느꼈던 끔찍한 공허함을 떠올렸다. 지금 생각하면 믿기 어렵지만, 그가 실제로 그녀를 위해 눈물을 흘렸다는 일이 완전히 믿기지 않는 것은 아니었다. 그게 몇 년 전 일이었던가?

3

나는 매일, 창조주께서 나를 인간 세상의 심판관으로 임명하지 않으신 데 대해 감사해야 한다. 나는 맹렬한 불의를 경련적인 우유부단함으로 누그러뜨려, 그날의 고통을 덜어주기보다 오히려 연장시키기만 할 것이다. 인간의 존엄성, 의식적인 우월감을 지닌 모든 이들에 대해서라면, 나는 조금의 자비도 품지 않을 것이다. 주교, 성공한 교장, 판사, 그리고 세상에서 위대하고 존경받는 영혼들. 특히 주교들에 대해서는, 내게 대대로 전해 내려온 바이킹의 원한이 있다. 나는 자주, 그리고 꺼지지 않는 열정으로 꿈을 꾼다. 바이킹의 배들이 해안에 닿고, 내 목마른 칼날 앞에서 반짝이는 각반을 신은 채 내륙으로 달아나는 주교들의 모습을. 이 모든 사람들을, 나는 감히 말하건대, 그들이 마땅히 받아야 할 대우보다 한층 가혹하게 다룰 것이다.

그러나 반대로, 킵스와 같은 이들에 대해서는——거기서부터 나의 짜증스러운 우유부단함이 시작될 것이다. 심판은 킵스 앞에서 멈출 것이고, 모든 사람과 모든 것이 기다릴 것이다. 당신도 기다리게 될 것이다. 저울은 흔들리고 또 흔들릴 것이며, 불리한 쪽으로 기울 때마다 내 손가락이 그것을 다시 되돌려 놓을 것이다. 왕과 전사, 정치가, 귀족 가문의 화려한 여성들, 유명 인사들, 용감한 사람들——분노와 야망으로 세상의 신문 헤드라인을 장식하는 그 부류의 인간들은, 그들의 끈질김 때문에, 비난받지 않고 무시되거나, 가장 무심한 방식으로 단죄될 것이다.

반면, 내 눈은 오로지 킵스를 위해 가능한 모든 변명을 찾아 헤맬 것이다. 비록 나는 그가 이번 잘못에 대한 비난을 피할 길이 없다고 생각하지만, 불과 이틀 뒤 그는 다시 앤과 이야기를 나누고 있었다. 변명을 찾아보려한다. 그날 밤, 그의 앞에서는 치터로와 월싱엄의 만남이 이루어졌고, 그것은 분명 그의 도덕적 기준을 뒤틀리게 만들었다. 두 사람은 몇 분 간격으로 찾아왔으며, 곧 '오래된 므두셀라 4성급'에 대한 남성적인 흥미로 의기투합했다. 그들은 킵스의 환대 속에서, 그리고 그를 향해 서로를 의식하며 이야기를 주고받았다. 처음에는 월싱엄이 우세한 듯 보였다. 그러나 곧 치터로가 화려한 언변으로 분위기를 장악하자, 월싱엄은 점차 존재감을 잃었다.

처음에 치터로는 극작가들이 얼마나 많은 수입을 올리는지 이야기했고, 월싱엄은 즉시 냉소적이면서도 인상적인 어조로, 고위 금융에 대한 자신의 지식을 과시하며 그를 능가했다. 만약 치터로가 수천 파운드를 자랑했다면, 월싱엄은 수십만 파운드를 자랑하며, 한동안 무대를 독점했다. 그는 마치 국가의 부를 손끝으로 저글링하는 듯, 금융과 정치의 세계를 자유자재로 오갔다. 하지만 곧 치터로가 첫 번째 패배에서 재빨리 회복하여 반격했고, 마침내 승리를 거두었다. "여자에 대해서라면 말이지." 치터로가 갑자기 말을 꺼냈다. 그는 최근 세상을 떠난 제국의 건설자에 관한, 윌싱엄이 알 수 없는 비밀스러운 일화를 끼워 넣었다. "여자에 대해서, 그리고 그들이 남자에게 어떻게 다가오는가에 대해서 말하자면⋯." (비록 사실 그들은 투기로 인한 사회 부패에 대해 이야기하고 있었지만.)

이 새로운 주제로 넘어가자, 치터로는 곧 명백한 무적의 남자가 되었다. 그는 너무나 많이 알았고, 너무나 많은 사람을 알았다. 윌싱엄은 재치있는 말과 명확히 말하지 않는 행동을 통해 최선을 다했지만, 킵스에게조차도 이것이 책에서 배운 타락이라는 것이 분명하게 느껴질 정도였다. 윌싱엄은 열정의 진정한 모습을 결코 이해하지 못했다는 사실이 느껴졌다. 그러나 치터로는 달랐다. 그는 확실했고, 동시에 사람을 놀라게 했다. 그는 여자와 함께 도망쳤고, 여자에게 버림받았으며, 한 번에 여러 여자와 사랑에 빠졌다. "베시는 빼고 말이지."

그는 사랑했고, 잃었고, 사랑했으나 자제했으며, 또다시 사랑하고 실패했다. 그는 미국의 도덕적 실상에 대해 놀라운 통찰을 보여주었다. 그곳에서 그는 큰 인기를 얻으며 순회공연을 했다. 그는 키플링의 가장 유명한 노래 중 하나의 곡조에 맞춰 자신의 이야기를 들려주었다. 그것은 단순하고 낭만적인 열정의 일화로, 허드슨 강을 따라 오가는 주말 증기선 여행 속에서 피어난 황홀한 사랑과 아름다움의 꿈을 담고 있었다. 그리고 이야기의 끝에서 그는 덧붙였다. "나는 그녀에게서 여자를 배웠어!" 그후 그는 그 후렴구를 자신의 표어처럼 삼았고, 곧 키플링에 대한 찬미에 빠져들었다.

"어린 키플링[5] 말이야." 치터로가 애정 어린 어조로 말했다. "그는 정말 알고 있었지." 그리고 그는 시를 읊기 시작했다.

"나는 내가 찾은 곳에서 즐거움을 취했네, 내 시대에

---

5 노벨문학상을 받은 영국의 소설가이자 시인, 러디어드 키플링

방탕하고 방랑했지. 나는 내 연인들을 골랐고, 그중 네 명은 최고였어." (이런 것들이, 말하자면, 우리 사회에서 가장 고상하다고 여겨지는 사람들의 도덕 기준에도 영향을 미친다.)

"저 시는 내가 썼어야 했는데." 치터로가 말했다. "저게 바로 인생이야! 하지만, 그걸 무대에 올려보라고, 인생의 현실을 조금이라도 무대에 올려보려고 해봐. 세상이 자네에게 어떤 대가를 치르게 하는지 곧 알게 될 거야! 그런 일을 감히 해낼 수 있었던 사람은 키플링뿐이었지. 그 시는 나를 정말 감동시켰어! 물론 키플링의 다른 작품에도 감동받았지만, 저건 정말 압권이야. 무엇보다, 그 시 안에는 이런 구절이 있지…."

그는 다시 시를 읊조렸다.

"나는 찾는 곳마다 즐거움을 누렸고, 이제 나는 그 즐거움의 대가를 치러야 한다네, 더 많은 사람을 알게 될수록, 한 사람 곁에 정착하는 일은 어려워지기 때문이지."

"글쎄, 내 경우엔 말이지—이게 얼마나 증거가 될진 모르겠지만, 내가 여러 면에서 예외적인 인간이라는 건 부정할 수 없으니까—어쨌든 내 입장에서는 그래. 자네 둘에게만 말하는 거야, 물론 더 퍼질 필요는 없고—나는 뮤리엘과 결혼한 이후로 줄곧 그녀에게 완전히 충실했어. 그 이후로 단 한 번도, 우연히라도, 말이나 행동으로 조금이라도 그녀를 거스른 적이 없었지."

그의 작은 갈색 눈은 이 은밀한 고백 후 생각에 잠겼고, 언제나 풍성하던 목소리도 그 순간만큼은 묘하게 낮고 진지해졌다.

"나는 그녀에게서 여자에 대해 배웠어." 그가 인상적으로 말했다.

"그래요." 월싱엄이 치터로의 말이 끝나자 조용히 말을 받았다.

"남자라면 여자를 알아야 하죠. 그리고 그걸 배우는 확실한 방법은… 직접 부딪쳐보는 거예요."

"부딪쳐보는 법을 알고 싶다면, 젊은이." 치터로가 말을 이어받았다.

그들은 그렇게 밤이 깊어가도록 떠들어댔다. 쿠트라면 아마 이렇게 표현했을 것이다 — Ex pede Herculem. (발자국 하나만 봐도 헤라클레스임을 알 수 있듯, 한 조각만 봐도 그들의 모든 것을 짐작할 수 있다는 뜻이었다.) 그날 새벽, 킵스는 술과 대화의 잔향이 뒤섞인 머리를 부여잡고 침대에 돌아왔다. 그는 한참 동안 침대 가장자리에 멍하니 앉아 있었다. 그리고 자신의 인생에 길게 드리운 그림자—한 여자에게만 충실했던 그 어리석은 순정—를 떠올리며 우울하게 생각에 잠겼다. 그의 생각은 점점 더 뚜렷해졌다. 적어도 앤과의 관계에서만큼은, 완벽한 정직 대신 조금의 이중성쯤은 괜찮지 않을까 하는 쪽으로.

4

며칠 동안 그는 스스로를 다그치며, 뉴 롬니에 다시 가지 않으려 애써왔다. 이것이 그의 잘못을 변명할 만한 이유가 될지는 모르겠다. 진정 강인한 영혼의 남자, 건강한 남자라면 대화 한 번에 마음이 흔들려서는 안 될 것이다.

하지만 나는 킵스에게 그런 높은 수준의 강인함을 기대한 적이 없다. 부정할 수 없는 사실은 이렇다. 그는 그다음 날 오후를 앤과 함께 보냈고, 막 피어나는 연인처럼 자신을 드러내는 데 아무런 거리낌도 없었다는 것이다. 그는 하이 스트리트에서 앤을 우연히 마주쳤고, 발걸음을 멈춰 세운 뒤 거의 충동적으로 말했다.

"그때 생각도 나고… 우리 잠깐 산책이나 할까?"

"좋아." 앤이 대수롭지 않게 대답했다. 그녀의 승낙은 킵스를 오히려 놀라게 했다. 상상조차 못 한 일이었다.

"재밌겠는데." 그가 말했다. 그리고 길 위를 이리저리 둘러보았다.

"지금?"

"물론이지, 아티. 나도 마침 세인트 메리 쪽으로 걸어가려던 참이었어."

"그럼 교회 뒤쪽 길로 가자." 그들은 그렇게 바다 쪽으로 이어지는 길을 걸었다. 기분은 담담하고, 대화는 소박했다. 잠시 동안 그들은 시드에 대한 이야기를 나눴다. 그 순간만큼은, 치터로의 '여자에 대한 이론' 같은 건 그의 머릿속에서 완전히 사라졌다. 그에게 앤은 그저 '한 여자'가 아니라, 단지 앤이었다. 하지만 얼마 지나지 않아, 그 대화의 잔향이 다시 고개를 들었다. 그의 태도는 서서히 개인적인 감정에서 벗어나, 미묘한 남녀의 긴장으로 변해갔다.

그들은 해변에 도착해, 자갈이 흩어진 곳에 앉았다. 거기엔 드문드문 풀과 해양양귀비가 자라고 있었다. 킵스는 팔꿈치를 괴고 누워 손으로 자갈을 만졌고, 앤은 햇살을 받으며 앉아 그를 바라보았다. 그들은 단편적으로 이야기했다. 시드 이야기, 앤 이야기로 화제를 옮겼고, 킵스는 자신의 부에 대해서는 말을 아꼈다. 그는 조심스럽게 말을 돌려 미묘한 분위기를 풍겼다.

"나 아직 그 반쪽짜리 6펜스 동전 가지고 있어." 그가 말했다.

"정말로?"

그 한마디에 분위기가 살짝 달라졌다.

"나는 항상 내 것을 간직했어, 왠지." 앤이 말했고, 잠시 침묵이 흘렀다.

그들은 헤어져 있던 세월 동안 서로를 얼마나 자주 생각했는지에 대해 이야기했다. 킵스는 거짓말을 했을지 모르지만, 앤은 아마도 그렇지 않았을 것이다.

"나는 여기저기서 사람들을 만났어." 앤이 말했다.

"하지만 너 같은 사람은 한 번도 만나지 못했어, 아티."

"어쨌든 다시 만나서 정말 기뻐." 킵스가 말했다.

"저기 저 배 좀 봐. 꽤 가까이 왔네."

그는 잠시 지루한 시간을 보내다가, 거의 생각에 잠겼다가, 이내 진취적이 되었다. 그는 자갈을 던져, 마치 우연인 것처럼 앤의 손에 떨어뜨렸다. 그러고 나선, 미안해하는 척하며, 그는 그곳을 쓰다듬었다. 만약 상대가 플로 베이츠였다면 온갖 종류의 교태로 이어졌을 행동이었지만, 앤은 아무렇지도 않게 웃으며, 햇빛 때문에 눈을 반쯤 감은 채 즐겁게 그를 내려다보고 있었다. 그녀는 모든 것을 당연하게 받아들이고 있었다.

그는 다시 말하기 시작했다. 그의 마음 속에서 치터로가 준 영향력이 살아나며 그녀에게 말하기 시작했다. 그는 그녀를 결코 잊은 적이 없다고 말했다.

"나도 너를 잊은 적 없어, 아티." 그녀가 말했다. "이상하지?"

킵스도 정말 그게 '이상하다'고 느꼈다.

그는 회상에 잠겼고, 갑자기 어느 따뜻한 여름 저녁이 떠올랐다. "그 풍뎅이들 기억나, 앤?" 그가 말했다. 그러나 그가 떠올린 진짜 기억은 곤충에 대한 기억이 아니었다. 그들 사이에 불현듯 선명하게 떠오른 것은, 그가 평생 단 한 번도 앤에게 입맞춘 적이 없다는 사실이었다. 그는 고개를 들었고, 거기에는 그녀의 입술이 있었다.

그는 오래전부터 그것을 원했고, 기억은 그 사이의 시간을 순식간에 지워버렸다. 그때의 결심이 되살아나며, 지금껏 지켜온 모든 새로운 다짐들이 사라졌다. 그리고, 소년 시절 이후 그는 '어떤 것들'을 조금 배웠다. 이번엔 묻지 않았다. 그는 계속해서 이야기를 이어나갔고, 정신은 점점 더 또렷해졌다.

이윽고, 주위에 보는 사람이 아무도 없다는 것을 확인한 후, 그는 그녀 옆에 바짝 앉았다.

"공기가 참 맑네. 덩저니스가 이렇게 가까이 보이다니."

그렇게 말하며 그는 그녀를 향해 몸을 돌렸다. 잠깐의 침묵이 있었다.

"앤." 그가 속삭이고, 떨리는 팔로 그녀를 감쌌다.

그녀는 말없이, 저항도 없이, 그가 나중에 떠올리게 될 어딘가 장엄한 표정으로 있었다.

그는 그녀의 얼굴을 자신 쪽으로 돌려, 그녀의 입술에 키스했고, 그녀는 그에게 다시 키스했다. 아이처럼 솔직하고 부드러운 키스였다.

5

훗날 돌이켜보면, 그는 그 '불륜'에서 기대했던 만큼의 만족을 거의 느끼지 못했다는 것이 이상했다. 리틀스톤 해변에서, 이미 다른 여자와 약혼한 몸으로 또 다른 여자에게 사랑을 속삭이고 키스까지 한 일―그것은 치터로식 허세로 보나 개 같은 짓으로 보나 충분히 '남자다운 방탕함'일 수 있었지만, 이상하게도 그들 둘은 그런 '소녀들'이 아니었다. 그들은 앤과 헬렌이었다. 특히 헬렌은 결코 '소녀'로 불리기를 허락하지 않을 사람이었다.

게다가 앤의 차분한 눈빛과 솔직한 미소, 순박한 손길 속에는 방어 없는 친절이 있었다. 그것은 그가 전혀 예상하지 못했던 부드러운 향취를 남겼다.

"나는 그녀에게서 여자를 배웠어." — 그 문장이 그의
머릿속을 맴돌았지만, 실제로 그가 배운 것은 여자가 아
니라 자신이었다.

그는 다시 앤을 만나 설명하고 싶다는 충동을 느꼈다.
그러나 정작 무엇을 설명해야 하는지조차 몰랐다. 사실
그는 아무것도 분명히 아는 게 없었다. 인생 전체를 하나
의 일관된 질서로 정리하는 것은 지성의 마지막 경지라지
만, 킵스는 나무가 자기 몸을 의식하는 것만큼이나 어렴
풋이 자신을 인식할 뿐이었다. 그의 삶은 흩어지고 되풀
이되는 기분들의 연속이었다. 헬렌이나 앤, 혹은 친구들
을 생각할 때도 그는 그들의 한 면만 떠올렸고, 때로는 그
인상들이 서로 모순되기 일쑤였다.

그는 헬렌을 사랑했고, 또 존경했다. 그러나 동시에 점
점 깊은 증오를 느끼기 시작했다. 림프네로 함께 갔던 날
을 떠올릴 때면, 막연하고도 아름다운 감정이 그를 휘감
았다. 하지만 그녀와 함께 사교 방문을 다니거나, 그의 태
도에 대해 그녀가 남긴 비평을 떠올릴 때면, 그는 속으로

격렬하고 조롱 섞인 욕설을 만들어냈다.

반면 앤은 훨씬 단순한 기억이었다. 그녀는 예뻤고, 부드럽게 여성스러웠으며, 상상 속에서만큼은 언제나 헬렌이 닫아둔 문을 대신 열어주는 존재였다. 무엇보다 그녀에게서 그는 '존중받고 있다'는 느낌을 받았다. 그녀의 눈빛이 스치기만 해도, 그의 자존심에 난 상처가 아물어가는 듯했다.

그의 생각은 늘 우연한 자극에 따라 흐름이 정해졌고, 그때그때의 컨디션에 따라 색이 달라졌다. 하지만 한 가지는 거의 분명했다. 앤을 다시 찾아가고, 그녀가 그동안 내내 자신의 생각 속에 있었다는 암시를 주고, 게다가 입맞춤까지 한 일—그건 비겁하고 잘못된 일이었다. 다만 불행하게도, 그런 깨달음이 찾아온 건 이미 모든 일이 끝나고 몇 시간 뒤였다.

6

나흘 뒤, 킵스는 아주 늦게 일어났다. 그는 늦잠을 자고, 면도하다 턱을 베었으며, 슬리퍼 하나를 세숫대야에

걷어차더니 "젠장!" 하고 외쳤다. 혹시 그런 끔찍한 아침을 아는가, 독자여. 도무지 일어날 마음도 기운도 나지 않고, 신경의 조율이 완전히 엉켜 손가락이 마치 엄지처럼 굼뜨고, 새들이 지저귀는 소리마저 미워지는 그런 날. 그 어떤 일에도 자신이 부족하게 느껴지는 아침 말이다. 대개 이런 날은 밤잠을 설쳤거나, 아무렇게나 먹은 음식, 혹은 킵스의 표현을 빌리자면 몸속 '푸즐 섬(Foozle lle)'[6] 때문이거나, 근심 탓이다. 치터로가 전날 밤 그의 하룻밤 손님이긴 했지만, 이번엔 분명 걱정이 주된 원인이었다. 며칠째 불안이 그를 짓누르고 있었고, 그 전날 밤엔 그 불안이 마치 '미디안의 군세'처럼 머릿속에 집결했다. 새벽녘의 희미한 시간, 그는 홀로 자신을 심문하듯 그 생각들을 검열했다.

그의 가장 큰 고민은 하나의 깃발 아래 모여 있었다.

---

6 푸즐 섬(Foozle lle): H. G. 웰스가 만든 가공의 지명. 'Foozle'은 '서투르게 하다, 망치다'라는 의미의 속어로, 작중에서 유머 또는 풍자 효과를 내기 위해 사용된 이름.

--

킵스 씨

빈든 보팅 부인 댁에서

자택 모임에 초대합니다.

9월 16일 목요일

오후 4시부터 6시 30분까지, 단어 맞추기 게임

※ 참석 여부를 알려주시기 바랍니다.

--

그 깃발은 그의 아래층 방 거울에 붙어 있는 초대장과
똑같은 모양이었다. 이 무시무시하게 의미심장한 종이 한
장을 두고 헬렌과의 관계는 이제 그가 스스로 표현하듯
'말다툼이 났다'고밖에 할 수 없는 지경에 이르렀다.

그들 사이에는 오래전부터 은근한 불만이 있었다. 헬
렌은 킵스가 사교 활동의 기회를 자유롭고 적극적으로 활
용하지 않는다고 여겼고, 더 나아가 새로운 교류의 장을

찾지 않는 점에 불만을 품었다. 특히 그가 '사교 방문'이라 불리는 오후의 상류층 유흥을 두려워한다는 사실은, 헬렌의 눈에 '어리석고' '극복해야 할 유치한 공포'로 비쳤다.

그의 첫 번째 '비남성적 약점'은 바로 앤에게 키스하기 전날, 쿠트 부부의 집에서 드러났다. 그날 모두가 유쾌하게 담소를 나누고 있을 때, 큰 모자를 쓴 하녀가 "웨이스 아가씨께서 오셨습니다"라고 알렸다. 그 순간 킵스는 얼굴이 사색이 되어 자리에서 반쯤 일어났다.

"오 이런! 나 위층으로 좀 올라가면 안 될까?" 그가 외쳤다. 하지만 이미 늦었다. 젊은 웨이스 아가씨는 아마도 그 말소리를 들었을 것이다.

헬렌은 그날 아무 말도 하지 않았다. 다만 그의 태도에 놀란 기색이 살짝 비쳤을 뿐이었다. 그러나 그 뒤 그녀는 단호하게 말했다.

"당신은 사람들을 대하는 일에 익숙해져야 해요." 그리고 곧이어 제안했다. "어머니와 저와 함께 사교 방문을 다니면 좋겠어요."

킵스는 그 자리에서는 마지못해 동의했지만, 이후엔

헬렌도 미처 몰랐던 교묘한 회피 기술을 발휘하기 시작했다. 그녀는 결국 그를 끌고 라드너 파크의 펀처퍼 양 집을 방문하는 데 성공했다. 펀처퍼 양은 귀가 무척 어두웠기 때문에, 사실상 무엇을 말해도 상관없는 '가장 쉬운 방문'이었다. 그러나 대문 앞에 도착하자마자 킵스는 다시 멈춰 섰다. "난 못 들어가겠어." 그의 목소리는 이미 기운이 빠져 있었다.

"들어가야 해요." 헬렌은 여전히 아름다웠지만, 그때만큼은 차갑고 단호했다.

"정말 안 돼."

그는 황급히 손수건을 꺼내 얼굴에 대더니, 그 너머로 둥글게 치켜뜬 눈으로 그녀를 노려보았다.

"불가능해요." 그는 코를 막은 채 쉰 목소리로 말했다. "코피가 나요."

그 말이 그의 마지막 저항이었다. 결국 '애너그램 티 파티(Anagram Tea)'가 열릴 때가 되자, 헬렌은 그의 미약한 항의를 완전히 눌러버렸다.

"오늘 이 문제에 대해서 제대로 이야기할 거예요." 그녀는 그렇게 선언했고, 실제로 그랬다.

킵스는 쿠트에게서 '애너그램'과 그 파티에 대해 조금 배웠다. 쿠트는 친절히 설명했다. "애너그램이라는 건 말이죠, 같은 철자를 다른 순서로 배열한 단어예요. 예를 들어 내 이름 'Coote'를 철자 순서만 바꾸면 'T.O.C.O.E.'가 되죠. 그게 바로 애너그램입니다."

킵스는 조심스레 따라 말했다.

"T. O. C. O. E."

"혹은 T. O. E. C. O.." 쿠트가 덧붙였다.

"T. O. E. C. O.." 킵스가 되뇌며, 머리의 부담을 덜기라도 하듯 각 철자마다 고개를 끄덕였다.

"'토 컴퍼니(Toe Company)' 같은 거네요." 그는 이해하려 애쓰며 말했다.

킵스가 애너그램의 뜻을 대충 알아들었을 즈음, 쿠트는 두 번째 주제—'티파티'—로 넘어갔다. 그의 설명에 따르면, 그 자리에는 서른 명에서 예순 명가량이 모일 것이고, 각자에게 애너그램이 하나씩 달린다는 것이다.

"춤 프로그램처럼 추측을 적는 카드가 주어져요. 그걸

들고 다니면서 서로의 애너그램을 맞히는 거죠. 꽤 재밌는 행사예요." 쿠트가 말했다.

"그렇겠네요!" 킵스가 억지로 흥을 내며 대답했다.

"사람들끼리 잘 어울리게 되거든요." 쿠트가 덧붙였다. 킵스는 미소 지으며 고개를 끄덕였다.

그날 새벽, 그는 온갖 괴로운 생각들 사이사이에 그 '애너그램 티 파티'의 장면이 끼어드는 걸 느꼈다. 서른에서 예순 명가량 되는 사람들, 대부분 여인들과 손님들, 그리고 수많은 알파벳들이 그를 에워쌌다. 특히 P. I. K. P. S. 와 T. O. E. C. O. 가 번갈아 떠올랐고, 그는 그 모든 글자 행렬 속에서 단 하나의 단어를 만들려 애썼다. 그가 결국 밤의 정적 속에 내뱉은 그 단어는 "젠장!"이었다.

그리고 그 알파벳 행렬의 한가운데에는, '말다툼'을 벌이던 그 순간의 헬렌의 모습이 떠올랐다. 조금은 냉담하고, 조금은 짜증스럽고, 약간은 실망한 표정이었다. 그는 그 시선 아래서 파티장을 돌며 사람들의 애너그램을 맞히는 자신의 모습을 상상했다.

그는 다른 생각을 하려 애썼다. 하지만 머릿속은 점점

더 깊은 불안으로 미끄러져 들어갔다. 그 불안은 노란 바다양귀비와 함께 얽혀 있었고, 세 명의 친구—버긴스, 피어스, 카숏—의 모습이 떠올랐다. 한때의 우정들이 죽은 듯 그 앞에 나타나, 불길한 두려움을 이루 말할 수 없는 죄책감으로 바꾸어놓았다. 어젯밤은 원래 그들과 함께 밴조를 연주하던 날이었다. 킵스는 망설임 섞인 손으로 오래된 '므두셀라' 병을 유리잔 몇 개 사이에 올려놓고, 좋은 시가 상자를 열었다. 그러나 헛수고였다. 그들은 이제 그의 곁을 필요로 하지 않는 듯했다. 대신 치터로가 찾아왔다. 그는 예전부터 말이 나오던 '합자회사 계획'이 어떻게 되어 가는지 한 번 물어보고 싶었다.

치터로는 처음엔 "업무가 끝날 때까지는 그냥 맛만 볼 정도로"라며 아주 연한 위스키 소다만 청했다. 그리고 마치 정리된 사업가처럼 차분히 일을 설명하기 시작했다. 그러나 이내 습관처럼 또 한 잔을 들이켰고, 그의 말은 언제나처럼 복잡하게 얽히면서도 매끄럽게 풀려나가기 시작했다. 그 이야기 속에는 그가 새로 개조 중이라는 연극 〈괴로운 나비〉의 무대 변화—'목과 딱정벌레 장면'을 다시 복원하기로 한 이야기—가 있었고, 아내 치터로 부인과의 심각한 의견 충돌, 연극이 성공한 후 어디에 살 것인가에 대한 논쟁, 귀족 토머스 노게이트 경이 왜 단 한 번도 합자회사를 투자하지 않았는지에 대한 이야기, 그리고 지금 논의 중인 합자회사의 세부 계획까지 온갖 화제가 엮여 있었다.

하지만 그 혼란스러운 대화의 흐름 속에서도 결론은 또렷했다. 킵스가 그 합자회사의 주요 투자자가 되며, 그가 내야 할 금액은 2,000파운드라는 것이었다. 킵스는 신음하며 몸을 뒤척였다. 그리고 마치 그 반대편에 헬렌이 있는 듯한 착각 속에서 그녀의 목소리를 떠올렸다.

"약속해요." 그녀는 말했다.

"나하고 상의하지 않고는 아무 일도 하지 않겠다고."

킵스는 곧장 이전 자세로 돌아누워, 한동안 아주 가만히 있었다. 그는 덫에 걸린 아주 어린 토끼처럼 느껴졌다.

그때 갑자기, 놀라울 만큼 또렷하게 그의 가슴속에서 앤을 향한 울음소리가 터져 나왔다. 그는 뉴 롬니에서 보았던 그대로의 그녀를 떠올렸다—노란 바다양귀비 사이에 앉아, 햇빛이 얼굴을 비추던 모습으로. 어둠 속에서 그는 마치 구조를 요청하듯 그녀를 불렀다. 그 순간 그는, 마치 원래부터 알고 있었던 것처럼, 더 이상 헬렌을 사랑하지 않는다는 사실을 분명히 깨달았다. 그는 앤을 원했다. 그녀를 껴안고, 그녀에게 안기고, 다시 그리고 또다시 입맞추고 싶었다. 그리고 이 모든 것—헬렌, 사교, 돈, 체면—에서 영원히 등을 돌리고 싶었다.

그는 늦게 일어났지만, 새벽닭이 울고 햇살이 비치기 시작하는데도 그 끔찍한 깨달음은 조금도 사라지지 않았다. 몸은 완전히 망가진 듯했고, 면도하다 턱을 베었지만, 간신히 식당으로 내려가 종을 눌러 복잡한 아침 식사를 준비시킬 수 있었다. 그제야 그는 탁자 위의 편지들을 집어 들었다. 평소처럼 전기벨트 광고지, 대륙 복권 안내문, 도박업자의 명함 사이에 진짜 편지가 두 통 있었다. 그중 하나는 검은 테가 둘린 봉투, 즉 상중용 편지봉투였고, 낯선 필체로 주소가 적혀 있었다. 그는 그 편지를 먼저 뜯었다. 그리고 그 안에서 한 장의 쪽지를 발견했다.

--

레이먼드 웨이스 부인

킵스 씨를 저녁 식사에 초대합니다.

9월 21일 화요일, 오후 8시

--

킵스는 급히 마음을 돌려 두 번째 편지를 집어 들었다. 그것은 삼촌에게서 온, 평소보다 훨씬 긴 편지였다.

"사랑하는 조카에게,

네 편지를 받고 깜짝 놀랐다만, 어느 정도 예상은 하고 있었기에 좋은 방향으로 생각하려 한다. 만약 그 아가씨가 뷰프레 백작가와 연관된 집안이라면 다행이지만, 그렇지 않다면 속지 않도록 조심해라. 네 신세가 바뀌었으니 이제 너를 꾀려는 사람들도 많을 테니까. 내가 예전에 하인으로 일할 때 그 늙은 백작을 뵌 적이 있는데, 팁을 아주 짜게 주던 분이었지. 발에 티가 많았고, 성격도 급해서 도무지 남을 만족시킬 줄 몰랐어. 지금은 아마 나를 기억도 못하겠지만, 옛일은 굳이 들추지 않아도 된다.

내일은 버스 운행 날인데, 네 말대로 그 아가씨가 근처에 산다니 가게 문은 닫기로 했다. 요즘은 손님들이 아이들 양동이까지 다 챙겨 오니 장사도 안 되고 말이야. 그 아가씨가 괜찮은 사람이라면, 우리도 가서 인사하고, 작은 격려와 뽀뽀 한 번쯤 해줄 수도 있겠지. 우리 얼굴을 보면 반가워할 거다. 먼저 봤으면 좋았겠지만, 아직 큰일이 벌어진 건 아니니 모든 일이 잘되길 바란다.

사랑을 담아,
너의 삼촌, 에드워드 조지 킵스.

P.S. 가슴쓰림이 여전히 심하구나. 이번에 루바브 뿌리를 조금 캐 왔는데, 폴크스톤에서는 구하기 어려운 종류다. 가능하면 그 아가씨에게 줄 꽃다발도 한 아름 챙겨가

마."

"오늘 오신다고 하잖아." 킵스가 편지를 손에 든 채 어쩔 줄 몰라 서 있었다.

"이런, 세상에——"

"난 안 돼."

"그녀에게 키스라도 해!"

"그녀 얼굴조차 마주할 수가 없는데——!"

그의 머릿속에는 그 만남이 끔찍하게 생생히 그려졌다. 상상할 수 없는 재앙, 도저히 피할 수 없는 참사가 눈앞에 다가오는 듯했다.

그의 목소리는 절망으로 치달았다.

"이제 와서 전보를 보내 멈추게 할 수도 없어!"

그로부터 약 20분쯤 뒤, 캐슬힐 애비뉴에서 한 짐꾼이 창백하고 절박한 얼굴의 청년에게 불려 세워졌다. 그 청년은 정교하게 말린 우산을 들고, 묵직한 글래드스톤 가방을 들고 있었다.

"이걸 역까지 좀 옮겨주실래요?" 청년이 말했다. "런던

가는 다음 기차를 타야 해요…. 서둘러야 해요—시간이
많지 않아요."

7. 런던

1

런던은 킵스의 세 번째 세계였다. 물론 세상에는 그 외의 세계들도 존재했겠지만, 킵스가 아는 세계는 오직 셋뿐이었다. 첫째는 뉴 롬니와 잡화점—그의 근원이며, 삶의 출발점이자 앤이 있는 세계였다. 둘째는 교양과 세련됨의 세계—쿠트가 안내자 역할을 했고, 킵스가 곧 결혼을 통해 들어가게 될 세계였다. 그러나 점점 분명해지고 있었듯이, 이 두 세계는 결코 양립할 수 없었다. 그리고 셋째가 바로 아직 대부분 미지로 남아 있는 세계, 런던이었다.

킵스에게 런던은 거대한 회색 공간과 믿기 어려울 정

도로 많은 인파가 뒤섞인 장소였다. 그 중심에는 채링크로스 역과 로열 그랜드 호텔이 있었고, 그곳곳에는 뜻밖의 위치에 놀라운 상점들, 조각상, 광장, 식당들이 흩어져 있었다. 그 식당에서는 월싱엄처럼 교양 있는 사람들이 웨이터의 존경과 공감을 받으며, 점심 메뉴를 하나하나 직접 골라 주문할 수 있었다. 또 믿기 힘든 물건들을 전시하는 박람회—그중 예술공예 전시회와 화랑에는 월싱엄 부부가 그를 데려간 적이 있었고—극장들도 있었다.

게다가 런던을 살 만한 도시로 만들어주는 것은 바로, 마차였다. 월싱엄은 타고난 마차 애용가로, 마음도 넓고 세련된 청년이었다. 그와 함께한 단 이틀 동안 킵스는 무려 아홉 번이나 마차를 타 보았기에, 이제 그런 탈것을 전혀 두려워하지 않았다. 그는 런던 어디서든 완전히 길을 잃었을 때 "이봐요!"라고 외쳐 마차를 부르고, "로열 그랜드 호텔로!"라고 말하면 된다는 사실을 배웠다.

낮과 밤을 가리지 않고 이 믿음직한 마차들은 길 잃은 런던 사람들을 다시 출발지로 데려다준다. 만약 그것들이 없었다면, 이 거대한 도시의 복잡하고도 헤아릴 수 없는 미로 속에서 사람들은 곧 영영 길을 잃고 말았을 것이다. 적어도 킵스의 눈에는 런던이 그렇게 보였다. 그리고 미국에서 온 방문객들 중에도 비슷하게 말한 이들이 많았다.

그가 탄 열차는 복도식 객차로 이루어져 있었고, 킵스는 한동안 이 새로운 형태의 객실 구조에 놀라며 자신의 근심을 잠시 잊었다. 그는 금연칸에서 흡연칸으로 옮겨 담배를 피우고, 2등석에서 1등석으로 잠시 건너갔다가 다시 돌아오기도 했다. 그러나 곧 '검은 근심'이 열차에 올라타 그 옆자리에 앉았다. 도망쳐 나왔다는 해방감은 이미 사라졌고, 그의 머릿속에는 끔찍한 장면이 그려졌다—이모와 삼촌이 그의 하숙집에 도착해, 그가 달아난 사실을 알아차리는 모습이었다.

그는 급히 쪽지를 남겨두었다. "급한 볼일 때문에 갑자기 떠나야 했어요. 아주 중요한 일입니다." 그리고 그들이 충분히 대접받을 수 있게 준비해두었다고 덧붙였다. 그가 도망친 직접적인 이유는, 세련됨과는 거리가 먼, 사람 좋은 노인들이 월싱엄 부부와 마주치는 일을 피하려는 필사적인 두려움 때문이었다. 하지만 그 목적이 달성된 지금, 그는 이제 그들이 얼마나 당황하고 분노할지를 똑똑히 상상할 수 있었다.

그들에게 어떻게 설명할 수 있을까?

애초에 그들에게 편지를 써서 알리지 말았어야 했다.

결혼을 하고 나서야 비로소 말했어야 했다.

아니, 처음부터 헬렌에게 상의했어야 했다.

"약속해 줘요." 그녀가 말했었다.

"아, 젠장!" 킵스가 내뱉고 일어나 다시 흡연칸으로 가 담배를 피우기 시작했다. 만약, 혹시라도, 결국 그들이 월 싱엄의 집 주소를 알아내 찾아간다면 어쩌지? 그러나 채 링크로스 역에 도착하자 다시 주의가 분산되었다. 그는 완전히 월싱엄처럼 마차를 잡아 탔다. "로열 그랜드 호텔 로."라고 말하자, 마부가 한층 공손한 태도를 보이는 것을 보고 그는 은근한 만족을 느꼈다. 지난번 월싱엄과 함께 했던 절차를 그대로 따라 했고, 모든 것이 완벽히 잘 흘러 갔다. 호텔 프런트의 직원들은 매우 친절했고, 그는 하룻 밤 14실링짜리 훌륭한 방을 배정받았다.

방에 올라간 그는 한참 동안 가구를 살펴보고, 거울마다 비친 자신의 모습을 점검하며, 침대 가장자리에 앉아 휘파람을 불었다. 방은 넓고 화려했으며, 14실링이라면 싸게 느껴질 정도였다. 하지만 이내 그의 머릿속에 앤의 모습이 다시 떠오르려 하자, 그는 정신을 다잡고 잠시 엘리베이터 앞에서 망설이다가 계단으로 내려갔다. 점심을 먹을까 생각했지만, 대신 커다란 응접실로 들어가 잠시 『유럽의 호텔 안내서』를 읽었다. 그러나 곧 의문이 들었다―이렇게 궁전 같은 공간을 추가 요금 없이 써도 되는 걸까? 그는 점점 배가 고파졌지만, 식당의 격식 있는 분위기에 대한 본능적인 두려움이 여전했다. 결국 제복을 입은 하인 하나가 식당 쪽으로 안내했지만, 그곳에 늘어선 수많은 웨이터들과 복잡하게 배열된 칼과 유리잔을 보는 순간 공포가 밀려왔다. 그는 "이쪽이 아닌가 보네요"라고 중얼거리며 도망치듯 뒤로 물러났다.

그는 로비와 라운지를 어슬렁거리며 시간을 보냈다. 그러다 문지기가 의심스러운 눈빛으로 자신을 보는 것 같아 다시 계단으로 올라가, 모자와 우산을 챙기고는 용기를 내어 안뜰을 가로질러 나섰다. 레스토랑으로 가서 식사를 하기로 한 것이다. 호텔의 거대한 정문을 나설 때, 그는 잠시 들뜬 기분을 느꼈다. 스트랜드 거리에 있는 모든 사람들이 자신을 바라보는 듯했다. '저 사람, 부자 신사 중하나군.' 사람들이 그렇게 수군거릴 것 같았다. '역시 저런게 진짜 멋이지.' 마부 하나가 모자를 벗으며 인사하자, 킵스는 기분 좋게 "괜찮아요." 하고 대답했다.

그러다 문득, 다시 배가 고프다는 사실이 떠올랐다. 하지만 그는 배 속의 항의에도 불구하고 서두르지 않기로 했다. 점심은 천천히 먹어도 괜찮을 것 같았다. 그는 스트랜드 거리를 따라 느긋하게 동쪽으로 걸었다. 곧 자신에게 어울리는 식당을 찾을 수 있을 거라 생각했다. 그는 월싱엄이 식당에서 무엇을 시켰는지를 떠올려보려 애썼다. 무엇보다, 들어가자마자 '촌스러운 바보'처럼 보이는 일만은 피하고 싶었다. 런던의 식당 중에는 손님을 봉으로 알고 비싼 값을 매기거나, 서툰 사람을 조롱하는 곳도 많았다. 에식스 스트리트 근처에서 그는 고기와 토마토, 양상추가 가지런히 진열된 창문을 발견하고 잠시 멈춰 섰다.

보기에는 훌륭했다. 하지만 곧 생각이 바뀌었다. 혹시 저 건 날것으로 파는 재료고, 집에 가져가 직접 요리해야 하는 건 아닐까? 확신이 서지 않아 발길을 돌렸다. 이윽고 그는 샴페인 병 몇 개와 아스파라거스 한 접시, 그리고 '점심 2실링'이라는 메뉴판이 걸린 깔끔한 식당 앞에 멈췄다. 막 문을 열려던 순간, 창 너머 스크린 뒤에서 두 명의 웨이터가 그를 비꼬는 듯한 표정으로 바라보는 걸 눈치챘다. 그는 즉시 방향을 틀어버렸다.

그는 패링던 스트리트에서 잠시 머뭇거리다가 세인트폴 대성당 쪽으로 발길을 옮겼다. 교회 뜰 주변의 상점 진열대에는 값이 떨어진 물건들—말하자면 '죽은 흥정거리들'—이 가득했다. 그는 거리를 돌아 치프사이드로 향했지만, 그때쯤엔 이미 완전히 기가 꺾여 있었다. 어느 식당을 봐도 안으로 들어가는 방법조차 복잡해 보였다. 모자는 어디에 두어야 하는지, 웨이터에게 뭐라고 말해야 하는지, 메뉴에 적힌 음식 이름은 또 무슨 뜻인지 아무것도 몰랐다. 그는 확신했다—샬퍼드가 늘 하던 말처럼—'허둥댈 게 분명하고', 그래서 바보처럼 보일 거라고. 누군가 자기

를 보고 웃을지도 모른다는 생각은 견딜 수 없을 만큼 괴
로웠다. 배가 고파질수록 그 두려움은 더 커졌다.

잠시 그는 기묘한 생각을 했다. 그냥 외국인인 척하자.
영어를 모르는 사람인 척하면, 혹시 사람들이 이해해줄지
도 모른다…. 그러나 그런 생각도 오래가진 못했다. 어느
새 그는 식당이 거의 보이지 않는 런던의 한 구역까지 떠
밀리듯 들어와 있었다.

"젠장!" 킵스는 우왕좌왕한 채 거의 고통스럽게 중얼거
렸다. "다음에 보이는 곳엔 그냥 들어가버릴 거야."

그 다음에 눈에 띈 곳은 좁은 골목 안에 있는 튀긴 생
선 가게였다. 가스불 위에는 소시지도 구워지고 있었다.
그는 막 들어가려다 또다시 주저했다. 이번에는 다른 이
유였다. 그곳 안을 흐릿하게 들여다보니, 증기 자욱한 카
운터에 앉은 손님들이 대수롭지 않게, 그러나 빠른 손놀
림으로 음식을 먹고 있었다. 그는 자신이 너무 멀끔하게
차려입었다는 사실을 깨달았다. 그들과는 어울리지 않는
옷차림이었다.

2

그는 마차를 타고 로열 그랜드 호텔로 돌아가 식당의 공포를 다시 감수할까 잠시 고민했다. 어차피 호텔 사람들은 그가 왜 나갔다 돌아왔는지 모를 테니까. 그렇게 생각하던 바로 그때, 런던에서 자신이 아는 단 한 사람이—런던에서는 꼭 그런 일이 일어나기 마련이듯—갑자기 나타나 그의 어깨를 툭 쳤다. 그때 킵스는 생선가게에서 몇 걸음 떨어진 곳, 창가에 전시된 눈에 띄게 값싼 분홍색 아기 옷을 흘끗거리며, 소시지를 먹을지 말지 결심하지 못한 채 서 있었다.

"안녕, 킵스!" 시드가 외쳤다. "그 많은 돈 좀 잘 쓰고 다녀?"

킵스는 돌아섰다. 그리고 뉴 롬니에서 그토록 불편했던 감정이 그의 얼굴에 전혀 남아 있지 않은 걸 보고 안도했다. 시드는 사뭇 진지하고 당당해 보였다. 사회주의자다운 옷차림에 새 비단 모자를 써서, 상인 특유의 기운까지 풍겼다. 그를 보는 순간 킵스는 묘하게 마음이 놓였다. 그는 친구를 만난 듯 기뻤다. 그러나 잠시 후에야, 이 사람이 앤의 오빠라는 사실이 또렷이 떠올랐다.

"그냥 좀 돌아다니고 있었어." 킵스가 어색하게 웃으며 말했다.

"난 지금 중고 에나멜 가마를 하나 샀어." 시드가 설명했다. "이제 직접 에나멜칠을 해보려고."

"세상에!" 킵스가 말했다.

"응, 나한텐 큰 도움이 될 거야. 손님이 직접 색깔을 고를 수 있게 말이야. 알겠지? 근데, 왜 지금 런던에 있어?"

그 순간 킵스의 머릿속에 잠시, 자신을 찾아올 삼촌과 이모의 모습이 스쳤다.

"그냥, 기분 전환 좀 하러 왔지."

시드는 금세 결정을 내렸다.

"내 가게로 같이 가자. 너랑 얘기시키고 싶은 사람이 있어."

그때까지도 킵스는 그 '사람'이 앤일 거라는 생각을 전혀 하지 못했다.

"글쎄." 킵스가 당황해 급히 변명을 지어냈다. "사실은 말이야." 그는 덧붙였다. "점심 먹을 데 좀 찾아보는 중이었어."

"점심이 아니라 '저녁'이라고 해야지." 시드가 말했다.
"뭐, 상관없어. 어쨌든 이 근처엔 제대로 먹을 데가 없어.
너무 점잔 떨지만 않는다면, 나한테 지금 썩기 직전인 양
고기가 좀 있거든——"

'양고기'라는 말에 킵스의 마음이 단번에 흔들렸다.

"삼십 분도 안 걸려." 시드가 말했다. 그리고 킵스는 그
대로 끌려갔다. 그는 런던의 또 다른 교통수단—지하철—
을 처음 경험했고, 그 흥미로운 낯섦 속에서 조금씩 제정
신을 되찾았다.

"3등석 타는 거 괜찮지?" 시드가 물었다.

"전혀 상관없어." 킵스가 대답했다.

객차 안에는 낯선 사람들이 많아서 한동안 둘 다 말이
없는 상태로 있었다. 그러다 시드가 킵스에게 그가 만나
게 될 사람에 대해 설명하기 시작했다.

"매스터먼이라는 사람이야—너한테 큰 도움이 될 거
야. 그 사람이 우리 집 2층 앞방을 쓰고 있거든. 사실 세를
놓는 건 돈 때문이라기보다 같이 지낼 사람이 필요해서

야. 우리 둘만 살긴 집이 너무 크기도 하고, 게다가 나 그 사람 전부터 알고 있었어. 사회학 모임에서 만났거든. 근데 어느 날, 그가 지금 있는 데가 마음에 안 든다고 하더라고. 그래서 우리 집으로 오게 된 거야. 정말 훌륭한 사람이야—최고지. 과학자야! 책 좀 보면 깜짝 놀랄 걸. 본래는 저널리스트 같은 일을 해. 글도 많이 썼는데, 요즘은 몸이 좀 안 좋아서 예전만큼은 못 하고 있지. 시도 쓰고, 여러 가지를 다뤄. 가끔『커먼웰』에 글을 쓰거나 서평을 하기도 해. 책도 엄청 많아—엄청. 팔기도 꽤 했고. 그리고 사람도 많이 알아. 별별 분야 사람들을 다 아는 양반이지. 예전에 치과의사도 했고, 약사 자격증도 있어. 독일어나 프랑스어 책 읽는 것도 자주 봤어. 독학으로 다 배웠대. 여기——"

시드는 객차 창문 밖으로 스쳐 지나가던 사우스 켄싱턴 쪽을 턱짓으로 가리켰다.

"——여기서 3년 동안 과학 공부했대. 만나보면 알아. 말문이 트이면 그냥 쏟아져 나와."

"아!" 킵스가 공감하듯 고개를 끄덕였다. 두 손은 여전히 우산 손잡이를 꼭 쥐고 있었다.

"그 사람, 언젠가는 큰일을 할 거야." 시드가 말했다. "벌써 과학 관련 책을 하나 썼거든. 제목이 '자연지리학 입문'이야. 나중엔 심화편도 쓸 거야―시간만 나면 말이지."

그 말이 킵스의 머릿속에 충분히 스며들기를 기다린 듯, 시드는 잠시 말을 멈췄다.

"내가 귀족들이나 부잣집 사람들한테 자넬 소개시켜줄 순 없어. 하지만 앞으로 유명해질 사람한텐 보여줄 수 있어. 그건 가능하지." 시드는 약간 웃으며 말을 이었다. "적어도, 음…."

그는 잠깐 머뭇거렸다.

"그 사람, 기침이 좀 심하긴 해."

"그럼 나 같은 사람이랑 이야기하고 싶지 않겠지." 킵스가 조심스레 말했다.

"괜찮아, 신경 안 써. 말하는 걸 워낙 좋아하거든. 누구하고도 잘 얘기해." 시드가 안심시키듯 말했다. 그리고는 알쏭달쏭한 '런던식 라틴어' 한 마디를 덧붙였다.

"그는 말이야, 아무것도 일로 안쳐[7]. 알지?"

"알지." 킵스가 영리한 척하며 우산 손잡이 위로 고개를 끄덕였다. 물론 그는 그게 무슨 이야기인지 전혀 몰랐다.

3

킵스가 도착한 시드의 가게는 꽤 실용적으로 꾸며져 있었다. 그가 지금껏 본 적 없는, 온갖 자전거와 자전거 부품들이 빽빽하게 진열되어 있었다.

"이건 대여용 자전거들이야." 시드가 쇠붙이들 쪽으로 손짓하며 말했다. "그리고 저건 런던에서 민주적인 가격으로 살 수 있는 최고의 기종, '레드 플래그'야. 내가 직접 만든 거지. 봐봐."

그는 진회색과 갈색이 어우러진 매끄러운 프레임을 창

---

7 '나는 인간이다. 인간의 일 가운데 나와 무관한 것은 하나도 없다.' 라는 고전 라틴어 경구를 활용해 '그 사람은 남의 일이라고 여기는 것이 없어'라고 말하려 했으나, 시드의 부족한 지식으로 어설프게 흉내냈다.

문 쪽에서 가리켰다.

"저쪽은 액세서리 진열대야. 가게값 그대로 받지."

"요즘은 자동차도 좀 만져." 시드가 덧붙였다.

"양고기?" 킵스가 잘못 알아듣고 되물었다.

"자동차라니까, 자동차! … 뭐 어쨌든, 양고기 부서는 여기야." 시드는 웃으며 커튼 달린 작은 창문이 있는 문을 열었다. 그 안에는 붉은 벽과 초록색 가구, 하얀 식탁보가 깔린 식탁이 놓여 있었고, 푸짐한 식사의 기운이 물씬 났다.

"패니!" 그가 외쳤다. "여기 아트 킵스 왔어!"

분홍 무늬 원피스를 입은, 스물다섯이나 여섯 살쯤 되어 보이는 눈빛 밝은 여자가 부엌에서 얼굴을 내밀었다. 요리하던 열기로 약간 상기된 얼굴이었다. 그녀는 앞치마에 손을 닦으며 미소 지었고, 악수를 청하며 말했다.

"곧 다 돼요."

그녀는 킵스의 행운에 대해 이미 들었다고 했다. 그 사이 시드는 맥주를 따르러 사라졌다가, 잠시 뒤 자기 몫과 킵스의 잔을 들고 돌아왔다.

"이거 마셔." 시드가 말했다. 킵스는 한 모금 마시자 기분이 한결 나아지는 걸 느꼈다.

"위층의 매스터먼 씨는 한 시간 전에 점심 드렸어요." 시드의 아내가 말했다. "기다리시게 할 순 없었거든요."

모두가 바쁘게 움직이더니, 네 사람은 금세 식탁에 둘러앉았다. 네 번째 인물은 활달한 성격의 어린 신사, 월트 휘트먼 포닉이었다. 한 살 반 남짓 된 아이로, 조용히 하게 하려고 손에 숟가락을 쥐어주자, 그것으로 식탁을 두드리며 신나게 놀았다. 그는 첫 시도부터 '킵스'라는 이름을 정확히 발음했고, 식사 내내 그 단어를 자기 나름대로 변형하며 즐겁게 중얼거렸다.

"공작 킵스!"라고 외치자 모두가 크게 웃었고,

"양고기 더 줘, 킵스!"라고 말했을 땐 또 한바탕 웃음이 터졌다.

"이 녀석은 진짜 단어 귀신이에요." 시드의 아내가 자랑스럽게 말했다. "무슨 말을 하든 금세 따라 해요."

냅킨도 없었고, 격식은 더더욱 없었다. 하지만 킵스는 이런 식사를 한 번도 이렇게 즐겁게 느껴본 적이 없었다.

모두가 오랜만의 만남에 들떠 있었고, 말이 잘 통했으며, 웃음이 끊이지 않았다. 잠시라도 대화가 끊기면 어린 월트가 그 공백을 채웠다.

시드의 아내는 남편의 지성과 사회주의 신념, 그리고 엄격한 사업 방식에 대해 깊이 존경하면서도, 자신이 여성으로서 또 연장자로서 느끼는 모성적 우위 덕분에 그 둘을 다정하게 "너희 애들"이라고 불렀다. 그리고 킵스에게 이것저것 더 먹으라 권하지 않을 때면, 자신과 남편의 나이 차이에 대해 즐겁게 떠들었다.

"두 분이 동갑이라고 해도 믿겠어요. 딱 잘 어울리시네요." 킵스가 말했다.

"뭐, 어쨌든 난 이 사람의 '짝'이잖아요." 시드의 아내가 재치 있게 받아쳤다. 월싱엄조차 울고 갈 만한 명대사였다.

"짝!" 어린 월트가 농담의 여운을 놓치지 않고 따라 하자, 또 한바탕 웃음이 터졌다.

킵스는 더 이상 자신이 운 좋게 성공한 사람이라는 우월감 같은 건 느끼지 못했다. 대신 그는 시드와 그의 아내를 깊은 존경의 눈으로 바라보고 있었다. 스물두 살밖에 안 된 시드가 자기 집을 가지고, 직접 양고기를 썰어내며 아내와 아이를 책임지고 살아간다는 게 그저 놀라웠다. 그에겐 상속도, 유산도 필요 없었다. 스스로 일군 삶이었다. 시드의 아내도 얼마나 다정하고 활기차고 따뜻한지! 게다가 아이까지—시드의 아이라니! 시드가 이렇게 훌쩍 성장하다니 믿기지 않았다. 킵스는 그런 시드를 보며 한없이 작아지는 자신을 느꼈다. 그나마 자신이 부자라는 사실이 마음속 어딘가에 남아 있어서야 그 기분을 간신히 견딜 수 있었다. 그는 첫 기회가 생기면 어린 월트에게 장난감을 엄청나게 사줘야겠다고 결심했다.

"맥주 좀 더 마실래, 아트?"

"좋지, 친구."

"시드, 킵스 씨한테 빵 좀 더 잘라줘."

"그냥 이쪽으로 좀 건네면 안 될까?"

시드는 정말 괜찮은 녀석이었다. 그건 확실했다.

킵스는 시드가 앤의 오빠라는 사실을 다시 떠올리고 있었지만, 일부러 그 이야기는 꺼내지 않았다. 전에 뉴 롬니에서 앤의 이름이 나왔을 때 시드가 보였던 짜증스러운 반응을 기억했기 때문이다. 두 사람 사이에 뭔가 거리가 있는 듯했으므로, 괜히 언급해 봐야 어색해질 뿐이었다. 그가 앤과 어떤 관계인지조차 알 수 없었다.

그래도, 어쨌든 시드는 앤의 오빠였다.

방 안의 가구는 식탁 위의 떠들썩한 분위기 때문에 크게 눈에 띄지 않았지만, 킵스는 이 집이 참 예쁘다는 생각을 했다. 방 한쪽에는 접시와 머그잔이 늘어선 찬장이 있었고, 벽에는 월터 크레인의 노동절 포스터가 붙어 있었다. 가게 문 유리 너머로는 자전거 상점 광고 카드들이 색색이 빛났고, 선반에는 '패러곤 벨', '스케럼 벨', '특허 오미혼' 같은 이름이 붙은 상자들이 가지런히 놓여 있었다.

그는 믿을 수가 없었다. 불과 그날 아침까지만 해도 자신이 폴크스톤에 있었다는 것이. 그리고 지금쯤이면, 그의 이모와 삼촌이….

으윽, 그 생각은 하지 않는 편이 나았다.

4

맥주와 아이리시 스튜 덕분에 얼굴이 붉어진 킵스는 시드가 다시 매스터먼을 보러 가자고 하자 선뜻 따라나섰다. 시드가 먼저 위층을 향해 소리치자, 기침 섞인 목소리가 대답했다. 그리고 두 사람은 계단을 올라갔다.

"매스터먼은 정말 대단한 사람이야." 시드가 팔 너머로 낮게 말했다.

"회의에서 그 사람 연설 한번 들어보면 깜짝 놀랄걸…. 컨디션만 괜찮으면 말이지."

그는 문을 두드리고 안으로 들어갔다.

"이쪽은 킵스야." 시드가 말했다. "전에 말했지? 연간 1,200파운드 버는 친구."

매스터먼은 불이 꺼진 난로 앞에 앉아, 마치 한겨울인 듯 몸을 웅크린 채 빈 파이프를 씹고 있었다. 킵스는 잠시 그를 뚫어지게 바라보다가, 그제야 방 안 풍경이 눈에 들어왔다. 너저분한 가구들, 아무렇게나 세워진 칸막이 뒤의 작은 침대, 난로 옆 침받침대에 놓인 가래통, 서랍장 위에 남은 식사 찌꺼기, 사방에 흩어진 책과 종이들…. 매스터먼의 얼굴은 마흔 살이 훌쩍 넘어 보였다. 이마 옆과 눈 주위가 움푹 꺼져 있었고, 눈빛은 이상할 만큼 맑고 강렬했다. 볼에는 붉은 기운이 돌았으며, 짧은 붉은 코 아래로 가느다란 검은 콧수염이 가위로 반듯하게 다듬어져 있었다. 치아는 누렇게 변색된 잔해처럼 보였다. 재킷 깃은 올려 세워져 있었고, 안쪽에는 흰 니트 목도리가 둘러져 있었다. 셔츠 소매에는 단추나 커프스가 없었다. 그는 자리에서 일어나지 않고, 가느다란 손목을 내밀어 악수하며 다른 손으로 침실용 안락의자를 가리켰다.

"반갑습니다. 편하게 앉으세요. 담배 피우시겠어요?"

킵스는 고개를 끄덕이며 담배갑을 꺼냈다. 자기도 피우려다, 예의상 매스터먼과 시드에게 먼저 권했다. 매스터먼은 파이프에 불이 꺼져 있었다는 듯이 놀란 표정을 짓고, 담배 하나를 집어 들었다. 잠시 성냥을 켜는 시간이 흘렀다. 시드는 칸막이를 옆으로 밀고, 그 뒤에 있던 침대에 털썩 앉았다. 그리고는 약간 흐뭇한 표정으로, 매스터먼이 킵스를 어떻게 다룰지 지켜볼 준비를 했다.

"그래서, 연간 천이백 파운드를 번다는 건 어떤 기분인가?" 매스터먼이 담배를 코끝에 대며 묘한 자세로 물었다.

"이상해요." 킵스가 잠시 생각하다가 고백하듯 말했다. "기분이 아주 묘하다고 할까요."

"난 그런 기분을 느껴본 적이 없네."

"익숙해지는 데 시간이 좀 걸리죠." 킵스가 덧붙였다. "그건 확실해요."

매스터먼은 담배 연기를 내뿜으며 호기심 어린 눈빛으로 킵스를 바라봤다.

"그럴 것 같군." 잠시 후 그가 말했다. "그래서 그 돈이 자네를 완전히 행복하게 만들어줬나?"

"그렇게 말하긴 좀 어렵네요." 킵스가 솔직히 말했다.

매스터먼이 미소 지었다. "그렇겠지. 그럼 아주 많이 행복해졌나?"

"처음엔요."

"그래, 처음엔 그렇지. 그런데 곧 익숙해지잖아. 진짜 황홀했던 시기가 얼마나 갔나?"

"그거요? 글쎄요, 아마 일주일쯤?" 킵스가 말했다.

매스터먼이 고개를 끄덕였다.

"그래서 내가 부자가 되는 걸 망설이는 거야." 그가 시드를 향해 말했다.

"결국 사람은 적응해버려. 그 기쁨은 오래가지 않지. 난 늘 그럴 거라고 생각했는데, 직접 확인하니 흥미롭군. 한동안은 자네에게 더 신세를 져야겠어."

"에이, 그런 소리 마." 시드가 손을 내저었다. "절대 그런 일 없어."

"이만 이만 이십사천 파운드라…." 매스터먼이 연기를 내뿜으며 중얼거렸다. "이렇게 큰돈을 가지면 불안하지 않나?"

"가끔은 좀 그래요…. 일이 계속 생기거든요."

"결혼은 하나?"

"예."

"흠, 아마 사회적으로 높은 신분의 여성일 테지?"

"그럼요." 킵스가 약간 자랑스럽게 말했다. "보프레 백작의 조카예요."

매스터먼은 더 들을 필요가 없다는 듯 긴 몸을 의자 깊숙이 기대고 자세를 바로잡았다. 어깨를 등받이에 파묻고

각진 무릎을 세운 채, 그는 담배 재를 허공에 털며 천천히 입을 열었다.

"내가 살아본 바로는 말이야, 돈이 많아지거나 줄어드는 게 행복에 큰 영향을 주진 않더군. 원래 돈이란 건, 일한 만큼의 대가로서 사람을 더 풍요롭고 자유롭게 만들어야 하지. 하지만 현실은 그렇지 않아. 세상이 뒤틀려 있지. 지금의 돈은 그저 허상이고, 결국엔 실망을 주지."

그는 킵스를 향해 몸을 약간 기울이고, 길고 마른 손가락으로 공기를 가르며 말을 이었다.

"만약 내가 그 반대라고 믿는다면, 나도 아마 죽을힘을 다해 돈을 벌었겠지. 하지만 세상을 제대로 보기 시작하면 말이야, 그 순간부터 의욕이 사라져. 모든 게 허망해 보여. 자네도 처음엔 그랬겠지? 돈만 있으면 세상 모든 걸 살 수 있을 거라고 생각했을 테지."

"그랬던 것 같아요." 킵스가 작게 대답했다.

"그런데 막상 그렇지 않다는 걸 금방 알게 됐을 거야. 돈이 있어도 어디서, 어떻게 써야 하는지조차 모르겠고, 결국 세상은 그런 무지한 사람에게 다른 짐을 얹어주지."

"처음엔 반조 하나 사다가 제대로 속았죠. 첫날부터요."

"그래, 바로 그거야." 매스터먼이 고개를 끄덕였다.

그때 시드가 침대에서 말했다.

"그건 다 좋은데요, 그래도 돈은 힘이잖아요. 돈이 있으면 뭐든 할 수 있죠."

"나는 행복 이야길 하는 거야, 시드." 매스터먼의 목소리는 조용했지만 단단했다. "총을 들고 거리 한복판에 서 있다 해도, 그걸로 자네나 다른 누가 행복해지진 않아. 힘은 별개의 문제지. 행복이란 건 세상이 바로 서야 가능한 거야. 지금 세상은 병들었어. 인간은 이제 전 세계를 생각해야 하는 존재가 됐는데, 한쪽이 불행한데 다른 쪽이 행복할 순 없지. 세상은 하나의 몸이야. 한쪽 다리에 통증이 있으면, 온몸이 고통을 느끼게 마련이지."

그는 담배를 내려놓고 허공을 바라보았다.

"우리가 사는 이 사회는 병들었어. 불안하고, 들끓고, 탐욕스럽고, 영양실조에 걸린 환자 같아. 신경통에 시달리는 다리를 두고 '행복한 몸'이라 부를 순 없잖아. 다리가 부러졌는데 목이 즐거울 수도 없고. 이게 내 생각이고, 언젠가 자네도 그걸 알게 될 거야. 그래서 난 더 이상 세상을 고치려 들지 않아. 이제는 조용히 마지막을 기다릴 뿐이야. 나 하나 애쓴다고 나아질 세상이 아니니까. 욕심도 다 버렸어. 내 자아는 이미 연못 바닥으로 가라앉아 있지. 세상은 병들었고, 내 시간은 얼마 남지 않았고, 내 힘도 약해. 그래도 난 이 자리에서 충분히 평온해."

그는 기침을 한 번 하고 잠시 침묵했다가, 다시 긴 손가락을 들어 킵스를 가리켰다.

"자넨 이미 두 부류의 사람을 겪어봤잖아. 그런데 그 새 부류의 사람들이 예전 사람들보다 낫거나 더 행복해 보이던가?"

"아니요." 킵스가 잠시 생각하다가 말했다.

"그렇게 생각해본 적은 없지만… 아니에요. 다를 게 없어요."

"그래, 위로 올라가든 아래로 내려가든 마찬가지일 거야." 매스터먼이 고개를 끄덕였다. "인간은 사회적 동물이야. 아무리 돈이 많아도 자기 시대에서 벗어날 수는 없어.

위든 아래든, 모두 불만투성이지. 아무도 자기 자리를 확신하지 못하고, 모두가 불안해하고 초조해하지. 이 세상은 불안한 무리의 집단이야. 옛 전통은 다 사라졌고, 새로운 전통을 세울 사람도 없어. 귀족은 어디 갔지? 신사는 또 어디 갔어? 농부가 더 이상 농부로 만족하지 못하는 순간, 그런 존재들은 사라졌어. 남은 건 크고 작은 인간들이 뒤섞인 세상뿐이야. 은행 휴가 때 기차에 타는 무례한 사람이나, 2,000파운드짜리 자동차를 모는 무례한 사람이나, 결국 똑같지. 다만 규모만 다를 뿐이야. 상류사회라고 해봐야 싸구려 술집보다 품격 있진 않아. 영혼이 균형 잡힌 사람에게는 똑같이 천박하고 불편하지. 세상엔 더 이상 명예도, 품격도, 고상한 삶의 수준도 남아 있지 않아. 그런 세상에서 뭐하러 아득바득 기어오르겠나?"

"진짜 맞는 말이예요." 시드가 맞장구쳤다.

"정말 그래요." 킵스도 고개를 끄덕였다.

"난 더는 기어오르지 않아." 매스터먼이 킵스가 내민 담배를 받아 들며 말했다. "이 세상은 뒤틀렸어. 부서졌고, 다시 붙을 일도 없을 거야. 우리는 지금 '세계의 병'이 시작되는 걸 보고 있는 거야."

그는 말의 여운을 곱씹듯 담배를 손가락 사이에서 굴렸다.

"그래, 바로 그거야. '세계의 병'이지."

"그걸 우리가 고쳐야죠." 시드가 말했다. 그리고 킵스를 향해 시선을 돌렸다.

"시드는 낙관주의자야." 매스터먼이 빙긋이 웃었다.

"당신도 가끔은 그러잖아요." 시드가 웃으며 대꾸했다.

킵스는 그 대화를 듣다가, 마치 무언가 깊은 뜻을 이해한 듯, 담배에 불을 붙였다.

매스터먼은 다리를 꼬고 앉아 천천히 담배 연기를 내뿜으며 말했다.

"솔직히 말해서, 지금의 문명은 곧 무너질 위기라고 본다."

"사회주의가 있잖아요." 시드가 말했다.

"그걸 제대로 쓸 상상력이 없어."

"우리가 만들어야죠."

"두세 세기쯤 뒤라면 가능하겠지." 매스터먼이 피식 웃었다. "그전엔 혼란의 시대가 찾아올 거야. 아주 심각한 혼란이지. 이유도 없이 사람들이 밟히고 다치는 군중 사고처럼 말이야. 산업 경쟁, 정치적 착취, 관세 전쟁, 혁명, 그리고 누군가 어리석게 인종을 나누며 '백인의 절반이 이제 황인종이 되었다'고 외치면서 벌어질 피의 참극들까지—. 이런 일들이 사람들의 관계를 모조리 바꿔놓을 거야. 세상 모든 인간이 들끓고 헐떡이겠지. 다들 이사 중인 집처럼 어수선하고 불편하게 살게 될 거야. 과연, 다른 결과를 기대할 수 있을까?"

킵스는 잠시 입을 다물다가 조심스럽게 물었다.

"근데요, 사실 전 사회주의란 걸 제대로 이해한 적이 없어요. 그게 구체적으로 뭘 하자는 건가요?"

그제야 시드와 매스터먼은 킵스가 사회주의에 대해 거의 모른다는 걸 깨달았다. 시드가 먼저 설명을 시작했지만, 곧 매스터먼이 그를 가로막고 대신 이야기를 이어갔다. 처음엔 단순히 시드의 말을 바로잡는 정도였지만, 곧 그의 태도는 완전히 달라졌다. 그는 몸을 앞으로 숙이고 팔꿈치를 무릎에 괴며, 점점 말에 열이 올랐다. 얼굴에는 생기가 돌고, 눈빛은 다시 살아났다.

그는 '재산'과 '재산계급'에 맞서 세상을 비판하기 시작했다. 말끝마다 담배를 내리치듯 손짓을 했고, 점점 목소리가 커졌다. 그의 논리와 분노에 휩쓸린 킵스는, 그 거대한 담론 속에서 자신이 부유하다는 사실조차 잊어버렸다. 매스터먼 안에서 무언가가 다시 불타오르고 있었다. 그는 말할수록, 자신의 몸을 지탱하던 병약한 무기력마저 잠시 사라진 듯 보였다.

"지금 세상은 부자들이 지배하고 있지." 매스터먼이 낮은 목소리로 말했다. "그들은 세상을 자기 뜻대로 바꿀 수 있을 만큼의 힘을 가졌어. 그런데 그 힘으로 하는 일이 뭐지? 세상을 망치고 있을 뿐이야."

시드가 고개를 끄덕였다. "그 말, 옳아요."

매스터먼은 천천히 일어나 벽난로 앞에 섰다. 긴 몸을 비틀어 손을 주머니에 넣은 채, 잠시 불빛을 바라보다가 담담히 말을 이었다.

"부자들은 따뜻함도 없고, 상상력도 없어. 그들은 모든 걸 가졌어 — 기계, 지식, 기술, 그 어느 시대도 갖지 못한 힘까지. 그런데 그걸 어디에 쓰고 있나? 생각해봐, 킵스. 하나님이 그들에게 자동차 같은 능력을 줬는데, 그들은 그걸로 아이들을 치며 도로를 질주하지. 인간이 만든 기계를 인간 자신이 증오하게 만들고 있어."

그는 한숨을 내쉬었다.

"하나님이 그들에게 자유와 시간, 소통의 수단을 주었는데, 그들은 그걸 다 낭비하고 있지. 바보처럼."

그는 천천히 손가락을 들어 바닥을 가리켰다.

"그들 발밑, 저 바퀴 아래에서 수많은 사람들이 썩어가고 있어. 그들은 빛을 가리고 서서, 그 아래에 어둠을 만들어. 그 어둠 속에서 인간들이 태어나고, 또 태어나지. 그들은 기어오르지도, 아부하지도, 훔치지도 않으면 평생 그 진창에서 벗어나지 못해. 그런데 위에 있는 놈들은 여전히 움켜쥐고 있지. 가진 걸 다 갖고도 모자라서."

그는 고개를 들어 조용히 덧붙였다.

"그들은 우리에게 학교 하나, 햇살 한 줄기도 아까워하지. 우리를 속이고, 그다음엔 잊어버리지. 세상엔 법도 없고, 방향도 없어. 다만 우연과 요행뿐이야. 가난은 점점 불어나는데, 그 자들은 아무 대비도, 아무 생각도 없어."

말끝이 가라앉았다. 잠시 불빛만 흔들렸다. 매스터먼은 잠시 킵스를 내려다봤다. 그러나 그의 눈빛에는 분노보다 더 깊은 피로와 체념이 어려 있었다. 킵스는 아무 말 없이 고개를 끄덕이며, 바닥에 놓인 슬리퍼를 묵묵히 바라봤다.

"그들이 우리를 그렇게 착취한다면, 그 대가로 보여줄 만한 게 하나라도 있다면 좋겠어. 하지만 없지."

매스터먼의 목소리는 여전히 조용했지만, 어딘가 냉소가 스며 있었다.

"그들은 추하고, 겁 많고, 인색해. 그들의 여자들을 봐. 화장으로 얼굴을 덮고, 머리를 염색하고, 약에 기대며, 자기 몸을 감추기 위해 옷을 덧입지. 지금 상류 사회에 발을 들여놓은 여자 중, 자신을 팔지 않을 여자는 없어. 몸이든, 영혼이든, 다들 팔고 있지. 유대인의 발을 핥고서라도, 흑인과 결혼해서라도, 단지 그들의 '세계'에 머물기 위해서라면 말이야. 우리에게는 부로 여겨질 돈으로조차 '품위 있게' 살지 못하겠다는 거야. 그들도 알아. 우리가 그걸 안다는 것도 알아."

그는 마른기침을 하고, 잠시 말을 멈췄다.

"지금 세상에 귀족을 믿는 사람은 없어. 왕이라는 존재를 진심으로 믿는 사람도 없지. 법에 정의가 있다고 믿는 사람도 없고…. 하지만 사람들은 여전히 습관대로 살아가. 일할 수 있을 때까지, 주급이 끊기지 않을 때까지 말이야. 그래도 언젠가는 무너질 거야, 킵스."

그는 다시 기침을 했다.

"배고픈 시기가 올 거야." 낮게 중얼거리더니, 갑자기 기침이 격해졌다. 그리고 그의 입에서 피가 한 점 튀었다.

"괜찮아." 매스터먼이 킵스의 놀란 얼굴을 보고 침착하게 말했다. "별일 아니야."

그는 피를 닦으며 다시 말을 이었다. 기침 소리가 여전히 간헐적으로 섞였지만, 그의 목소리는 오히려 더 또렷해졌다.

"봐, 그들이 세상을 얼마나 엉망으로 만들어놨는지. 인생이 얼마나 초라한 희극이 되어버렸는지 말이야. 젊은 시절 품었던 희망이 전부 조롱으로 바뀌었어. 난 열세 살

때였지. 그 나이에 공장에 끌려 들어갔어, 마치 마취된 토끼처럼. 그들의 자식들은 아직 아기일 때 말이야. 하지만 그 어린 나이에도 알 수 있었어 — 그곳이 지옥이라는 걸. 끝없는 단조로움, 고된 노동, 멸시, 그리고 수치. 그리고 그 끝엔 죽음뿐이었지. 그래서 난 싸웠어. 열세 살부터 말이야."

그의 말이 끝나자, 킵스의 머릿속에 민튼이 말했던 "배수관을 기어오르다 죽는 삶"이 떠올랐다. 그러나 매스터먼의 목소리는 민튼의 낮고 거친 울림과 달리, 분노와 슬픔이 뒤섞인 맑고 얇은 음색으로 방 안을 가득 채웠다.

"나는 마침내—어떻게든—빠져나왔어." 그가 불쑥 의자에 털썩 주저앉으며 한결 조용히 말했다. 잠시 뒤 그는 계속했다.

"잠깐이었어. 운이 좋거나, 머리가 좀 돌아가는 사람들은 기어 나와. 풀밭까지는 가. 하지만 지쳐서, 망가진 몸으로, 거기서 죽지. 그게 가난한 자의 성공이야, 킵스. 대부분은 아예 못 나와. 난 낮엔 일하고, 밤엔 공부했어. 그게 내 인생이었지. 그리고 결과는 이거야. 패배. 단 한 번도 공정한 기회를 가져본 적이 없었어. 단 한 번도."

그의 마른 주먹이 떨리며 허공을 쳤다.

"그 자식들 말이야. 나 같은 놈이 따라올까 봐 대학 장학금은 전부 열아홉 살까지만 신청할 수 있게 만들어놨지. 그리고는 아무 일도 안 해. 아무 짓도 안 해! 우리 같은 사람들은 그냥 버려져. 쓸모도 없이 낭비된다고. 내가 겨우 뭔가를 배울 만하니까, 세상은 이미 문을 잠가버렸어. 난 지식이 답이라고 믿었어. 진짜로 그랬다구. 어떤 사람은 빵을 위해 싸우지만, 난 지식을 위해 싸웠어. 굶으면서도 공부했어. 여자도 등졌지. 다 버렸어. 그 결과가 이거야. 내 허파는 터져버렸고…."

그의 목소리가 터질 듯 높아졌다.

"나는 살아 있는 왕자 열 놈보다 나은 인간이야! 그런데 난 이렇게 짓밟히고, 망가지고, 쓰레기처럼 버려졌어! 난 내 인생을 던져서 세상에 쓸모없는 인간이 됐다고! 장사치들의 탐욕스러운 난장판 속에서, 나 자신을 너무 '좋은 인간'으로 만들어버린 거야. 만약 내가 사업을 했거나, 다른 사람을 속이는 법을 배웠다면… 아, 글쎄, 이젠 다 늦었지. 뭐든 하기엔 늦었어. 그리고 솔직히, 난 그런 짓은 못 했을 거야."

그는 잠시 숨을 몰아쉬더니 이를 악물고 내뱉었다.

"그런데 저 뉴욕 어딘가에선, 그 사회라는 괴물이 밀을 독점하며 부를 쌓고 있겠지."

"빌어먹을!" 그는 쉰 목소리로 외쳤다. "그놈의 목을 내 손으로 비틀 수만 있다면! 지금이라도 세상을 바로잡을 수 있을 텐데!"

그의 얼굴은 붉게 달아올랐고, 움푹 들어간 눈에서는 불길 같은 열이 번쩍였다. 그러나 이내 그의 표정이 완전히 바뀌었다. 문 밖에서 찻잔이 흔들리는 소리가 들린 것이다. 시드가 일어나 문을 열었다.

"결국 내가 하고 싶은 말은 이거야." 매스터먼이 다시 조용히 말했다. "세상은 뒤틀려 있고, 살아 있는 인간이라면 누구나 절반은 이미 낭비된 인생을 살고 있어. 운이 좋아 보이는 자네라도 결국엔 똑같이 될 거야…. 혹시 담배 하나 더 피워도 되겠나?"

그는 킵스가 내민 담배를 받아들었다. 손이 너무 심하

게 떨려서 담배를 거의 놓칠 뻔했다.

그때 문이 열리며 시드의 아내가 들어왔다. 그녀는 매스터먼의 얼굴을 보더니, 붉어진 뺨을 즉시 알아챘다.

"또 사회주의 얘기하고 계셨군요?" 그녀가 약간 꾸짖듯 말했다.

5

그날 저녁 여섯 시, 킵스는 로튼 로의 남쪽 길을 따라 동쪽으로 천천히 걸어가고 있었다.

그의 모습은 단정히 차려입었지만, 거대한 세상 속에서 방향을 잃고 표류하는 작은 인간 그 자체였다.

때로 그는 잠시 멈춰 서서 생각에 잠기곤 했고, 또 어떤 때에는 낮게 휘파람을 불며 고개를 들어 주위를 둘러봤다.

로튼 로에는 말을 탄 몇몇 사람과, 가끔씩 번쩍이는 마차 한 대가 지나가고 있었고, 커다란 철쭉과 월계수 덤불 사이, 푸른 잔디 위에는 몇몇 남녀가 삼삼오오 모여 있었다.

그들은 킵스가 한때 월싱엄 부인 댁을 방문할 때 입던 바로 그 옷차림으로 꾸민 사람들 같았다. 킵스의 복잡한 생각 속에는 '오늘은 다른 옷을 입고 나올 걸 그랬나' 하는 약간의 후회도 섞여 있었다.

얼마 후 그는 잠시 앉고 싶다는 생각이 들어, 근처의 초록색 의자 하나에 눈길을 주었다. 잠시 망설이다가 그는 자리를 차지했고, 의자에 몸을 기댄 채 다리를 꼬았다. 우산 손잡이로 아랫입술을 문지르며, 그는 매스터먼과 그의 세상에 대한 비난을 떠올렸다.

"불쌍한 양반, 머리가 좀 돈 것 같아." 킵스가 중얼거렸다. 그리고 곧 덧붙였다.

"하지만… 글쎄."

그는 잠시 깊이 생각에 잠겼다.

"그가 말한 '굶주린 시절'이란 게 무슨 뜻이었을까?"

이곳 하이드파크의 고요하고 풍요로운 풍경은, 세상이 매스터먼의 말처럼 병들었다고 믿기엔 너무 단단하고 안정되어 보였다. 그의 손아귀가 닿지 않을 만큼, 세상은 잘 굴러가는 듯했다. 그런데도— 이상하게, 그는 문득 민튼이 떠올랐다. 그러다가 그의 생각은 더 중요한 문제로 옮겨갔다. 그가 떠나려던 마지막 순간, 시드가 말했다.

"앤 봤어?"

킵스가 대답하려던 찰나, 시드는 말을 덧붙였다.

"이제 더 자주 보게 될 거야. 폴크스턴에 자리 잡았거든."

그 말은 킵스의 머릿속에서 세상의 병이니, 사회의 붕괴니 하는 모든 생각을 단숨에 밀어냈다. 그 이름 하나만으로도, 그의 마음은 갑자기 밝게 살아났다.

앤.

언제든 우연히 그녀를 마주칠 수도 있었다. 킵스는 무심코 자기 콧수염을 잡아당겼다. 앤을 마주친다면—그건 정말 반가울 것이다.

"그런데… 그땐 정말 난감하겠지!"

그는 혼잣말로 중얼거렸다. 폴크스턴이라니. 너무 가까웠다. 너무나. 그는 문득 상상했다 — 군악대가 연주하는 저녁길, 자신은 근사한 예복 차림으로 걷고 있는데, 그때 앤이 나타난다면? 그 달콤한 상상은 곧 끔찍한 악몽으로 뒤바뀌었다. 만약 헬렌과 함께 있을 때 앤을 만나게 된다면?

"세상에!" 킵스는 얼굴을 감싸 쥐었다.

삶은 또 하나의 복잡한 매듭을 만들어냈다. 그는 간절히 바랐다. 차라리 그때 앤에게 키스하지 않았더라면, 뉴롬니에 두 번째로 가지 않았더라면 좋았을 텐데. 그는 그날 헬렌을 완전히 잊고 있었다는 사실이 믿기지 않았다. 헬렌의 얼굴이 떠올랐다. 그녀에게 편지를 써야 했다. 가볍고 아무 일 없는 듯한 편지.

'하루 이틀쯤 볼일이 있어 런던에 올라왔어.'

그녀가 그 편지를 읽는 모습을 상상해봤다. 그리고 또 한 통, 고향의 숙부와 숙모에게도 같은 내용을 써야 했다.

'업무상 급히 올라왔습니다.'

그들에게는 그것으로 충분했다. 하지만 헬렌은 달랐다. 그녀는 반드시 이유를 물을 것이고, 설명을 요구할 것이다. 그는 잠시 진심으로 바랐다. 폴크스턴으로 다시 돌아가지 않을 수 있다면 얼마나 좋을까. 그렇게만 된다면 모든 게 끝날 텐데. 그때 완벽하게 차려입은 신사 둘과 값

비싼 옷을 입은 한 여자가 지나갔다. 그들은 분명 대단히 세련된 대화를 나누고 있었을 것이다. 킵스는 그들을 눈으로 좇았다. 여자는 부드러운 색의 장갑으로 한 남자의 팔을 가볍게 두드렸다.

"저런 사람들이야말로 진짜 상류층이지."

그는 인생을 마치 둥지 속 병아리처럼 바라봤다. 세상은 참 이상한 곳이었다. 그리고 그 안에는 참으로 다양한 사람들이 있었다. 그는 담배에 불을 붙이고, 멀어져가는 세 사람을 바라보며 연기를 내뿜었다. 그들은 모든 게 완벽해 보였다. 아마도 연간 1200파운드보다 훨씬 더 많은 수입을 올리는 사람들일 것이다. 아니, 어쩌면 아닐 수도 있다. 그들이 자신을 스쳐 지나가면서 '저 사람도 자립한 신사'라고는 전혀 생각하지 못했겠지. 킵스는 자신이 평범하게 옷을 입었다는 걸 새삼 느꼈다. 물론 그들에게는 모든 게 훨씬 쉬웠다. 그들은 태어날 때부터 옷 입는 법, 말하는 법, 세련되게 행동하는 법을 배웠다. 그들은 혼란 따위 없이, 깔끔하게 인생을 시작했다.

그리고 자신처럼 어울리지 않는 사람들과 섞이는 일도

없었다. 예를 들어, 저 여인이 저 신사와 약혼을 한다면, 그녀는 절대 살찐 삼촌의 '입맞춤'이나 치터로우 같은 수상한 인물, 혹은 피어스의 의미심장한 시선을 마주칠 일 따위는 없을 것이다.

그의 생각은 다시 헬렌에게로 돌아왔다.

결혼을 하고, 이름도 큐이프스—아니, 큐이프(쿠트가 억지로 붙이려던 s는 끝내 어색했다)—로 불리며, 런던 서쪽의 아파트에서 이런 하류층 인연들로부터 완전히 벗어나게 된다면… 그때는 자신과 헬렌도 이렇게 오후의 로튼로를 거닐게 될까? 잘 차려입고, 여유롭게 말이다. 그건 분명 멋진 일이리라. 물론 옷차림이 완벽하다면. 헬렌!

그녀는 여전히 이해하기 어려운 여자였다. 킵스는 담배 연기를 크게 내뿜었다. 결혼하면 차를 마시고, 저녁 식사에 초대받고, 인사도 다녀야 할 것이다. 물론 그런 생활에도 곧 익숙해지겠지. 하지만 '단어 맞추기' 모임은 정말 부담스러웠다! 저녁 식사 예절도 처음엔 헷갈렸지만, 포크를 언제 써야 하는지조차 알기 어려웠지만—그나마 그건 나아지는 중이었다.

그럼에도 불구하고, 그는 자신이 그 세계에 진짜로 녹아들 수 있을지 강한 의문이 들었다. 그는 한동안 말을 탄 젊은 여성과 마부를 바라보다가 다시 생각에 잠겼다. 헬렌에게 편지를 써야 했다. 하지만 '아나그램 티파티'에 빠진 이유를 어떻게 설명할 수 있을까?

헬렌은 분명히 참석하라고 했다. 그녀의 단호한 표정이 떠올랐지만, 그 얼굴을 떠올리며 특별한 애정은 느껴지지 않았다. 그 모임에 가면 분명 자신은 우스꽝스러운 바보처럼 보일 것이다. 차라리 그건 피하고 저녁 식사 시간에 맞춰 돌아가는 게 낫지 않을까? 저녁은 힘들긴 해도, 아나그램보단 훨씬 낫다. 하지만 폴크스턴에 돌아가자마자 앤을 마주치게 된다면? 혹시 헬렌과 함께 있을 때 앤을 만나게 된다면? 그 생각이 다시금 그의 마음을 뒤흔들었다. 세상에는 참 이상한 우연이 많은 법이었다. 그래도— 다행히, 그들은 런던에 살게 될 것이다.

그 생각은 곧 치터로에게로 이어졌다. 치터로 부부도 런던으로 올 터였다. 돈이 없으면 벌기 위해서, 돈이 생기면 연극을 올리기 위해서. 어쨌든 그들은 결코 쉽게 포기할 사람들이 아니었다. 킵스는 상상해보았다 — 어느 점 잖은 사교 모임 한가운데, 치터로가 등장해 폭풍처럼 떠들어대는 장면. 그의 거친 언변과 자기 과시의 천둥소리에, 사람들은 밀밭처럼 납작 엎드릴 것이다.

"젠장, 치터로 같은 인간은!"

킵스는 이를 악물었다. 언젠가는 그와의 관계를 정리해야 할 것이다. 언젠가, 반드시. 그런데 이번에는 시드가 떠올랐다. 시드는 앤의 오빠였다. 킵스는 문득 등골이 서늘해졌다. 그의 초대를 받아들인 게 얼마나 큰 '사회적 실수'였는지 깨달은 것이다. 시드는 무시하거나 잘라낼 수 있는 사람이 아니었다. 게다가 그는 앤의 오빠였다! 킵스는 시드를 '자르고' 싶지도 않았다. 그건 버긴스나 피어스를 외면하는 것보다 훨씬 끔찍한 일이었다. 그날 함께한 점심을 생각하면, 더더욱 그럴 수 없었다. 시드를 끊는 건 곧 앤을 끊는 것이나 마찬가지였다. 그런데 만약 헬렌이나 쿠트와 함께 있을 때 시드를 만나게 된다면? "젠장할…!" 그는 이를 악물고, 담배꽁초를 땅에 내던졌다. 그리고는 억지로 마음을 다잡은 채, 불편하기 짝이 없는 로열 그랜드 호텔의 화려한 불빛 쪽으로 발걸음을 옮겼다. 그리고 사람들은, 돈이 있으면 인생의 걱정이 사라진다고 생각한다. 참으로 어리석은 착각이었다.

6

킵스는 로열 그랜드 호텔의 화려함을 사흘 낮과 밤 동안 견디다가 결국 패퇴하듯 도망쳤다. 로열 그랜드는 의도적으로 그를 굴복시킨 것이 아니었다. 단지 그 압도적인 위용과 지나칠 정도로 완벽하게 짜인 '고객을 위한 편의'가 그를 질식시킨 것이다. 돌아올 때 그는 곤란한 일에 부딪혔다. 방 번호가 적힌 둥근 카드 조각을 잃어버린 것이었다. 그는 복도와 홀을 이리저리 떠돌며 한참을 헤맸고, 마침내 모든 포터와 금빛 장식을 단 직원들이 자신을 보며 비웃고 있는 듯한 착각에 사로잡혔다. 그러다 미용실 아래 조용한 구석에서 초록색 제복을 입은 다정해 보이는 인물을 발견하고 조심스레 말을 걸었다.

"저기요, 아무리 찾아도 제 방을 못 찾겠네요." 초록색 제복의 사내는 비웃지 않고 오히려 친절하게 도와주었다.

그는 킵스의 열쇠를 찾아주고, 엘리베이터와 복도를 거쳐 직접 방까지 안내해주었다. 킵스는 감사의 뜻으로 그에게 하프크라운을 쥐여주었다. 방으로 돌아와 킵스는 저녁 준비를 하며 정신을 다잡았다. 월싱엄에게서 배운 덕분에 예복은 챙겨왔지만, 숙모와 숙부에게서 도망치느라 다른 구두를 넣는 걸 깜빡했던 것이다. 그는 금잔화 자수가 놓인 자주색 실내화를 신을지, 수건으로 묵은 먼지를 닦은 구두를 신을지 한참을 고민하다가, 결국 발이 아파 실내화를 택했다. 그러나 포터들과 웨이터들, 그리고 다른 투숙객들이 그의 실내화를 흘끗 볼 때마다 그는 신발을 잘못 골랐다는 걸 절감했다. 그래도 체면을 세우기 위해 모자는 품에 단단히 끼워 넣었다. 식당은 생각보다 쉽게 찾았다. 그곳은 광활하고 화려하게 장식된 공간이었고, 각자 작은 탁자에 앉아 전기 불빛이 비추는 붉은 갓 아래서 식사하는 사람들이 가득했다.

남자들은 모두 정장 차림이었고, 여자들은 눈이 부시게 드러난 목선을 뽐냈다. 킵스는 그런 '정장의 세계'를 처음 보았고, 자신의 눈을 의심했다. 또 다른 손님들 중에는 정장을 입지 않은 이들도 있었는데, 그들 역시 킵스를 보고 '저 사람은 귀족 가문 출신일 거야'라고 생각했을지도 몰랐다. 장식된 공간 한쪽에는 밴드가 있었고, 그들 역시 킵스의 자주색 실내화를 보고 킵스로부터의 '기부금' 가능성을 단번에 잃어버렸다. 이 웅장한 식당의 유일한 단점은, 탁자 아래에 그 자주색 실내화를 숨기기까지 건너야 하는 바닥의 거리가 너무 멀다는 점이었다.

그는 의자 하나를 내밀며 자리를 권하는, 다소 건방져 보이는 웨이터가 있는 테이블은 피하고 다른 작은 탁자를 골랐다. 자리에 앉은 그는 손에 들고 있던 접이식 예복모를 잠시 바라보다가, 이내 결심하듯 몸을 살짝 들어 그 위에 앉았다. (그 모자는 그날 밤 늦게 야식 손님이 발견해 다음 날 그에게 되돌려졌다.) 그는 냅킨을 조심스레 한쪽으로 밀어두고, 어렵지 않게 수프를 골랐다.

"맑은 수프로 주세요." 그러나 정교하게 장정된 와인 메뉴판이 눈앞에 놓이자 그는 당황했다. 뒤적이다가 '위스키' 항목을 발견하고 반짝이는 아이디어가 떠올랐다.

"저기요." 그는 웨이터에게 고개를 끄덕이며 자신감 있게 말했다. 그리고 낮은 목소리로 덧붙였다.

"올드 머서셀러 쓰리스타, 그거 있나요?" 웨이터는 알아보겠다고 말하며 사라졌고, 킵스는 자신감이 되살아난 채 수프를 다시 들었다. 그러나 결국 올드 머서셀러는 없다는 답이 돌아왔고, 그는 리스트 중간쯤 되는 클라레 와인을 골랐다.

"이걸로 하죠." 그는 아는 체하며 말했다. 클라레가 좋은 와인이라는 건 알고 있었던 것이다.

"하프 보틀로 드릴까요?" 웨이터가 묻자,

"좋아요." 그는 대답했다.

이제 그는 제법 세련된 신사처럼 느껴졌다. 수프를 다 먹고 몸을 뒤로 기대며 여유를 부리던 그는, 고개를 돌려 오른편의 이브닝드레스 차림 여인들을 힐끗 보았다. 그리고는 눈이 휘둥그레졌다. 믿을 수가 없었다. 그녀들은 정말 눈부셨다. 어깨 위에는 검은 벨벳 조각이 살짝 걸려 있을 뿐이었다. 그는 다시 바라보았다. 한 명은 와인잔을 반쯤 든 채 웃고 있었는데, 눈빛이 꽤나 위험해 보였다. 다른 한 명, 벨벳을 걸친 여자는 빠른 손놀림으로 빵 조각을 집

어 먹으며 재잘거리고 있었다. 킵스는 속으로 생각했다. '버긴스가 이걸 봤다면 좋았을 텐데.'

그는 웨이터가 자신을 보고 있다는 걸 눈치채고 얼굴이 새빨갛게 달아올랐다. 한동안 다시 고개를 들지 못한 채, 생선 요리를 앞에 두고 칼과 포크를 어떻게 써야 할지 몰라 허둥댔다. 잠시 후 왼편에 앉은 분홍색 드레스를 입은 여인이 전혀 다른 도구로 생선을 먹고 있는 것을 보고 또다시 혼란에 빠졌다.

볼오방을 앞에 두고는 완전히 무너졌다. 처음엔 칼을 들었다가, 분홍 드레스 여인이 포크만 쓰는 걸 보고 황급히 칼을 내려놓았는데, 칼끝에는 이미 진한 크림이 묻어 있었다. 그는 그것을 테이블보 위에 그대로 두었다. 문제는 포크였다. 익숙하지 않은 손놀림으로는 그것이 '찔러 먹는 도구'가 아니라 '쫓아다니는 도구'처럼 느껴졌다. 그의 귀가 벌겋게 달아올랐다. 고개를 들었을 때, 분홍 드레스 여인이 그를 힐끗 보고는 옆자리 남자에게 웃으며 무언가를 속삭였다. 킵스는 그 여자가 끔찍하게 미웠다.

결국 그는 볼오방의 커다란 조각 하나를 찔러 겨우 입

에 넣었지만, 너무 커서 조각이 흘러내렸다. 와이셔츠 앞이 엉망이 되었다.

"젠장!" 그가 중얼거리며 숟가락을 꺼냈다. 웨이터는 두 명의 다른 웨이터에게 가서 무언가를 말했고, 킵스는 그들이 자신을 조롱한다고 확신했다. 갑자기 분노가 치밀었다.

"이봐요!" 그는 손짓하며 말했다. "이거 치워주세요!"

그의 오른편에 있던 파티, 즉 화려한 이브닝드레스를 입은 여성들의 일행이 모두 그를 바라보았다. 모든 시선이 자신을 향해 조롱하고 있다는 생각에 그는 속이 부글부글 끓었다. 불공평하다는 분노가 가슴을 쳤다. 저들은 자신에게 없는 모든 걸 갖고 태어났고, 이제 그가 용기 내어 최선을 다하고 있을 때 비웃기까지 하는 것이다. 킵스는 그들의 비웃음을 잡아내려다 결국 두 번째 잔의 와인에 기대었다.

그 순간, 이상하리만치 분명하게 그는 자신이 사회주의자가 되었다는 걸 깨달았다. 이제 이런 세상이 끝날 '배고픈 순간'이 온다고 해도 상관없다는 생각이 들었다.

양고기와 함께 완두콩이 나왔다. 킵스는 웨이터의 손을 급히 막았다.

"완두콩은 됐어요."

그는 완두콩을 먹는 일이 얼마나 어렵고 위험한 일인지 잘 알고 있었다. 하지만 완두콩이 사라지자 다시 기분이 상했다. 매스터먼의 격렬한 말투가 머릿속에서 메아리쳤다. 이런 인간들이 누굴 비웃는다는 건가? 여자는 반쯤 옷을 벗고 앉아 있고—그게 그를 그렇게 불편하게 만든 이유였다. 이런 사람들 틈에서 어떻게 식사를 하란 말인가? 정말 한심한 무리였다. 그래도 자신이 저들 중 하나가 아니라는 사실만은 다행이었다. 그래, 실컷 쳐다보라지. 또 쳐다보면 저 남자에게 '지금 뭐 보냐'고 따져 물을 생각이었다. 그의 불안하고 분노에 찬 표정은 누구라도 주의 깊게 볼 만큼 험악했다. 게다가 악단이 하필이면 호전적인 군악을 연주하고 있었다. 킵스의 마음속 변화는 심리학자들이 말하는 '전향'이라 부를 만했다. 몇 분 사이에 그의 모든 이상이 송두리째 뒤집혔다. 코우트에게 예절을 배워온 '신사 수업생', 지나가는 이에게 모자를 들어 인사하던 그가, 그 순간부터는 완전히 달라졌다. 이제 그는 체제의 반항자이자, 거만한 모든 것의 적, 오늘날의 사회 질서를 증오하는 추방자가 되어 있었다. 저기 앉은 인간들—세상을 제 마음대로 휘두르며 약탈의 이익을 누리는 족속들.

"됐어요." 그는 내민 요리를 거절했다. 그리고 왼쪽에 앉은 여인의 어깨를 향해 경멸스러운 눈길을 던졌다.

잠시 후 또 다른 요리가 나왔지만 그는 손을 내저었다.

"이런 음식은 싫어요." 너무 번거롭고, 아마도 외국 요리사가 만든 '허세용 음식' 같았다. 그는 와인잔을 비우고 빵을 마저 먹었다.

"됐어요."

"됐다고요."

그때 어떤 손님이 킵스의 붉어진 얼굴을 흥미롭게 쳐다보고 있었다. 킵스는 그 시선을 노려보며 응수했다. 먹기 싫은 걸 거절하면 안 된단 말인가?

"이건 뭐예요?" 킵스가 큰 초록색 원뿔을 보며 물었다.

"아이스입니다." 웨이터가 답했다.

"그럼 그건 먹을게요." 킵스가 말했다.

그는 포크와 스푼을 움켜쥐고 디저트 '밤브(얼음 디저트)'에 덤벼들었다. 그런데 이놈이 좀처럼 잘리지 않았다.

"좀 잘려라, 이 자식!" 킵스가 씩씩대며 내뱉는 순간, 밤브의 꼭대기 부분이 갑자기 '툭' 하고 잘려 나가더니 놀라운 속도로 동쪽 방향으로 날아갔다. '퍽.' 그것은 바닥에 떨어져 구르며 비참하게 끝났다. 잠시 동안 시간은 정지한 듯했다. 옆 테이블에서 웃음소리가 터졌다. 그 남은 얼음 조각을 그쪽으로 던져버릴까? 아니면 도망칠까? 아니, 품위를 지켜야 했다. 최소한의 체면이라도.

"됐어요. 더 이상 필요 없어요." 킵스는 웨이터가 예의 바르게 다른 조각을 권하자 단호히 손을 내저었다. 그는 얼음이 바닥으로 떨어진 것도 일부러 그런 것처럼 굴면 될 거라 생각했다—애초에 아이스크림 따위는 싫었다, 라는 식으로. 저녁이 형편없어서 짜증이 났다고 하면 더 그럴듯할지도 몰랐다.

그는 두 손을 탁자 위에 올리고 힘주어 몸을 일으켰다. 의자를 밀어내며, 냅킨에 걸린 보라색 슬리퍼 한 짝을 빼내고, 바닥에 널브러진 얼음 조각을 조심히 피해서 걸음을 옮겼다. 냅킨은 슬쩍 발로 차서 테이블 밑으로 밀어 넣었다. 그리고 두 손을 깊숙이 주머니에 찔러 넣은 채, 그곳의 먼지를 털어내듯 똑바로 걸어 나갔다. 그가 그 자리에 남기고 간 것은, 바닥 위에서 천천히 녹아내리는 얼음 한 덩어리와, 의자 위에 눌린 채 놓인 접이식 모자 하나, 그리고 그동안 마음속에 품어온 모든 '신사'의 꿈이었다.

7

킵스는 결국 애너그램 티 파티에 맞춰 폴크스톤으로 돌아왔다. 그러나 그가 런던의 '로열 그랜드 호텔' 식당에서 겪은 내적 변화가 이 사교적이면서도 지적인 행사에 대한 태도까지 바꾼 것은 아니었다. 단지, 호텔이라는 괴물에게 완전히 패배했기 때문이었다. 겉보기에는 다소 상기된 얼굴로 평정을 유지하고 있었지만, 속으로는 끔찍할 만큼의 혼란과 수치, 자존심이 뒤엉켜 있었다. 사흘 동안 그는 이 거대한 호텔과 고요한 전쟁을 치렀다. 처음에는 절대 질 수 없다고 버텼지만, 끝내는 완전히 무너졌다는 사실을 인정해야 했다. 상대는 너무 강했다. 한쪽엔 신사 흉내조차 버거운 자신—게다가 신발도 한 켤레뿐이었다. 반면 호텔은 몇 에이커에 걸쳐 펼쳐진 방들의 미로, 천여 명의 사람들, 그리고 그 모든 사람들이 자신을 이상하게 쳐다보고, 뒤에서 웃고, 일부러 복잡한 모퉁이에서 마주쳐 굴욕을 안겨주려 기다리는 듯했다.

예를 들어, 전등 스위치 하나를 다루는 데도 그는 완패했다. 저녁 후 어둠 속에서 불을 켜려다 무릎을 부딪힌 그는 결국 종을 눌렀다. 그런데 나타난 건 전등이 아니라 하녀였다. 건조하고 오만한 표정의 젊은 여자는 무슨 일인지 묻자, 킵스는 짜증 섞인 목소리로 말했다.

"아니, 여기 왜 성냥도 없고 초도 없어요?" 그러자 호텔은 "전기 조명입니다, 손님"이라 답하며 한 방 먹였다.

"모든 사람이 이런 걸 아는 건 아니잖아요." 킵스가 중얼거렸다.

"그렇겠죠." 하녀가 냉소적으로 말하며 문을 쾅 닫았다.

"팁을 줬어야 했나 봐." 킵스가 한숨 쉬었다.

그는 손수건으로 구두를 닦고 한참을 걸은 끝에 마차를 타고 돌아왔지만, 밤에 신발을 문 앞에 내놓지 않아 다음 날 아침 또다시 직접 닦아야 했다. 아침에는 완전히 옷을 다 입은 뒤에야 온수를 가져다주는 호텔에게 한 번 더 면박을 당했다. 하녀는 그의 셔츠 깃을 보고 '놀랍다'는 듯한 표정을 지었다. 그나마 다행히 아침 식사는 별 탈 없이 끝났다.

하지만 그다음부터가 진짜 고역이었다. 하루는 스물네 시간이었고, 그 스물네 시간 동안 그는 할 일이 전혀 없었다. 전날의 긴 도보 여행 덕에 발까지 아파 장거리 외출도 힘들었다. 그는 호텔을 들락날락하며 시간을 보냈고, 모자를 살짝 들어 인사하는 문지기의 태도가 그를 처음으로 '팁'이라는 제도의 포로로 만들었다.

"저 사람이 원하는 건 팁이구나." 킵스가 중얼거렸다.

그래서 다음 기회가 오자 그는 그 남자에게 느닷없이 1실링을 내밀었다. 그리고 한 번 주머니에 손을 넣은 이상, 멈출 이유도 없었다. 신문 가판대에서 신문을 사고는 남은 거스름돈까지 소년에게 팁으로 줬다. 엘리베이터를 타

고 올라가면서 운전사에게 6펜스를 주었는데, 그만 신문
은 엘리베이터 안에 두고 내렸다. 복도에서 객실 하녀를
만나자 이번에는 2실링 반을 건넸다.

그는 이렇게 호텔 전 직원에게 자신의 '지위'를 보여주
기로 결심했다. 호텔이 마음에 들지도 않았고, 정치적으
로나 사회적으로나 도덕적으로도 그 존재 자체를 못마땅
해했지만, 그렇다고 '구두쇠 같은 구석'을 남기고 싶지는
않았다. 이 호화로운 건물 속에서만큼은 통이 큰 사람으
로 남아야 했다.

그는 다시 엘리베이터를 타고 내려가며 또 팁을 주었
고, 그때 마침 자신의 접이식 모자를 찾아준 웨이터가 다
가오자 2실링 반을 건넸다. 그는 자신이 일종의 '우회 작
전'을 펼치고 있다고 느꼈다. 호텔 전체를 매수해 자기 편
으로 만드는 것처럼. 그렇게 하면 직원들이 자신을 '재미
있는 손님'으로 보게 될 것이다. 곧 좋아하게 될 것이다.

하지만 그가 가진 잔돈이 급속히 줄어들자, 그는 로비
의 계산대에서 은전을 다시 바꿨다. 그러다 어제 자신을
방까지 안내했던 것 같은 초록색 제복의 남자를 보고, 맞

는지 아닌지 확신이 서지 않았지만 그냥 또 팁을 줬다. 그런데 그 모습을 한 손님이 유심히 바라보자, 이번엔 자신이 제대로 한 일인지 갑자기 의심이 들었다.

결국 그는 밖으로 나가 아무 버스나 타고 종점까지 갔다가, 낯선 런던 교외를 어슬렁거리며 돌아다녔다. 그리고 이즐링턴의 허름한 식당에서 점심을 먹은 뒤, 발이 아프고 도시의 공기에 지친 채 다시 로열 그랜드 호텔로 돌아왔다. 오후 세 시쯤이었다. 로비 한쪽 '애프터눈 티' 안내문이 눈에 들어오자, 그는 그곳으로 이끌렸다.

그때 문득 깨달았다. 자신이 벌인 '팁 작전'이 어쩌면 커다란 실수였다는 사실을. 호텔 직원들이 이제는 자신을 공손하게 대하기보다, 다음엔 누구에게 팁을 줄지 구경하는 듯한 표정을 짓고 있었다. 그러나 이제 와서 그만둘 수도 없었다. 그러면 완전히 웃음거리가 될 게 뻔했다.

'모두가 나만큼 부자인 건 아니니까. 이게 내 방식인 거야.'

그는 그렇게 스스로를 설득했지만, 마음속에서는 점점 확신이 들었다. 호텔이 이번에도 자신을 완전히 이겨버렸다는 걸.

킵스는 생각에 잠긴 척하며 그들 곁을 지나쳤다. 모자와 우산을 맡긴 뒤, 오후의 티타임을 즐기기 위해 호텔의 드로잉룸으로 들어갔다. 처음엔 방이 넓고 조용해서 제법 편안했다. 그러나 곧 자세를 바꿨다. 기대어 앉으면, 지나치게 먼지를 뒤집어쓴 구두가 조명 아래에 너무 도드라져 보였기 때문이다. 그렇게 꼿꼿이 앉자, 상류층과 중상류층의 손님들이 하나둘 모여들어 차를 마시기 시작했고, 어제 저녁 느꼈던 계급적 적개심이 다시 피어올랐다. 곧 머리칼이 부드럽게 부풀어 오른 금발의 여인이 나타났다. 그녀는 공손하고 나직한 목소리의 목사와 이야기를 나누고 있었는데, 아마 차에 초대한 듯했다.

"아니요, 제인 부인은 그걸 싫어하시죠." 목사는 알아듣기 힘든 소리로 중얼거렸다.

"가엾은 제인 부인은 항상 너무 예민했어요." 여자의 목소리는 유난히 또렷했다.

그때, 머리카락이 하나도 없는 뚱뚱한 신사가 나타나 의자를 끌고 와 킵스의 얼굴 정면에 등을 돌려 앉았다. 킵스는 그 무례함에 불쾌감이 치밀었다.

"자네 지금 제인 부인의 병 얘기하고 있나?" 그 남자가 콧소리 섞인 목소리로 물었다.

그 오른편에는 화려하게 차려입은 젊은 여인과 완벽하게 재단된 프록코트를 입은 남성이 자리를 잡았다. 그들의 자세 또한 명백히 킵스를 배제하고 있었다.

"이미 말씀드렸죠." 남자가 느릿하고 풍성한 목소리로 말했다.

"정말요?" 여자가 미국식 미소를 지으며 응수했다.

분명 그들은 킵스를 사람 취급하지 않았다. 그들 속에서 자신을 증명하고 싶은 충동이 끓어올랐다. 대화 속으로 성큼 끼어들어가 무언가 극적인 말을 던지고 싶었다. 매스터먼처럼 짧은 독백이라도 할 수 있다면 좋으련만, 그건 불가능했다. 대신 그는 태연하고 자기 세계에 몰두한 듯 보이려 했다. 그의 시선이 근처의 거대한 검은색 건축물—정교한 장식이 있는 구조물—위를 스치다, 유광으로 된 작은 안내판의 글자를 발견했다. 뮤직박스 같았다! 사실 그것은 '하모니콘'이라 불리는 최고급 기기였고, 호텔 규모에 맞춰 특별 제작된 물건이었다. 그는 여러 각도로 고개를 기울여 명판을 뚫어지게 살피고, 이웃들을 힐끔거렸다. 음악이 조금 흐르면 좋겠다고 그는 생각했다. 무엇인가를 시작해 보는 일은, 자신이 취향을 갖춘 동시에 편안한 사람임을 보여 줄 터였다. 그는 자리에서 일어나 곡 목록을 훑어 하나를 고르고, 6펜스─6펜스나!─를 밀어 넣었다. 은근하고 세련된 짧은 멜로디가 흘러나왔다.

로열 그랜드 호텔의 '품격 있는 분위기'를 생각하면, 그 악기는 정말 터무니없이 시끄러웠다. 그것은 세 번의 귀를 찢는 듯한 포효를 내지르며, 오랫동안 억눌려 있던 침묵의 둑을 완전히 터뜨렸다. 소리는 마치 거대한 나팔의 증조할아버지들이며, 초대형 트롬본과 기관차 제동음이 뒤섞인 듯했다. 음악이라기보다 폭발에 가까웠고, 시작했다기보다 요새의 벽을 날려버리며 돌진하는 듯했다. 멜로디의 파편이 폭격처럼 쏟아졌다. 그 소리는 공기 속을 튀어 오르며 날아다녔다. 한마디로 말해 그것은 '수사의 행진곡'이 가진 특유의 과장되고 힘찬 소리였다.

그 웅장한 소리는 마치 미래의 거대한 유치원에서 쏟아져 나온 듯한 환희로 가득 차 있었다. "뚜뚜루루—퉁, 퉁, 퉁, 퉁!" 그 음악은 청자를 거대한 폭포에 던져 넣은 듯 휘몰아쳤다. "휘로우! 야아! 붙어보자고! 멈춰! 휴식! 아니, 다시! 쾅, 쾅, 쾅!"

사람들은 모두 고개를 돌렸고, 대화는 멈췄으며, 그 대신 놀란 몸짓들만 남았다.

'레이디 제인'의 친구는 몹시 동요했다.

"이걸 멈출 수는 없나요?" 그녀는 장갑 낀 손가락으로 킵스를 가리키며, 웨이터에게 "저 끔찍한 젊은이 좀 어떻게 해요!"라고 외쳤다.

"일을 시키면 안 됐는데." 목사가 중얼거렸다.

웨이터는 대머리 신사에게 고개를 저었다. 사람들은 하나둘 자리를 옮기기 시작했다. 킵스는 의자에 느긋하게 기대어 있다가, 계산서를 받자마자 2실링 반을 팁으로 얹었다. 신사답게 결제하고, 아무 일도 아닌 듯 여유로운 몸짓으로 일어나 문 쪽으로 걸어갔다.

그의 퇴장은 '레이디 제인'의 친구의 분노를 완성시켰

고, 그는 문가에서도 그녀가 "이걸 정말 멈출 수 없는 건가요?"라고 묻는 듯한 손짓을 하는 걸 볼 수 있었다. 음악은 복도를 타고 그를 따라왔고, 엘리베이터 안까지 쫓아와서는 마침내 그의 방의 고요 속에서 잦아들었다.

잠시 후 창문 아래를 내다보니, '레이디 제인' 일행이 마침내 차를 들고 안뜰의 작은 테이블로 옮겨 앉는 모습이 보였다. 아래에서는 여전히 "쿵, 쿵, 쿵, 쿵!" 하는 둔탁한 리듬이 올라왔다. 그건 확실히 킵스에게 한 점이었다. 하지만 그의 유일한 득점이었다. 나머지 경기는 여전히 상류층과 호텔 쪽의 완승이었다.

그리고 곧 그는 의심하기 시작했다. 이게 정말 '득점'이었을까? 곰곰이 생각해보니, 남들이 이야기하는 와중에 소음을 터뜨리는 건 다소 천박한 짓 같았다.

그는 문득 사무실 안에서 자신을 엿보는 직원의 시선을 느꼈다. 그리고 갑자기 섬뜩한 생각이 들었다 ─ 호텔이 '계산서'로 복수할 수도 있다는 것.

아마 그들은 몇 파운드씩 덧붙여서, 자신에게서 몽땅 받아낼 것이다.

혹시라도 자신이 가진 돈보다 더 청구한다면?

점원의 얼굴은 유난히 불쾌한 인상을 가지고 있었다. 어딘가 얄밉고, 사람을 얕잡아보는 그 표정은 주저하는 킵스를 이용하기에 딱 알맞았다. 모자를 쓴 남자가 그것을 슬쩍 건드리자, 킵스는 거의 반사적으로 1실링짜리 동전을 내밀었다. 하지만 이미 신경이 한계에 달해 있었다. 팁이라는 게 이렇게 지독히 신경 쓰이고, 돈이 새나가는 일일 줄이야. 만약 호텔이 그 돈을 계산서에 잔뜩 붙여놓는다면, 도대체 어떻게 해야 할까? 지불을 거부할까? 싸움을 벌일까? 그럴 수는 없었다. 병색 초록색 제복을 입은 이 사람들과 맞서 싸울 용기도, 체력도 없었다….

그는 저녁 일곱 시쯤 숙소를 나와 한참을 걸었다. 그러다 유스턴 로드에서 고기 한 점으로 허기를 달랬다. 식사 후에는 에지웨어 로드 쪽으로 걸어가 메트로폴리탄 뮤직홀에 들러 잠시 앉았다. 그러나 공중그네를 타는 곡예사를 보고는 괜히 심장이 두근거려 자리를 떴다. 결국 그는 다시 숙소로 돌아와 침대에 누웠다. 엘리베이터 안내원에게 6펜스를 쥐여주며 "안녕히 주무세요."라고 인사했다.

깊은 밤, 그는 눈을 뜬 채로 하루 동안의 팁을 하나하나 떠올렸다. 어제 저녁의 끔찍했던 식사 장면이 다시 머릿속에 되살아났고, 하모니콘 악기에서 터져 나온 그 괴이한 소리도 귀에 들려오는 듯했다. 내일이면 다들 자기 이야기를 하고 있을 게 분명했다. 그는 더 이상 버틸 수 없었다. 패배를 인정할 수밖에 없었다.

'이 사람들 평생에, 나 같은 바보는 본 적이 없을 거야.'

그는 이불을 걷어차며 속으로 중얼거렸다. '으, 정말….'

다음 날 아침, 프런트 점원에게 방을 빼겠다고 말할 때 그의 목소리에는 분노가 섞여 있었다.

"이제 나갈게요." 킵스가 한숨을 내쉬며 말했다. "계산서 좀 보죠."

"아침 식사 한 번 드셨죠?" 점원이 물었다.

"내가 두 번 먹은 사람처럼 보이세요?" 킵스는 신경질적으로 받아쳤다.

그는 얼굴이 달아오른 채, 억눌린 분노를 삭이지 못한 듯 몸짓이 거칠었다.

누구든 팁을 거절하지 않으면 다 건넸다. 심지어 아내를 기다리던 남아프리카 다이아몬드 상인에게까지 돈을 쥐여주었다. 차링크로스 역에 이르러서는 잔돈이 없어 택시 기사에게 4실링짜리 동전을 내밀고, 속으로 그를 불태워버리고 싶다는 생각이 들었다. 그러다 갑자기 절약심이 되살아나, 포터가 가방을 들어주겠다고 하자 거칠게 손사래를 치며 직접 가방을 들고, 거의 화풀이하듯 기차 쪽으로 걸어갔다.

8. 킵스, 사교계에 입문하다

1

운명 앞에 순순히 굴복한 킵스는 결국 '애너그램 티 파티'에 가기로 했다. 어쨌든 그 자리엔 다른 사람들도 있으니, 헬렌을 대면해 런던으로의 짧은 외출을 설명하는 난처한 상황을 그럭저럭 넘길 수 있을 터였다. 그는 뉴 롬니를 마지막으로 방문한 그날 이후 헬렌을 본 적이 없었다. 그녀와는 약혼한 사이였고, 결국 결혼까지 해야 할 사람이었다. 그렇다면 차라리 빨리 마주하는 게 나았다.

한때는 세상에 맞서 사회주의자가 되겠다는 엉뚱한 생각도 했지만, 곧 마음이 가라앉았다. 헬렌이 그런 일을 허락할 리 없다는 걸 그는 누구보다 잘 알고 있었다. 이제 애너그램 티 파티에서는 최선을 다하는 수밖에 없었다. 로열 그랜드 호텔에서 있었던 일도, 뉴 롬니에서의 일도 모두 기억 속에 묻어두고, 다시금 자신의 사회적 위치를 복구해야 했다.

앤, 버긴스, 치터로우 — 모두 폴크스톤행 기차 안에서 냉정하게 생각해보니, 여전히 '자신보다 한 단계 아래 계급의 사람들'이었다. 결국 자신의 세계에서 제외해야 할 존재들이었다. 앤에 대해서는 안타까움과 번거로움이 동시에 밀려왔다. 잠시 그녀의 얼굴이 떠올랐지만, 곧 애너그램 모임의 일로 생각이 옮겨갔다.

그날 저녁 쿠트를 만날 수 있다면, 애너그램 문제를 함께 은근히 짜 맞출 수도 있을 것 같았다. 물론 비신사적인 부정행위는 아닐 것이다. 다만 약간의 '속임수' 정도. 쿠트가 문제 하나 둘 정도의 답을 귀띔해 줄 수도 있겠지. 상을 탈 만큼은 아니더라도, 최소한 체면은 구길 필요가 없을 정도로 말이다.

만약 그것도 여의치 않다면, 그냥 '바보인 척'하고 웃어 넘기는 수밖에 없었다. 약간의 여유와 눈치만 있으면 빠져나갈 길은 얼마든지 있었다….

그가 애너그램 티 파티에 입고 간 옷차림은 '정통 유행'과 '해변의 느긋함' 사이의 절충이었다. 즉, 오후 모임에 어울리는 반(半) 격식 차림이었다. 헬렌이 처음으로 그에게 했던 옷차림에 대한 지적은 여전히 그의 마음속에 남아 있었다. 그는 프록코트를 입되, 검은 띠가 둘린 낭만적인 파나마 모자로 그 격식을 누그러뜨렸고, 회색 장갑에 갈색 단추 부츠를 신어 약간의 편안함을 더했다.

성직자를 제외한 남자는 그와, 그리고 매력적인 아내를 동반한 새로 부임한 의사뿐이었다. 쿠트는 오지 않았다. 킵스는 약간 창백했지만, 태연한 표정으로 미세스 빈든 보팅의 집 문 앞에 섰다. 몇몇 사람이 먼저 들어가는 동안 그는 잠시 주변을 한 바퀴 돌았다. 그리고 마침내 용기를 내어 문 앞에 섰다. 문이 열리고—그 앞에는 앤이 있었다.

그 뒤편, 커다란 양치식물이 놓인 화분 너머의 커튼 달린 문 안쪽에서는 보팅 양이 두 손님과 이야기를 나누고 있었고, 방 안에서는 여성들의 웃음소리가 포말처럼 흘러

나오고 있었다….

 따뜻하게 헤어졌던 사이라 해도, 두 젊은이는 놀라움을 추스르지 못해 인사조차 건네지 못했다. 게다가 오늘은 생전 처음 겪는 '애너그램 티 파티'라는 엄숙한 사교 행사였으니, 긴장은 이미 극에 달해 있었다.

 "세상에…." 앤이 중얼거렸다. 그 한마디가 전부였다.

 그러나 곧 보팅 양의 매서운 시선이 그녀를 바로 세웠다. 앤의 얼굴은 순식간에 창백해졌고, 무의식적으로 킵스의 모자를 받았다. 그는 이미 장갑을 벗고 있었다.

 "앤…." 킵스가 낮은 목소리로 말했다. 그리고는, "펜시!"라고 덧붙였다.

 큰 보팅 양은 킵스가 '돌봄이 필요한 손님'이라는 걸 본능적으로 알아챘다. 그녀는 매혹적인 미소를 지으며 다가왔다.

 "정말 와 주셔서 너무 기뻐요, 킵스 씨. 정말이에요. 괜찮은 남자 손님 모시기가 얼마나 어려운지 아세요?"

 그녀는 아직 얼떨떨한 킵스를 응접실로 안내했다. 그곳에서 그는 낯선 모자를 쓴 헬렌과 마주쳤다. 마치 몇 년

만에 보는 사람처럼, 그녀는 전혀 다른 사람처럼 보였다. 그런데 놀랍게도, 헬렌은 그가 런던에 갔던 일을 전혀 문제 삼지 않았다. 오히려 우아하게 손을 내밀며 미소 지었다.

"애너그램 문제, 다 맞출 자신 있으세요?" 그녀가 장난스럽게 물었다. 이때 둘째 보팅 양이 나타났다. 손에는 네모난 종잇조각 여러 장이 들려 있었다.

"애너그램 하나씩 가져가세요. 자, 하나씩!"

그녀는 킵스의 상의에 짧은 쪽지를 하나 핀으로 달았다. 거기엔 "Cypshi"라는 글자가 적혀 있었다. 킵스는 처음부터 이게 'Cuyps'의 애너그램일 거라 짐작했다. 그녀는 또 손에 작은 연필이 매달린 긴 프로그램표 같은 것을 쥐여주었다. 곧 그는 사람들에게 차례차례 소개되었고, 이내 커다란 보닛을 쓴 키 작은 부인과 구석에서 마주 앉게 되었다. 그 여자는 너무 빠른 속도로 짧은 말들을 쏟아냈다. 대꾸할 틈도 없이 말들이 모래알처럼 흘러갔다.

"날씨가 아주 덥죠? 정말 더워요—올여름 내내 이랬죠—이상한 해예요—요즘은 매해가 그렇죠—세상이 어디로 가는 건지 모르겠어요—그렇지 않나요, 킵스 씨?"

"예, 그렇죠." 킵스는 자동적으로 대답했다. 그리고는 속으로 생각했다. '앤은 아직 현관에 있을까?'

앤!

그는 아까 그녀를 멍하니 바라보기만 하고, 마치 모르는 사람인 양 굴었던 걸 떠올렸다. 그건 분명 잘못이었다. 하지만, 그럼 어떻게 하는 게 옳았을까?

보닛 여인은 두 번째 말 폭탄을 퍼부었다.

"킵스 씨, 애너그램 좋아하시죠? 어렵긴 해도 이런 모임이 사람들을 한데 모아주잖아요. 그래도 루도 게임보다는 낫지 않나요? 그렇죠, 킵스 씨?"

그때 앤이 문가를 스치듯 지나갔다. 그녀의 눈이 그의 눈과 마주쳤다. 놀람과 혼란이 뒤섞인 시선이었다. 그들 둘 다—무언가 세상이 어긋나 버린 듯한 기분이었다. 그는 앤에게 자신이 약혼했다는 걸 말했어야 했다. 설명했어야 했다. 어쩌면 지금이라도, 힌트라도 줄 수 있을지 몰랐다.

"그렇죠, 킵스 씨?"

"예, 그렇죠."

킵스는 세 번째로 똑같은 대답을 되풀이했다.

지친 듯한 미소를 띤 한 여자가 킵스의 맞은편 여인 쪽으로 다가왔다. 그녀의 가슴에는 눈에 띄게 "워그델렝크(Wogdelenk)"라는 표지가 달려 있었다. 두 사람은 곧 대화를 시작했고, 킵스는 홀로 사회적으로 고립된 기분에 빠졌다. 그는 주위를 둘러보았다. 헬렌은 한 목사와 이야기하며 웃고 있었다. 킵스는 설명할 수 없는 충동을 느꼈다 ― 앤에게 말을 걸고 싶었다. 그는 슬그머니 문 쪽으로 몸을 돌렸다.

"당신은 뭐예요?"

그를 멈춰 세운 것은 키 크고 당돌한 아가씨였다. 그녀는 그의 명찰에서 "Cypshi"를 떼어들고 물었다.

"이게 무슨 뜻인지 전혀 모르겠어요." 그녀가 말했다.

"난 '버브 경(Sir Bubh)'이에요. 이런 애너그램 같은 거, 완전히 고역이지 않나요?"

킵스는 어색하게 웅얼거릴 뿐이었다. 그러자 그 아가씨는 갑자기 흥분한 친구들의 중심이 되어, 애너그램 정답을 함께 맞히겠다고 들떠버렸다. 그 틈에 킵스는 완전히 갇혀버렸고, 탈출구는 사라졌다. 그녀는 더 이상 그에게 관심을 두지 않았다. 킵스는 작은 탁자 모서리에 밀린 채, '워그델렝크'와 커다란 보닛을 쓴 여자의 대화를 듣게되었다.

"그 여자는 예쁜 애 둘을 한꺼번에 내보냈죠."

보닛 여자가 말했다.

"이제야 때가 됐다고나 할까요. 새로 데려온 이 아가씨는 별로 마음에 안 들어요. 지금은 하녀로 쓰고 있다는데, 물론 예쁘긴 하지요. 하지만 하녀가 예쁠 필요가 있나요? 전혀 없죠. 게다가 일도 제대로 못하는 눈치예요. 늘 멍한 표정만 짓고."

"사람 일은 몰라요."

'워그델렝크'가 대꾸했다.

"내 아이들도 하늘이 알고 있을 정도로 크지만, 일은 하나도 안 해요!"

킵스는 그들의 대화에 어울리지 못하면서도, 한편으로는 앤과 너무 깊이 얽혀 있다는 사실을 뼈저리게 느꼈다.

그는 보닛의 뒷모습을 바라보았다. 보기에도 끔찍이 못생긴 보닛이었다. 여자가 짧고 건조한 말을 뱉을 때마다 그 위에 꽂힌 흰깃털 장식이 흔들렸다.

한편, 대담한 아가씨 무리에서는 "아직 하나도 못 맞췄대!"라는 말과 함께 소녀들의 웃음소리가 터져 나왔다. 그들이 곧 자신을 놀릴지도 몰랐다. 'Cypshi'가 'Cuyps'의 애너그램이라는 짐작 말고는, 그는 아무 생각도 없었다. 사방에서 들려오는 재잘거림이 그를 짜증나게 했다. 마치 여름 세일 기간의 잡화점 같았다. '이런 사람들이 제일 귀찮지…' 그는 이를 악물었다. 그리고 마침내, 가슴 속에 억눌려 있던 반항심이 불길처럼 솟구쳤다. 이 사람들은 정말 형편없는 부류였다. 애너그램이란 것도 완전한 헛소리였고, 자신이 여기 온 것 자체가 어리석은 짓이었다. 저기 헬렌은 여전히 그 목사와 웃고 있다. '차라리 그 목사랑 결혼하지 그래? 그럼 난 자유로워질 텐데.'

킵스는 방 안에 있는 모든 이들이 싫었다. 개개인도, 그 무리 전체도. 왜 그들은 그를 자기들 무리에 끌어들이려 애쓰는 걸까? 그는 문득 주변의 추함을 발견했다. 키 큰 아가씨의 모자에는 커다란 핀이 두 개나 꽂혀 있었고, 챙 아래로 흘러내린 머리카락은 테이프 조각으로 대충 묶여 있었다. '워그델렝크'는 턱에 걸친 레이스 붕대를 두르고 있었고, 다른 한 여자는 구슬과 장식으로 몸 전체를 번쩍이게 치장하고 있었다. 그들은 모두 주름과 장식, 각지고 번쩍이는 치장투성이였다. 하지만 그들 중 단 한 명도 앤처럼 깔끔하고 단정한 모습은 아니었다. 그 순간, 킵스의 머릿속에 매스터먼의 말이 다시 떠올랐다. '숙녀들이라니!' 그는 냉소적으로 생각했다. 돈도 있고, 시간도 있고, 세상 모든 기회를 다 가진 사람들—그런데도 이 좁은 방에 모여, 고작 애너그램 따위를 떠들고 있는 것이라니.

"'Cypshi'가 정말 'Cuyps'라는 뜻일까?" 그 생각이 안개처럼 흩어지며 그의 머릿속을 스쳤다. 그리고 갑자기, 결심이 그를 사로잡았다.

이곳을 벗어나야겠다!

"실례합니다."

킵스는 중얼거리며, 마치 끓어오르는 차 한가운데로 몸을 던지듯 사람들 사이를 헤치기 시작했다. 그는 모든 걸 빠져나가기로 결심했다—이 어처구니없는 파티, 헛된 사교, 모든 것에서. 헬렌이 바로 근처에 있었다.

"난 이만 가겠어요." 킵스가 말했다.

하지만 헬렌은 그에게 눈길조차 주지 않았다.

"그렇지만요, 스프래틀링다운 씨." 그녀는 다른 사람에게 말하고 있었다. "순응에도 분명 한계라는 게 있잖아요."

그는 커튼으로 가려진 문간에 서 있었고, 그 앞에는 쟁반에 설탕그릇 여러 개를 얹은 앤이 있었다. 그는 무심결에 말을 건넸다.

"설탕이 엄청 많네요."

그리고는 낮게, 그러나 이상한 확신에 차서 말했다.

"나, 저 여자랑 약혼했어."

헬렌이 쓰고 있던 새 모자를 가리키며 그렇게 말한 것이다. 그 순간 그는 자신이 앤의 치맛자락을 밟고 있었다는 걸 깨달았다. 앤은 아무 말도 하지 못한 채 그를 바라봤다. 이해할 수 없는 상황의 흐름에 휩쓸려가며, 그저 그 자리에 얼어붙은 듯 서 있었다.

'왜 우리는 이렇게 말 한마디 제대로 못 하는 걸까?'

그 생각이 스쳤다. 그는 어느새 작은 방을 지나 현관 계단 아래까지 나왔다. 그리고 드레스 자락이 스치는 소리가 들렸다——아마도 주인부인 보팅 부인이 다가오는 중이었다.

"아니, 킵스 씨, 벌써 가시게요?"

"가야겠습니다." 킵스가 말했다. "정말요."

"하지만, 킵스 씨!"

"몸이 좀 안 좋아서요."

"그래도, 문제 맞히기도 전에요? 차도 한 모금 안 하셨잖아요!"

그때 앤이 나타나 그 뒤에서 머뭇거렸다.

"가야 해요." 킵스는 단호히 말했다. 만약 그가 더 말을 이어간다면, 헬렌이 이 절박한 탈출 시도를 눈치챌지도 몰랐다.

"물론, 꼭 가셔야 한다면…."

"잊은 일이 하나 있어서요." 킵스가 말했다. 후회가 밀려오기 시작했다. "정말로 가야만 합니다."

보팅 부인은 약간 불쾌한 듯 체면을 지키며 돌아섰고, 앤은 얼굴이 상기된 채 침착한 표정을 유지하려 애쓰며 문을 열어주었다.

"정말 미안해요. 미안합니다."

그는 주인에게, 그리고 앤에게 동시에 그렇게 말했다. 그러나 이내 사회적 관습이라는 강물에 휩쓸리듯, 그는 문밖으로 내몰렸다. 문턱을 반쯤 돌아서며 뒤를 보려 했지만—쾅!—문이 닫혀버렸다. 그는 리즈 거리를 따라 걸었다. 수치심과 혼란이 뒤엉킨 채, 머릿속엔 오로지 보팅 부인의 놀란 표정만이 떠올랐다. 그리고 얼마 지나지 않아, 사람들의 시선 속에서 무언가 이상한 느낌이 그를 깨웠다. 그제야 그는 자신이 아직도 가슴에 'Cypshi'라고 적힌 명찰을 달고 있다는 걸 깨달았다.

"젠장!"

그는 그것을 움켜쥐어 떼어냈다. 순간, 그 종잇조각의 글자들은 바람을 타고 흩날리며 리즈 거리 위를 자유롭게 날아갔다. 그의 하루처럼, 그의 체면처럼.

2

킵스는 와이스 부인의 저녁식사 초대에 맞춰, 출발 시간보다 무려 삼십 분이나 일찍 옷을 차려입고 앉아 있었다. 쿠트가 그를 데리러 오기로 했기에, 그는 얌전히 기다리고 있었다.

테이블 위에는 『사교계의 예절과 규범(Manners and Rules of Good Society)』이 펼쳐져 있었지만, 그는 거의 손도 대지 못했다. 그가 읽던 부분은 96쪽, '상류계 인사'가 쓴 문장이었다.

"초대의 수락은 외식하는 사람들에게 있어 하나의 구속력 있는 약속이며, 병환이나 가족의 사망, 혹은 그에 준하는 중대한 사유가 없는 한 이를 무시하거나 회피하는 일은 예의에 어긋난다."

그 구절까지 읽고 나서, 그는 깊은 침울한 생각에 빠졌다. 그날 오후, 그는 헬렌과 진지한 이야기를 나누었었다. 마음속 변화를 어떻게든 표현하려 애썼지만, 그 모든 속내를 솔직히 꺼내놓기엔 너무 끔찍한 일이었다. 그래서 그는 한 발 물러난 사소한 문제로 화제를 돌렸다.

"난 이런 사교 모임 같은 거, 마음에 안 들어."

그가 말했다.

"그래도 사람들을 만나야 하잖아요." 헬렌이 답했다.

"그렇긴 하지만… 문제는 어떤 사람들이냐는 거야."

그는 용기를 내서 덧붙였다.

"지난번 애너그램 티 파티에 온 사람들, 별로더군."

"세상을 보려면 여러 부류의 사람들을 봐야 해요." 헬렌이 말했다. 킵스는 한동안 침묵했다. 숨이 약간 가빴다.

"아서, 내 말 좀 들어요." 헬렌은 거의 다정하게 말을 이었다.

"내가 이런 자리에 가자고 하는 건, 다 당신을 위해서예요. 그렇지 않았다면 애초에 권하지도 않았을 거예요."

킵스는 말없이 고개를 끄덕였다.

"런던에 가면 다 도움이 될 거예요. 바다에 나가기 전에 수조에서 수영을 배우듯이, 이곳 사람들은 연습상대로 딱 좋아요. 그들은 딱딱하고, 우스꽝스럽고, 세상 좁고, 열 명 중 아홉은 생각이 없지만, 그게 뭐가 중요하겠어요? 결국 당신도 사교의 감각—'사부아 페어(Savoir Faire)'—를 익히게 될 거예요."

그는 다시 무언가 말하려 했지만, 입이 떨어지지 않았다. 그저 긴 한숨만 내쉬었다.

"곧 익숙해질 거예요."

헬렌이 다정하게 덧붙였다. 그가 그 면담을, 그리고 그 앞에 열리는 런던의 전경—작은 아파트와 차와 행사들, 브루더킨스의 끊이지 않는 존재, 새롭고 더 나은 삶에 대한 모든 밝은 전망—그리고 다시는 앤을 보지 못하리라는 사실을 곱씹고 있을 때, 하녀가 작은 꾸러미, 곧 '아서 킵스, 에스콰이어' 앞으로 온 사각 봉투를 들고 들어왔다.

"젊은 여인이 이걸 맡기고 갔어요, 사장님." 하녀가 약간 엄숙하게 말했다.

"네?" 킵스가 말했다.

"어떤 젊은 여인?" 그러고는 갑자기 알아차리기 시작했다.

"평범한 젊은 여인처럼 보였어요." 하녀가 싸늘하게 덧붙였다.

"아!" 킵스가 말했다. "됐어요."

그는 하녀가 나가 문이 닫힐 때까지 기다렸다가, 봉투를 손에 든 채 바라보았다. 그리고 묘하게도, 점점 긴장이 고조되는 기분으로 그것을 찢어 열었다. 그러는 동안, 시각이나 촉각보다 더 빠른 어떤 감각이 그 내용물을 알려 주었다. 그것은 앤의 반쪽 6펜스였다. 게다가, 한마디 글도 없었다!

그녀가 그의 말을 들었음이 틀림없다!

그녀는 이 모든 세월 내내 반쪽 6펜스를 간직해 왔다!

그는 봉투를 든 채로 서서, 그 마지막 추론에서 더 나아가 보려 애쓰는데, 밖에서 쿠트의 도착을 알리는 소리가 들렸다. 쿠트가 이브닝드레스를 입고 나타났다. 반듯하고 번쩍거리는 쿠트, 약간 녹색 기 도는 커다란 흰 장갑, 그리고 유난히 큼직하고 검은 가장을 댄 흰 넥타이를 매고 있었다.

"삼촌의 사촌, 셋째를 위해서." 그가 곧바로 설명했다.

"근사하지 않니?" 그는 킵스가 창백하고 초조해 보이는 것을 보고, 그것이 다가오는 사교적 시련 때문이라고 여겼다.

"기운 내, 킵스, 친구. 그러면 괜찮을 거야." 쿠트가 큼직하고 형제 같은 장갑 낀 손을 그의 소매에 얹으며 말했다.

3

저녁 식사는, 킵스의 감정으로 말하자면, 빈든 보팅 부인의 하인 이야기에 이르러 위기 국면을 맞았지만, 그 전에도 그의 사회적 표정을 불안하게 만들고 흐트러뜨리는 크고 작은 일들이 여러 번 있었다. 식사 내내 온화하게 반항적이던 작은 골칫거리가 하나 있었는데—내가 이렇게 사적인 문제를 언급해도 된다면—그의 왼쪽 멜빵의 행태였다. 쾌활한 주홍 실크 웨빙은, 아마도 흥분 와중에 버클에서 미끄러졌는지, 그의 흠잡을 데 없는 앞가슴을 가로질러 오히려 일종의 공식 장식처럼 사선으로 놓이려는 강한 성향을 보였다. 그것이 처음 고집을 부린 건 저녁 식사 장으로 들어가기 직전이었다. 그는 아무도 볼 때가 아닐 때 재빠른 손놀림으로 이 '장식'을 제자리에 밀어 넣었고, 그 뒤로는 이브닝드레스의 정형화된 엄숙미에 대한 자신의 새로운 '혁신'을 억누르는 일이 내내 상시 고민거리가 되었다. 대체로 그는, 첫 공포는 과했다는 쪽으로 생각이 기울었다. 어쨌든 아무도 그 일에 대해 입 밖에 내지 않았다. 하지만 당신은 저녁 내내—그가 무엇을 하든—한쪽 눈과 한쪽 손이 약한 고리에 주로 매달려 있는 모습을 떠올릴 수 있을 것이다.

그러나 이것은, 말하자면, 자질구레한 문제였다. 그를 훨씬 더 괴롭힌 것은 헬렌이 끔찍한 '이브닝드레스'를 입고 있었다는 사실이었다.

젊은 숙녀는 상상력을 런던으로 돌려두었고, 그 차림은 아마도 서쪽으로 너무 멀지 않은, 그 깔끔한 작은 아파트의 예고였을 터였다. 그 아파트는 매우 유쾌한 문학·예술계의 중심지가 될 작정이었다. 참석한 여성 의상 가운데서도 그것이야말로 가장 노골적인 이브닝드레스였다. 윌싱엄 양은 결코 업신여길 수 없는 유형의 팔과 어깨를 지녔다는 것이 분명했고, 위엄만이 아니라 매력, 아니 어떤 매혹의 광채까지도 발산할 수 있다는 점이 드러났다. 아시다시피 그것은 그녀의 첫 이브닝드레스였고, 밝아지는 그녀의 앞날에 대한 월싱엄 가 재정의 찬사이기도 했다. 만약 그녀가 후원을 원했다면, 검정과 강철빛으로 화려하게 차려입은 여주인을 의지했을 것이다. 다른 숙녀들은 어느 정도 절충했다. 월싱엄 부인은 세련된 작은 V넥만 드러냈고, 빈든 보팅 부인은 사랑스러운 얼룩무늬 팔말고는 통통한 매력을 거의 더 보이지 않았다. 보팅 양의 맏딸도 어깨까지는 드러내지 않았고, 웨이스 양도 마찬가지였다.

그러나 헬렌은 아니었다. 그녀는—만약 킵스에게 볼 줄 아는 눈이 있었다면—제법 아름다운 인간 형상이었다. 그녀 자신도 그것을 알고 있었고, 오후 내 작은 불화들을 모두 잊은 듯한 환한 미소로 그를 맞았다. 하지만 킵스에게 그녀의 모습은 마지막 '해방'이었다. 그로써 그녀는, 마치 크니도스의 비너스가 자신의 모든 소박한 우아 속에서 증인들 앞에서 그의 것이라 선언된 것처럼, 아내요 반려로서 멀고, 이질적이며, 믿기 어려운 존재가 되었다. 실제로 한때라도 그녀가 아내요 반려로서 믿을 만했다고 할 수 있었다면 말이다.

그녀는 그의 혼란을 겸허한 경외심 탓으로 여겼고, 잠시 그에게 미소로 빛나다가 곧 매끈한 어깨를 그에게서 돌려 빈든 보팅 부인과 한마디를 주고받았다. 앤의 불쌍한 작은 반쪽 6펜스가 킵스의 주머니 속 손끝에 닿았고, 그는 마치 부적을 움켜쥐듯 갑자기 그것을 꽉 쥐었다. 그러고는 멜빵 훈장을 제압하기 위해 다시 그것을 놓아버렸다. 그는 기침이 복받쳤다. "웨이스 양 말로는 레벨 씨가 온다네요." 보팅 부인이 말했다.

"정말 즐겁지 않아요?" 헬렌이 말했다. "어젯밤 그를 봤어요. 파리로 가는 길에 들른 거예요. 거기서 아내를 만나겠지요."

킵스의 시선은 한순간 헬렌의 눈부신 삼각근에 머물렀다가, 곧 쿠트의 얼굴로—의문에 찬, 거의 비난에 가까운—눈길을 돌렸다. 이 참담한 비상사태 앞에서, 억제의 복음은 이제 어디에 있는가—종교와 정치, 출생과 죽음, 목욕과 아기, 그리고 '그 모든 것'에 대한, 진정한 신사를 이루는 그 은밀한 처신은 어디에? 그는 이 문제를 멘토와 상의하기에는 지나치게 겸연쩍었지만, 분명—분명히—

그 모든 선량하고 멋진 것의 정수는 이런 불청객 같은 '비밀'을 단 하나의 방식으로만 취급해야 할 터였다. 안도와 최악의 두려움의 확인 사이 어딘가에서, 그는 쿠트의 아래턱 둘레의 유달리 풍부한 근육이 경련치듯 꿈틀거리는 것, 창백하되 단호한 회색 눈이 한 방향을 의도적으로 피하는 것, 등 뒤에서 풍성하고 녹빛 도는 흰 장갑을 거의 경련처럼 움켜쥐었다가, 때때로 검은 테를 두른 넥타이와 넓은 뒤통수를 다잡듯 쓰다듬는 것으로 깨지는 그 움켜쥠, 여기에 점점 더 잦아지는 기침 성향까지―모두가 쿠트의 '부동의' 반대를 시사함을 읽어냈다!

킵스에게 헬렌은 한때 섬세하고 아름다운 꿈, 낭만과 실체 없는 신비의 화신이었다. 그러나 이번이 마지막 실체화였고, 그녀를 둘렀던 마지막 가냘픈 화려의 화관은 흩어졌다. 어떻게 해서였는지(그는 그 경위를 잊었고, 지금도 도무지 납득할 수 없었다) 그는 한때 그 그림자와 암시를 사랑하던 이 어둡고 단단하고 단정한 젊은 여성에게 매여 있었다. 그는 신사답게 그 일을 마무리해야 했다. 그래도――

그리고 그는 앤을 희생하고 있지 않은가!

다른 것은 몰라도 이런 부류의 일만은 참을 수 없었다. 내일 그녀에게, 그 옷차림에 관해 한마디 해야 할까?

그는 단호하게 나설 수 있었다. "이봐. 난 상관없어. 그렇게는 못 참아. 알겠어?"라고 말할 수 있었다.

그녀는 물론 예상 밖의 말을 내놓을 것이다. 그녀는 늘 예상 밖이었다.

그가 한 번쯤 그녀의 말을 무시해 버린다면? 그저 자신의 요지만 반복한다면?

그런 생각들이 웨이스 부인의 어떤 대화 공격과 한바탕 씨름을 벌이고 있을 즈음, 레벨이 도착해 무대 중앙을 차지했다.

그 화려한 로맨스 『붉은 심장이 뛰고 있다』의 작가는, 킵스가 기대했던 것만큼 인상적인 인물은 아니었지만, 그 실망은 곧 그의 지배적인 태도가 덮어버렸다. 런던의 생생한 세계에서 상시 거처한다지만, 그의 칼라와 넥타이는 전혀 요란하지 않았고, 그는 눈부시게 잘생기지도, 곱슬머리도, 장발도 아니었다. 그의 외양은 걸작 속 승마 연습과 다정한 장난, 열렬한 격정보다는 안락의자를 더 암시했다. 약간 살집이 있고, 창백한 기운의 피부, 진흙빛의 곧은 머리카락, 다소 모양 없는 잘린 코, 비대칭의 턱선을 지녔다. 한쪽 눈은 다른 쪽보다 더 응시하는 버릇이 있었다. 밀랍으로 다듬은 콧수염이 아니었다면 약간 평범해 보였을지도 모른다. 그 콧수염은 얼굴 생김새들 사이에 유쾌한 부조화의 음을 얹어 주었고, 큰쪽 눈 위와 주변에는 기발한 주름이 있었다. 그가 방에 들어설 때 그의 시선은 헬렌의 시선을 찾아 붙들었고, 이윽고 두 사람은—킵스가 딱히 이유 없이 불쾌하게 느낀—친밀한 분위기로 악수했다. 그들이 손을 맞잡는 순간을 그는 보았고, 세상 그 무엇보다도 4분의 1마일 밖에서 작은 화약에 산산이 부서지는 아주, 아주 늙은 양에 더 비슷한, 쿠트 특유의 기침 소리를 들었다. 그의 생각은 소란스레 뒤엉키기 시작했고, 곧 모두가 식당으로 이동하는 중이었으며, 헬렌의 환히 드러난 맨팔이 그의 소매를 따라 포개졌다. 킵스는 대화할 틈이 없었다. 그녀는 그를 힐끗 보았고—그는 눈치 채지 못했지만—그의 팔꿈치를 아주 가볍게 눌렀다. 앞장선 쿠트는 월싱엄 부인과 상냥한 울림의 잡담을 나누며 갔고, 행렬 맨 앞에는 빈든 보팅 부인이 작은 체구의 웨이스 씨, 그 곧은 군인 같은 모습의 사내 곁에서 빠르고 환히 이야기하고 있었다. (그는 실제 군인은 아니었지만, 숀클리프와 너무 가까이 살아서 엄정한 기상을 띠게 된 것이었다.) 레벨은 맨 뒤에서, 여왕 같은 검정과 강철빛 옷차림의 웨이스 부인을 모시고, 계단의 부드러운 벽지를 플루트처럼 교양 있는 목소리로 정중하게 칭찬하며 내려왔다. 킵스는 모두의 침착함에 놀랐다.

수프의 첫 숟가락부터 레벨이 식탁 대화를 주도하고 있다는 사실이 분명해졌다. 그리고 수프를 다 먹기 전, 빈든 보팅 부인은 그가 그 책임감을 지나치게 발휘하는 경향이 있다고 거의 확신하게 되었다. 그녀는 자기 교우들 사이에서 기분 좋은 수다꾼으로 존중받았고, 그렇게 풍만한 체구치고는 놀랄 만큼 활달했으며, 유머러스한 묘사에는 거의 아일랜드 사람 같은 재능이 있었다. 그녀는 정원사의 결혼기와 그의 집 안 사정, 혹은 그녀가 즐겨 놀림감으로 삼는 스티그슨 워더 씨가 불운한 자녀들 모두에게 생각할 수 있는 거의 모든 악기를 배우게 한 이야기—
그들의 '음악성'이라는 혹이 비정상적으로 크기 때문—만
으로도 오후 내내 사람들을 즐겁게 해왔다. "심지어 트롬
본까지 갔지, 얘야!"라며 클라이맥스에서 외치곤 했다. 대
개는 친구들이 그녀를 떠밀어 끌어내 주었지만, 이번에는
아니었고, 그 점이 레벨의 시선에 빛나고 싶은 그녀의 강
렬한 욕망과 어긋났다. 잠시 뒤 그녀는, 이번에는 스스로
힘으로 대화 속으로 비집고 들어가야 한다는 걸 깨닫고
실제로 그렇게 하기 시작했다. 몇 차례 넌지시 화제를 던
졌으나 큰 반응이 없었고, 바로 그때 레벨이 그녀가 특히
자기 몫이라 여기는 주제, 곧 '가정의 질서'로 화제를 돌렸
다.

그들은 지역 이야기에서 그 문제로 흘러들었다. "우리
는 볼턴스의 집을 정리하고 윔블던에 작은 집을 하나 얻
을 작정이오. 나는 데인스 인에 방을 얻으려 하고. 여러모
로 더 편리하거든. 아내는 골프와 온갖 운동에 무서우리
만치 빠져 있고, 나는 클럽 의자에 앉아 있기를 좋아해—
이런 위생적 절차에 필요한 기력 같은 건 없어—예전 방

식은 우리 둘 다에게 맞지 않았지. 게다가 지난 3년 동안 웨스트런딘 하인들의 타락은 상상 초월이야."

"어디나 거기서 거기죠." 빈든 보팅 부인이 말했다.

"그럴지도. 내 친구 하나는 그걸 '노예 전통의 쇠잔'이라 부르며, 아주 희망적인 현상이라고 보더군—"

"그 사람, 내 마지막 두 '범인'을 겪어 봤어야죠." 빈든 보팅 부인이 끊었다.

레벨이 "어쩌면—" 하고 약간 늦게 끼어드는 사이, 그녀는 몸을 돌려 웨이스 부인에게 말을 걸었다.

"내가 말 안 했었지, 애야." 그녀가 유창하게 속도를 올렸다. "또다시 곤경을 겪고 있어."

"그 '마지막' 아가씨?"

"그 '마지막' 아가씨. 간신히 요리사를 구해 놓았더니, 그 어렵게 얻은 하녀가"—그녀가 잠깐 뜸을 들였다—"그만뒀어."

"공황?" 윌싱엄이 물었다.

"수수께끼 같은 비애! 애너그램 티까지는 결혼식 종처럼 모든 게 유쾌했지! 그런데 저녁이 되자 불길하게 딱딱한 태도, '숙모'의 한두 마디, 그리고 곧장—눈물범벅에 사직 통보!" 잠시 그녀의 시선이 생각에 잠긴 듯 킵스를 스쳤다. 그리고 말했다. "애너그램엔 사람 가슴을 아리게 하는 데가 있나 봐요?"

"그럴 법도." 레벨이 말했다. "나는—"

그러나 빈든 보팅 부인이 다시 치고 들어왔다. "한동안은 꽤 불안했지—"

킵스는 포크 끝으로 입술을 꽤 아프게 찔렀고, 보팅 부인을 넋을 잃고 바라보다가 다시 눈앞의 식사 현실로 돌아왔다.

"—애너그램이 그 착한 하녀의 도덕률을 어지럽혔을지도 모른다고—사람 일은 몰라요. 조사도 해 봤지. 아니래. 아니래. 아니래. 그럼 가야지, 그뿐이야!"

"이 모든 소동 속에서도, 아득히 멀리 낭만시대의 마지막 빛이 희미하게 반짝이는 걸 본다. 가령, 보팅 부인, 가정해 봅시다—그건 사랑이었을 거라고."

킵스의 칼과 포크가 덜컹거렸다.

"사랑이지." 보팅 부인이 말했다. "그밖에 뭐가 있겠어?

우리의 질서 잡힌 단조로움 아래, 이런 로맨스들이 줄곧 꿈틀대고 있는 거야. 마침내는 터져 나와 사직을 내밀고, 우리의 단조로움을 통째로 뒤엎을 때까지. 어딘가 숙명적이고 멋진 군인이—"

"평범한 하인의 열정일 뿐." 레벨이 말을 덮으며, 식탁의 주도권을 되찾았다.

그 순간, 킵스의 흐트러진 식탁 예절 위로 비정상적인 고요, 묘한 평정이 내려앉았다. 그의 생애 처음으로, 그는 스스로 분명히 결심했다. 더는 레벨의 말을 듣지 않았다. 칼과 포크를 내려놓고, 이어 나오는 것은 모조리 사양했다. 쿠트는 걱정 섞인 기지로 그를 살폈고, 헬렌은 얼굴이 약간 달아올랐다.

4

그날 밤 아홉 시 반 무렵, 빈든 보팅 부인의 초인종이 격하게 울렸고, 드레스 정장에 지부스를 쓰고, 다른 고귀한 사회적 지위를 드러내는 표식을 갖춘 젊은 남자가 문밖에 서 있었다. 그의 하얀 셔츠 앞자락을 가로질러 무늬 있는 실크의 붉은 띠가 놓여 있었는데, 그것이 그에게 묘한 구별을 부여하는 한편, 몇 점의 작은 부르고뉴 얼룩의 빛을 최소화해 주었다. 지부스는 뒤로 젖혀져 있었고, 무모한 절망을 암시하는 흐트러진 머리칼이 드러나 있었다. 사실 그는 다리를 불사르고, 숙녀들과 어울리기를 단호히 거부하고 나온 참이었다. 그 뒤 대화에서 쿠트는 조용히 항의했다. "당신은 잘나가고 있었어, 알잖아." 그러자 킵스는 "상관 안 해요."라고 답했다. 그래서 윌싱엄의 붙잡는 팔과 잠깐 씨름을 벌인 끝에 그는 달아났다. "할 일이 있어요." 그가 말했다. "집에." 그리고 바로 여기—숨을 헐떡이며, 특별한 결심을 품고 서 있었다. 문이 열리자, 빈든 보팅 부인의 아기자기하게 꾸미고 장밋빛 불빛으로 밝힌 현관이 드러났고, 그 그림의 중앙에는 검은색과 흰색으로 단정하고 사랑스러운 앤이 서 있었다. 앤은 킵스를 보자 핏기가 사라졌다.

"앤." 킵스가 말했다. "너와 이야기해야 해. 지금 당장 할 말이 있어. 알겠지? 나는—"

"여기는 내가 말 상대해 줄 문이 아니야." 앤이 말했다.

"하지만, 앤! 아주 특별한 일이야."

"충분히 말했어." 앤이 말했다.

"앤!"

"게다가, 내 문은 저쪽이야, 아래층. 내가 이 문에서 이야기하다 들키기라도 하면—!"

"하지만, 앤, 난—"

앤 뒤 현관에 누군가 나타났다. "여기는 아니에요." 앤이 말했다. "그런 이름은 몰라요." 그리고 즉시 문을 쾅 닫아 그의 코앞에서 닫아버렸다.

"누구였니, 앤?" 빈든 보팅 부인의 병약한 숙모가 물었다.

"조금 취한 것 같아요, 부인—잘못된 이름을 찾더군요, 부인."

"무슨 이름을 원했니?" 숙녀가 의심스레 물었다.

"우리가 아는 이름은 아니었어요, 부인." 앤이 부엌 계단 쪽으로 현관을 급히 지나가며 말했다.

"너무 퉁명스럽게 대하진 않았길 바란다, 앤."

"그 사람이 굴었던 걸 생각하면, 받아 마땅한 것보다도 덜 퉁명스러웠어요." 앤이 가슴을 들먹이며 말했다.

그러자 빈든 보팅 부인의 병약한 숙모는, 이 방문이 앤의 사적인 감상 문제와 어떤 관련이 있음을 문득 깨닫고, 잠시 망설이는 듯한 눈길을 남긴 채, 되돌아섰다.

그녀는 매우 동정심 많은 숙녀였고, 빈든 보팅 부인의 병약한 숙모였다. 하인들에게 관심을 쏟았고, 경건을 권했고, 고백을 독려했으며, 얼굴을 붉히고 방어적으로 거짓말을 하다가 마침내 마지못해 드러내는 영혼의 가장 깊은 곳까지 인간 본성을 따라 내려가곤 했다. 그러나 앤의 사생활에 대한 감각은 강했고, 붙잡아 끌어내고 북돋우려 들 때의 그녀의 태도는 때로는 놀라울 만큼 단호했다.

그래서 불쌍한 노숙녀는 다시 위층으로 올라갔다.

5

지하문이 열리고 킵스가 부엌으로 들어섰다. 그는 얼굴이 달아오르고 숨이 가빴다.

그는 말을 하려 애썼다.

"이거." 그가 말하고, 반쪽 6펜스 두 닢을 내보였다.

앤은 부엌 식탁 뒤에 서 있었다—얼굴은 창백하고 눈은 둥글게 커져 있었다. 그리고 이제—그 사실은 킵스를 아주 단순하게 만들었다—그녀가 정말로 울고 있다는 것을 그는 알아차릴 수 있었다.

"그래서?" 그녀가 말했다.

"모르겠어?"

앤이 고개를 아주 조금 까딱였다.

"난 그걸 줄곧 간직해 왔어."

"너무 오래 간직했지."

그의 입이 굳게 다물리고, 그의 붉은 기운이 사라졌다. 그는 그녀를 바라보았다. 부적은, 보아하니, 아무 효험이 없었다.

"앤!" 그가 말했다.

"그래서?"

"앤."

말은 여전히 나아가지 못했다.

"앤." 그가 말하며, 호소하듯 손짓을 하고 한 걸음 다가섰다.

앤은 더 반항적으로 고개를 저으며, 몸을 방어적으로 세웠다.

"있지, 앤." 킵스가 말했다. "내가 바보였어."

그들은 서로의 비참한 눈을 마주보았다.

"앤." 그가 말했다. "난 너와 결혼하고 싶어."

앤은 식탁 모서리를 꽉 움켜쥐었다. "그럴 수 없어." 그녀가 희미하게 말했다.

그가 식탁을 돌아 그녀에게 다가가려 하자, 그녀는 한 걸음 물러나며 다시 거리를 뒀다.

"해야 해." 그가 말했다.

"못 해."

"해야만 해. 넌 나랑 결혼해야 해, 앤."

"모든 사람이랑 결혼할 순 없잖아. 넌 그 아가씨랑 결혼해야 해."

"안 할 거야."

앤이 고개를 저었다. "넌 그 아가씨—아니, 그 '숙녀'와 약혼했어. 나랑은 약혼할 수 없어."

"난 너와 약혼하고 싶은 게 아냐. 약혼은 했지. 난 너랑 결혼하고 싶다고. 알겠어? 당장."

"런던에서?"

"런던에서."

그들은 다시 서로를 바라보았다. 그들은 가장 놀라운 방식으로 모든 것을 너무도 당연히 받아들이고 있었다.

"난 못 가." 앤이 말했다. "우선, 내 통지 기간이 아직 삼 주 남았어."

그들은 그 장애물 앞에서 잠깐 난감해했다.

"때려쳐, 앤! 그냥 그만둬!"

"안 보내주실 거야." 앤이 말했다.

"그럼 묻지도 말고 와." 킵스가 말했다.

"내 짐상자는—"

"안 그럴 거야."

"그럴 거야."

"안 그럴 거야."

"너는 그분을 몰라."

"그럼 그렇게 하라지!—하라구! 누가 신경 써? 네가 오기만 하면 내가 상자 백 개라도 사줄게."

"그분께 옳지 못한 일이야."

"네가 생각할 건 그분이 아냐, 앤. 나야."

"그리고 넌 날 제대로 대하지 않았어." 그녀가 말했다. "넌 날 제대로 대하지 않았다고, 아티. 그러면 안 됐어——"

"내가 그랬다고 한 적 없잖아." 그가 말을 잘랐다. "그치, 앤?"

그는 호소했다. "난 싸우러 온 게 아냐. 내가 완전히 잘못했어. 아니라고 한 적 없어. 예냐 아니냐야. 나냐 아니냐. 난 바보였어. 됐지? 난 바보였어. 그걸로 부족해? 난 모든 사람과 얽히고설켜서, 완전히 바보 같은 짓을 했어."

그는 간청했다. "우리가 서로를 아끼지 않는 것도 아니잖아, 앤."

그녀는 무표정해 보였고, 그는 다시 말을 이었다.

"난 널 다시는 못 볼 줄 알았어, 앤. 정말 그랬어. 날마다 네 얼굴을 보는 것도 아니잖아. 난 내가 뭘 원하는지 몰랐고, 가서 바보짓을 했어—누구든 그럴 수 있듯이. 이젠 내가 뭘 원하고, 뭘 원하지 않는지 알아."

"앤!"

"그래서?"

"올래? 올래?"

침묵.

"네가 대답하지 않으면, 앤—난 절망적이야—지금 대답하지 않으면, 오겠다고 말하지 않으면, 난 지금 당장 나갈 거야——"

그는 그 위협을 다 채우지 못한 채, 말하면서 열정적으로 문 쪽으로 돌아섰다.

"난 갈 거야." 그가 말했다. "세상에 내 친구가 하나도 없어! 난 모든 걸 내팽개쳤어. 왜 그랬고, 왜 안 했는지조차 모르겠어. 내가 아는 건 더는 세상의 어느 것도 견딜 수 없다는 것뿐이야." 그의 목이 메었다. "부두." 그가 말했다.

그는 문손잡이를 더듬거리며, 마치 손잡이를 찾는 사람처럼 어렴풋한 자기연민을 중얼거리더니, 문을 열었다.

분명 그는 나가려 했다.

"아티!" 앤이 날카롭게 불렀다.

그가 돌아섰고, 두 사람은 창백하고 팽팽하게 서로를 붙들었다.

"갈게." 앤이 말했다.

그의 얼굴이 풀리기 시작했고, 그는 문을 닫고 한 걸음 물러나 그녀를 바라보았다. 그의 얼굴은 애처로워졌고, 이윽고 그들은 동시에 움직였다. "아티!" 그녀가 외치며, "가지 마!" 하고 울면서 팔을 내밀었다.

그들은 서로를 꼭 껴안았다.

"아! 난 너무 비참했어." 킵스가 그 '구명부표'를 붙잡듯 매달리며 외쳤고, 갑자기 더는 참을 일이 없게 되자, 큰 흐느낌이 터져 나왔다! 그의 유행하는 값비싼 지부스는 펄럭이며 떨어져 굴러가, 바닥에 아무렇게나 나뒹굴었다.

"난 너무 비참했어." 킵스가 자신을 드러내며 말했다. "아, 난 너무 비참했어, 앤."

"쉿." 앤이 그의 불쌍하고 흐느끼는 머리를 자신의 들썩이는 어깨에 바짝 붙들고, 자기 자신도 온몸이 떨리며 말했다. "쉿. 그녀가 위에 있어! 듣고 있다고. 계단에서 네 울음소리를 들을 거야, 아티."

6

한 시간 뒤, 둘이 헤어질 때—빈든 보팅 부인과 보팅 양이 들릴 만큼 요란한 발소리를 내며 위층으로 돌아간 뒤였다—앤의 마지막 말은 그 자체로 한 장을 할애할 만했다.

"아무에게나 이렇게 하진 않아, 명심해."

앤이 속삭였다.

9. 라비린토돈

1

당신은 그들이 우리의 복잡하고 어려운 사회 제도를, 말하자면, 목숨을 걸고 헤치며 달아나는 모습을 상상한다. 먼저 각자 걸어서 포크스톤 중앙역으로, 그다음 1등석 객차에서—킵스의 가방 하나만을 보호막 삼아—차링 크로스까지, 그리고 이어 사륜마차를 타고, 붐비는 런던의 무수한 거리를 지나 시드의 집까지, 길고 덜컹거리고 두근대는 느린 비행을 한다. 킵스는 내내 창밖을 힐끗거렸다. "아마 다음 모퉁이일 거야." 그가 말하곤 했다. 시드네 집에서는 가장 거센 추격에서도 안전하리라는 막연한 확신이 있었기 때문이다. 그는 그 상황에 걸맞게 마부에게 돈을 건네고, 예비 처남을 향해 돌아섰다. "나와 앤." 그가 말했다. "우리는 결혼할 거야."

"하지만 난 그렇게—" 시드가 말을 떼려 했다.

킵스는 가게 안으로 들어가 설명하라는 듯 그를 가리켰다.

"너와 논쟁해 봐야 소용없지." 시드는 사태가 굴러가는 꼴을 보며 기쁘게 웃었다. "네가 이제 해냈구나." 그리고 매스터먼은 사정을 알게 되자, 상기된 축복의 기색으로 천천히 내려왔다.

"난 네가 더 높은 삶을 감당하기 버거워할 거라곤 생각했지." 매스터먼이 뼈만 남은 손을 내밀며 말했다. "하지만 그렇게 도망칠 기지를 발휘하리라곤 전혀 못 생각 못 했다. 상류층의 젊은 숙녀가 욕지거리를 하지 않는다면 말이야! 신경 쓰지 마—어차피 중요치 않아."

"넌 오르기 시작했었지." 그가 저녁 식사 때 말했다. "그건 어디에도 닿지 않아. 넌 한 가지 저속함의 세련에서 다른 세련으로 기어오르기만 했을 뿐, 만족스러운 '정상'에는 결코 닿지 못했을 거야. 정상은 없어. 그건 다람쥐

쳇바퀴지. 모든 것이 어긋나 있고, 유일한 정상은 카드 놀이하는 여자들과 도박하는 남자들의 무리―〈모던 소사이어티〉를 읽어 보게―대주교와 관리들, 그리고 그런 번지르르하고 아부성 헛소리로 양념된 집단일 뿐이야. 넌 자동차 계급보다 한참 아래, 사다리 어딘가에 낙담하고 우울한 작은 인물로 매달려 있었겠지. 네 아내는 장난을 치거나―그녀가 있던 자리보다 조금 더 높은 곳을 못 가서 애가 탔을 거고. 난 오래전에 그 모든 걸 간파했어. 그런 여자를 봐 왔지. 그래서 나는 더는 오르지 않아."

"당신이 마지막으로 날 봤을 때 했던 말을 자주 떠올렸어요." 킵스가 말했다.

"내가 무슨 말을 했던가 궁금하군." 매스터먼이 중얼거리듯 말했다. "어쨌든 넌 옳고 건전한 일을 하고 있어, 보기 드문 광경이지. 넌 네 짝과 결혼할 거고, 네 자신의 길을 갈 거야―위 사람도, 아래 사람도 네가 무엇을 해야 하고 하지 말아야 한다고 생각하는 바와는 완전히 독립적으로. 그게 요즘처럼 모든 게 나날이 더 뒤죽박죽이 되어 가는 판국에 취할 수 있는 거의 유일한 방책이야. 먼저 너 자신의 작은 세계, 너 자신의 집을 꾸려라. 네가 무엇을 하든 그걸 바로 세우고, 네 짝과 결혼해. 그게—내가 짝이 있었다면—내가 했을 일일 거야. 하지만 나 같은 부류는, 다행히도, 짝으로 빚어지지 않았지. 아니라네!

"게다가—! 어쨌든—" 그리고 그는 어린 월트 군이 끼어드는 틈을 타 생각 속으로 가라앉았다.

이윽고 생각에서 돌아왔다.

"결국." 그가 말했다. "희망이 있네."

"무엇에 대해?" 시드가 물었다.

"모든 것." 매스터먼이 말했다.

"사는 데 희망이 있는 법이죠." 시드 부인이 말했다. "하지만 당신들, 누구도 제대로 먹질 않네."

매스터먼이 잔을 들었다.

"희망을 위하여!" 그가 말했다. "세상의 빛!"

시드는 "이런 인물은 매일 저녁마다 마주치는 게 아니지."라고 말하듯 환히 웃었다.

"희망을 위하여." 매스터먼이 되풀이했다. "가질 수 있는 것 가운데 으뜸. 삶의 희망—그래."

그는 모두를 자기 웅대한 자기연민의 물결 속으로 끌어들였다. 심지어 어린 월트도 감동했다.

그들은 결혼 전 며칠을 함께 여러 유쾌한 소풍으로 보냈다. 하루는 증기선을 타고 큐에 가서, 꽃 그림으로 가득한 집을 감탄스레 둘러보았다. 또 하루는 크리스털 팰리스에서 길고도 즐거운 날을 보내려 일찍 떠나, 아주 즐거운 시간을 보냈다. 너무 일찍 도착한 탓에 안은 아무것도 열려 있지 않았고, 모든 가판대는 포장되어 있었으며, 자잘한 전시들도 모두 자물쇠가 채워져 있었다. 거대한 빈 회랑 속에서 그들 자신조차 아주 작은 존재처럼 느껴졌고, 메아리치는 발소리는 부적절할 만큼 시끄러웠다. 그들은 석고로 만든 야만인들의 사실적인 군상을 곰곰이 바라보았고, 앤은 저들이 주변에 있다면 기묘한 사람들이 되겠다고 생각했다. 이 나라에는 아무도 없어서 다행이었다. 그들은 과도한 논평 없이 고전 조각 복제품들을 명상했다. 킵스는 대체로 "그때는 이상한 세상이었을 거야."라고 했고, 앤은 그들이 정말로 저렇게 다녔을지에 대해 매우 적절히 의문을 품었다. 그러나 이른 아침의 그곳은 실로 외로웠다. 사람은 상상을 시작하게 된다. 그래서 그들은 거대한 테라스의 10월 햇살 속으로 나가, 수마일에 이르는 치장 벽토 탱크와 그 고요한 광대한 지대를 거닐었다. 거대하고 회색의 공허였고, 그들에게는 놀라웠지만, 기대만큼 놀랍지는 않았다. "난 이보다 좋은 곳을 본 적이 없어, 정말." 킵스가 팩스턴의 거대한 상이 중앙에 선 거대한 유리 정면을 한 바퀴 둘러보며 말했다.

"짓는 데 얼마나 들었을까!" 앤이 말하고, 그 문장을 웅변적으로 미완으로 남겼다.

이윽고 그들은 동굴과 수로의 지대에 이르렀고, 그 수로들 사이에는 창조주의 가능성을 기묘하게 일깨우는 전시가 있었다. 그들은 고래 턱으로 만든 아치 밑을 지나 풀밭으로 나가, 마치 풀을 뜯거나 한가롭게 서서 놀란 눈으로 그들을 바라보는 듯한, 이구아노돈과 데이노테리움, 마스토돈 같은 가축들 모양의 거대한 조각들을 보았다. 그것들은 녹색과 금빛으로 현란하게 칠해져 있었다.

"여긴 없는 게 없어." 킵스가 말했다. "얼스 코트는 이거에 비하면 아무것도 아니야."

그의 마음은 이 괴물들에 크게 사로잡혔고, 그는 그들 주위를 빙빙 돌다가 다시 되돌아오곤 했다. "저것들이 먹을 걸 어떻게 충분히 구했을지 궁금해." 그가 여러 번 말했다.

2

그날 늦게, 호수 위로 화려하게 솟아 있는 녹색과 금색의 라비린토돈 앞에서, 킵스 부부는 그들의 미래에 관해 이야기하기 시작했다. 그들은 궁전에서 든든히 점심을 먹었고, 그림과 끝없이 놀라운 것들을 보았으며, 그것들과 호박빛 햇살이 어우러져 그들에게 조용하고 철학적인 분위기, 곧 천상의 공기를 만들어주었다. 킵스는 명상 같은 침묵을 깨고, 그의 주요 고민 중 하나에 대한 갑작스러운 통찰처럼 말을 꺼냈다.

"사과를 제안하고, 그녀 오빠에게 손해 배상도 제안할 거야. 그 뒤에도 그녀가 위약 소송을 하겠다면, 글쎄—난 할 수 있는 건 다 한 셈이니까. 법정에서 내 편지를 읽는다고 해도 별 소득은 없을 거야. 난 아무것도 쓰지 않았으니까. 아마 천이나 이천이면 어쨌든 모든 게 해결될 거야. 그것 때문에 크게 걱정하지는 않아. 그건 나를 별로 근심하게 하지 않아, 앤—정말이야."

그리고 나서 그는 덧붙였다. "우리가 결혼하게 된 건 신기한 일이야. 일이 이렇게 굴러가는 게 참 놀라워. 만약 내가 너를 만나지 않았다면, 지금 난 어디에 있었을까? 응? 우리가 만난 뒤에도—그렇게 보지는 않았던 것 같아, 그러니까 너와 결혼한다는 걸—내가 그날 밤에 왔을 때까지는. 난—정말—그랬지 않았어."

"나도 그랬어." 앤이 물 위를 바라보며 생각에 잠긴 눈으로 말했다.

잠시 동안 킵스의 마음은 그녀의 사색하는 얼굴이 지닌 예쁨에 사로잡혔다. 지나가는 오리의 잔물결에서 반사된 희미하고 떨리는 빛의 그물망이 그녀의 뺨 위로 섬세하게 놀다 사라졌다.

앤이 말했다. "일이 그렇게 되도록 되어 있었던 것 같아."

킵스가 중얼거렸다. "내가 어쩌다 그녀와 약혼까지 하

게 되었는지 참 신기해."

"그녀는 너하고 어울리지 않았어." 앤이 말했다.

"어울렸지. 아니야! 바로 그거야. 어떻게 그렇게 된 거지?"

"그녀가 널 유혹했을 거야." 앤이 말했다.

킵스는 반쯤은 동의하고 싶었지만, 이내 양심의 가책을 느꼈다. "그건 아니었어, 앤." 그가 말했다. "신기해. 그게 뭐였는지 모르겠지만, 그건 아니었어. 난 기억나지 않아. 아무튼, 인생은 참 이상해—그건 분명해. 그리고 난 내가 좀 괴상한 녀석 같아. 가끔 흥분하면, 내가 뭘 하는지 신경조차 안 쓰는 것 같아. 정말 그랬던 거야. 그래도——"

그들은 다시 잠시 명상에 잠겼다. 킵스는 팔짱을 끼고, 그의 빈약한 콧수염을 잡아당겼다. 이윽고 그의 얼굴에 희미한 미소가 떠올랐다.

"우리는 아이드에 멋진 작은 집을 얻을 거야."

"포크스톤보다 훨씬 아늑해." 앤이 말했다.

"그냥 멋진 작은 집." 킵스가 말했다. "물론 허그헨든이 있긴 하지만, 거긴 세 줬어. 게다가 너무 커. 그리고 난 무슨 이유에서든 포크스톤에서 다시 살고 싶지 않아—절대로."

"나는 내 집을 갖고 싶어." 앤이 말했다. "하녀로 일하면서 자주 생각했어, 내 집을 내가 꾸려 가면 얼마나 좋을까 하고."

"넌 어쨌든 하인들이 뭘 하는지 훤히 알겠지." 킵스가 재미있어하며 말했다.

"하인! 우린 하인 필요 없어." 앤이 놀라며 말했다.

"하인은 둬야 해." 킵스가 말했다. "집안의 힘든 일을 맡길 수라도 있어야지."

"뭐라구! 그럼 내 부엌에 내가 거의 들어가지도 못하게 되잖아?" 앤이 말했다.

"하인은 둬야 해." 킵스가 되풀이했다.

"힘든 일은 파출부를 불러서 시키면 돼." 앤이 말했다. "게다가—— 요즘 내가 보는 아이들 중 하나를 둔다면, 난 아마 그 애 손에서 빗자루를 뺏어 내가 다 해버리고 싶을 거야. 그 애 없이 내가 더 잘할걸."

"그래도 하인 한 사람쯤은 둬야 해." 킵스가 말했다. "그렇지 않으면 우리 둘이 함께 외출하거나 그런 일을 하고 싶을 때 어떻게 하겠어?"

"어린 소녀 하나를 데려와서, 내 방식대로 가르칠 수도 있지." 앤이 말했다.

킵스는 그 문제는 그대로 두고 집 이야기로 돌아왔다.

"하이스로 들어가는 작은 집들이 있어, 우리가 원하는 딱 그 크기야. 너무 크지도 작지도 않고. 부엌이랑 식당, 그리고 밤에 앉을 작은 거실 하나."

"지하실 있는 집은 안 돼." 앤이 말했다.

"지하실이 뭐야?"

"아래층이지, 빛이 반도 안 들어와. 하루 종일—모든 걸—위아래로, 위아래로—석탄부터 뭐든 다 날라야 해. 그리고 위층에는 수도꼭지랑 싱크대 같은 건 꼭 있어야 하고. 넌 아마 상상도 못 할 거야, 아티—네가 하녀로 일해 보지 않았다면—어떤 집들은 얼마나 잔인하고 어리석게 지어졌는지—계단 만든 걸 보면, 하인들에게 원한이라도 있는 사람들처럼 보여."

"그런 집은 우린 절대 안 구할 거야." 킵스가 말했다.

"우린 조용한 작은 삶을 살 거야. 때로는 나가기도 하고—다시 집으로 돌아오고. 할 일이 없으면 책도 좀 읽고. 가끔 저녁엔 늙은 버긴스를 초대하고, 시드도 초대하고. 자전거도 있고——"

"난 자전거 타는 건 좋아하지 않아." 앤이 말했다.

"트레일러를 타면 되지." 킵스가 말했다. "그리고 숙녀처럼 앉아. 난 널 뉴 롬니까지 쉽게 데려다줄 수 있어, 그냥 늙은 부부 뵈러."

"그건 좋겠다." 앤이 말했다.

"우린 그냥 분별 있는 작은 집, 분별 있는 살림을 할 거야. 예술이니 뭐니, 잘난 체하는 건 전혀 없이, 그냥 알맞고 분별 있는 것들만. 그럼 뭐든 괜찮을 거야, 앤."

"사회주의는 빼고." 앤이 속마음의 의심을 슬며시 내비쳤다.

"사회주의는 없어." 킵스가 말했다. "그냥 분별 있게, 그게 다야."

"그걸 이해하는 사람들에겐 괜찮을지 몰라, 아티. 하지만 난 그 사회주의엔 동의 못 하겠어."

"나도 그래, 정말로." 킵스가 말했다. "그걸 놓고 논쟁할 수는 없지만, 내겐 영 현실적으로 보이지 않아. 그래도 매스터먼은 똑똑한 친구야, 앤."

"처음엔 그가 마음에 안 들었어, 아티. 그런데 지금은—어떤 면에선—좋아. 그는 한 번에 다 이해하긴 어려운 사람이야."

"그는 너무 똑똑해." 킵스가 말했다. "반은 그가 뭘 하는지 따라잡을 수가 없어. 내가 만난 이들 중 가장 총명한 친구야. 난 그런 이야긴 들어본 적도 없어. 그는 책을 써야 해. 이런 친구가 근근이 먹고산다는 게, 세상이란 참 이상해, 앤."

"몸이 안 좋아서 그렇지." 앤이 말했다.

"그럴 거야." 킵스가 말하고, 잠시 말을 멈췄다.

이윽고 그는 신중히 덧붙였다. "바닷바람이 그를 살릴지도 몰라, 앤."

그는 곁눈질로 앤을 살폈고, 그녀는 그를 다정한 눈길로 바라보고 있었다.

"넌 남들을 많이 생각해." 앤이 말했다. "아까 네가 앉아 있는 걸 보며 그런 생각이 들었어."

"그런가 봐. 내가 행복할 땐 특히 그런가 봐."

"그래." 앤이 말했다.

"우린 그 작은 집에서 행복하게 지낼 거야, 앤. 그렇지?"

그녀가 그의 눈을 맞추고 고개를 끄덕였다.

"난 그게 보이는 것 같아." 킵스가 말했다. "아늑해 보이거든. 차 시간에 머핀, 난로 위 주전자, 깔개 위 고양이. 우리, 고양이 한 마리 키우자, 앤. 그리고 네가 거기 앉아 있고. 응?"

그들은 서로를 다소 감상적인 눈길로 바라보다가, 킵스가 엉뚱하게 말을 돌렸다.

"믿기지 않아, 앤." 그가 말했다. "우리가 마지막으로 키스한 지 30분은 됐을 거야. 적어도 그 동굴에 있었을 때 이후로는."

이제 키스는 그들에게 더는 아찔한 모험거리가 아니었다.

앤이 고개를 저었다. "분별 있게 굴고, 매스터먼 씨 이야기나 계속해." 그녀가 말했다.

하지만 킵스의 생각은 엉뚱한 데로 흘렀다. "난 네 머리카락이 딱 저기서 뒤로 넘어가는 게 좋아." 그는 손가락으로 가리키며 말했다. "어릴 때도 그랬던 것 같아, 기억나. 약간 물결처럼. 그 생각을 내가 얼마나 자주 했는지 몰라——. 우리 그때 달리기했던 거 기억나—교회 뒤에서?"

그리고 한동안 그들은 각자 즐거운 상념 속에 한가로이 앉아 있었다.

"이상해." 킵스가 말했다.

"뭐가 이상한데?"

"모든 일이 이렇게 굴러온 게." 킵스가 말했다. "여섯 주 전에 누가 우리가 이렇게 있을 거라 생각했겠어? 누가 내가 돈을 갖게 될 거라고 생각했겠어?"

그의 시선이 큰 라비린토돈으로 옮겨 갔다. 그는 처음엔 건성으로 보다가, 갑자기 그 거대한 얼굴이 더 궁금해져 뚫어지게 바라보았다.

"어휴, 참." 그가 중얼거렸다. 앤이 흥미를 보였다. 그는 그녀의 팔에 손을 얹고 가리켰다. 앤은 라비린토돈을 유심히 본 뒤, 말없이 물으며 킵스의 얼굴을 돌아봤다.

"모르겠어?" 킵스가 말했다.

"뭘 보라는 거야?"

"저 녀석, 늙은 쿠트 닮았어."

"그건 멸종했잖아." 앤이 제대로 알아듣지 못한 채 말했다.

"그랬겠지. 그래도 딱 늙은 쿠트야."

킵스는 앞으로 펼쳐진 거대한 형상들을 생각에 잠겨 바라보았다. "이 옛날 고대 짐승들이 어떻게 멸종했는지 궁금해." 그가 물었다. "저런 걸 누가 잡아 죽였겠어."

"왜! 그건 내가 알아." 앤이 말했다. "홍수에 휩쓸려 갔지."

킵스는 잠깐 생각에 잠겼다. "하지만 두 마리씩 다 태웠다면서——"

"상식이 허용하는 범위 내에서 그랬지." 앤이 말했다.

그들은 그 문제를 그쯤에서 접었다.

거대한 녹색과 금빛의 라비린토돈은 그들의 대화 따위 개의치 않았다. 그것은 그들의 머리 위, 저 무한 속을, 놀라울 만큼 큰 눈으로, 한결같이 침착하게 응시했다. 마치 정말 쿠트 자신일 수도 있었다. 겸손한 쿠트가, 그들을 전혀 안중에 두지 않은 채.

3

그리고 때가 되어 이 두 순박한 영혼은 혼인했고, 혼인의 사랑의 여신이자 관용과 '중간에서 만남'의 여신, 모든 젊은 부부가 기도하고 자기희생의 제물을 바쳐야 하는— 참으로 매우 위대하고 고귀하며 자애로운—비너스 우라니아도 어느 모로든 달래져 몸을 굽혀 그들의 결합을 축복했다.

3부

킵스 부부

1. 주택 문제

1

신혼여행도 모든 것도 끝나고, 마침내 아서 킵스 씨와 부인이 하이스 역 플랫폼에 내리는 모습을 보게 된다—그 멋진 작은 집을 찾아 하이스에 와서—크리스털 팰리스의 정원에서 처음 이야기했던 그 환한 보금자리의 꿈을 실현하기 위해서다. 둘은 용감한 한 쌍임이 분명하지만, 한편으로는 자그마하고, 세상은 복잡하고 고달픈 것들로 이루어진 크고 뒤죽박죽인 체계다. 킵스는 날개 칼라에 반듯하고 말쑥한 넥타이를 맨 회색 양복을 입었다. 킵스 부인은 습지에서 보았던 그대로 밝고 건강한, 자그마한 소녀 같은 여인이다. 내 장황한 이야기 속에서도 그녀의 키는 한 치도 자라지 않았다. 다만 이제는 모자를 썼을 뿐이다.

그 모자는 그녀가 일요일 나들이 때 쓰던 것과는 아주 다른 모자다. 깃털과 버클과 리본 따위가 달린 화려한 모자. 그 모자 값이면 많은 이들의 숨이 턱 막힐 터—자그마치 두 기니였다! 킵스가 골랐고, 킵스가 값을 치렀다. 둘은 상기된 뺨과 화끈거리는 눈으로 가게를 빠져나와, 거만한 점원의 시야에서 벗어난 것을 다행으로 여겼다.

"아티." 앤이 말했다. "그러지 말았어야 했어——"

그게 전부였다. 그리고 아시다시피, 그 모자는 앤에게 전혀 어울리지 않았다. 그녀의 옷차림도 그녀답지 않았다. 이전의 단순하고 값싸면서도 말끔하고 환하던 맵시는, 이 모자와 같은 결의 다른 많은 물건들로 바뀌어 버렸다. 그리고 그 사이로 그녀의 고운 얼굴, 영리한 작은 아이 같은 얼굴—터무니없는 위엄을 꿰뚫고 솟는 꾸밈없는 경이—이 고개를 내밀었다.

그 모자는 어느 날 본드 스트리트 상점들을 구경하러 갔을 때 산 것이었다. 킵스는 오가는 사람들을 훑어보다가, 문득 앤이 촌스러워 보인다고 느꼈다. 그는 전기 브루

엄을 타고 지나가던 매우 도도해 보이는 숙녀의 모자를
눈여겨봤고, 앤에게도 그것과 가장 비슷한 것을 사주기로
마음먹었다.

역의 짐꾼들은 앤에게서 묘한 부조화를 감지했고, 역
문간의 마부떼와 골퍼 둘, 딸들과 함께 기차에서 내린 한
숙녀도 마찬가지였다. 그리고 킵스는, 약간 창백해지고
숨을 내쉬며, 온전히 스스로를 다스리지 못한 채, 그들이
그녀와 자신을 눈여겨보고 있음을 알아차렸다. 그리고
앤——. 앤이 이런 것들을 어떻게 받아들였는지 정확히
말하기는 어렵다.

"여기요!" 킵스가 마부를 불렀다가, 떨어진 'H'를 너무
늦게 후회했다.

"저 위에 트렁크가 있어요." 그는 승차권 검사원에게
말했다. "A. K.라고 표가 붙어 있어요."

"짐꾼에게 물어보세요." 검사원은 등을 돌리며 말했다.

"젠장!" 킵스가 거의 들리지 않게 중얼거렸다.

2

햇살 아래 앉아 장차 살 집을 이야기하는 건 다 좋다. 하지만 그걸 실제로 이루는 일은 전혀 딴판이다. 우리 영국인들—아니, 오늘날 온 세상 사람들이—소홀히 여겨지는 큰 문제들 한가운데, 끝내 이기는 건 자질구레한 것들이라는 이상한 공기 속에서 산다. 우리는 사교의 미세한 자잘함에 사로잡혀 있다. 식탁 예절과 자그마한 정확성이 우리 삶의 실체다. 런던으로 도망쳐 신분 낮고 재산도 없는 젊은 아가씨와 결혼하는 것과 같은 파란을 겪는다 해도, 이런 것들에서 오래 벗어나 있긴 어렵다. 고귀한 감정의 안개는 소용돌이치다 이내 걷히고, 당신은 모든 신에게서 이혼한 채, 사회 체계의 아르고스 같은 눈초리 아래, 옷차림과 태도, 허세와 몸가짐에 쏟아지는 헤아릴 수 없는 비열한 평판 속에서, 초원의 가축처럼 풀을 뜯고 있게 된다.

오늘 우리의 세상은 비열하게 꾸려진 세상이다—그 사실을 가리는 건 다만 비열함을 하나 더 보태는 일일 뿐이다. 그 결과로, 멋진 작은 집은 거의 없다. 그런 건 원한다

고 생기지 않고, 이런 천한 시대에는 돈으로도 못 산다. 집
들은, 엄청난 부를 쥔 초라하게 착취적인 지주들의 땅 위
에, 가난하고 인색하고 탐욕스러운 이들이 서로 밀치는
경쟁의 공기 속에서 지어졌다. 그따위 말도 안 되는 조건
으로 뭘 기대하겠는가? 집을 보러 다닌다는 건 이 허세 부
리는 세상의 민낯을 훔쳐보는 일이고, 커튼과 주름 장식,
카펫, 사람과 가구의 온갖 법석을 걷어낸 뒤 우리 문명이
실제로 무엇에 해당하는지 확인하는 일이다. 비열한 목적
을 위해 비열하게 실행된 비열한 설계도를 보는 일, 관습
이 찢기고, 비밀이 벗겨지고, 그 모든 체스터 쿠트 아래 놓
인 실체—더럽혀지고 닳아빠진 채 남겨진 것—를 보는 일
이다.

그래서 우리의 불쌍하면서도 사랑스러운 킵스 부부가
하이스, 샌드게이트, 애쉬퍼드, 캔터베리, 딜, 도버—마침
내는 포크스톤에서까지—'열람표'를 들고, 분홍·초록·흰·
노랑 색지들을 끼고, 킵스의 손엔 라벨 달린 열쇠 꾸러미
를 들고, 얼굴에는 찡그림과 당혹을 띤 채 이리저리 옮겨
다니는 꼴을 보게 된다. 그들은 자신들이 뭘 원하는지 분

명히 알지는 못했지만, 보는 것마다 '그건 아니다'라는 건 분명히 알았다. 늘 그들에게는 '가질 수 없는' 혼란스럽게 많은 집들만 있고, '가질 수 있는' 집은 하나도 없었다. 그들의 꿈은 차츰 텅 빈, 버려진 듯한 방들, 사라진 그림들 자리의 바랜 벽지 자국, 열쇠를 잃어 잠 못 여는 문들로 채워지기 시작했다. 벌어지고 갈라진 마룻바닥, 부지런한 쥐의 웅변 같은 걸레받이, 빈 찬장에 뒤집혀 죽은 바퀴벌레가 있는 부엌, 계단 아래 석탄통과 어두운 찬장들의 끔찍한 변주도 보았다. 그들은 지붕 점검구로 머리를 내밀어, 막힌 볼탭과 마개 없는 물받이, 지붕 위 황량한 때 묻음을 물끄러미 내려다보았다. 때로는 능숙한 주택 중개상들의 공모에 걸린 게 틀림없다고까지 느꼈다. 텅 빈 중고 집이, 가장 빈약한 세입자가 사는 집보다도 훨씬 더 황량해 보이기 때문이다.

대부분의 집은 너무 컸다. 거대한 커튼 없이는 감당 못할 큰 창, 침실은 수두룩, 닦아야 할 돌계단의 넓이는 아득했고, 부엌은 앤을 기어이 항의하게 만들었다. 그녀는 이제 킵스의 사회적 지위에 걸맞다는 개념으로, 하인 한 사람쯤은 돼야 한다는 전망을 인정하게 되었지만—"맙소사!" 그녀는 종종 말했다. "이 집은 남자 하인까지 있어야 하겠어." 집들이 너무 크지 않을 때는, 거의 예외 없이 투기 건축의 산물, 곧 19세기의 본질적 재앙이었던 '사치스러운 과잉 출생'을 위해 성급히 지은 집들의 산물이었다. 앤은 새집은 눅눅하다며 일축했고, 쓰던 집들 가운데 가장 '새것'조차 병약한 체질의 놀라운 징조를 보였다. 석고는 벗겨지고, 바닥은 벌어지며, 벽지는 곰팡이 피고 뜯기고, 문은 삐걱이며 떨어지고, 벽돌은 탈락하고, 난간은 녹슬었다. 자연은 이미 거미·집게벌레·바퀴벌레·생쥐·쥐·곰팡이·놀라운 악취의 형태로 역습을 개시하고 있었다.

그리고 설계는 하나같이 불친절했다. 그들이 본 집들은 모두—앤이 딱 들어맞는 낱말을 찾지 못했지만—정확히 말해 '무례함'을 공통으로 지니고 있었다. "이 사람들, 집을 지으면서—" 그녀가 말했다. "아가씨들이 사람도 아닌 양 굽는단 말이야." 어쩌면 시드의 사회민주주의가 그녀의 피 속으로 스며들었을지도 모르겠다. 하여튼 그들은 동시대 주택이 지닌 놀라운 무배려를 곳곳에서 목격했다.

"저기, 아티! 부엌계단을 또 올려야 해! 어떤 불쌍한 소녀가 위아래로, 위아래로, 기진맥진 오르내려야 하잖아. 계단에 제대로 된 '높이' 하나 줄 공간도 남겨 놓지 않은 탓에—위층에는 수도는커녕 물 한 방울도 없어—모든 물을 날라 올려야 한다니까! 이런 집들이 여자를 지치게 만들어."

"집을 남자가 짓기 때문이야. 그래서 일이란 일이 다 문제로 바뀌는 거지." 앤이 말했다.

킵스 부부는—당신도 알다시피—합리적으로 단순한 '소형 현대식' 집을 찾는다고 여겼지만, 실제로 그들이 찾고 있던 건 꿈나라, 또는 1975년쯤—그 언저리에나 가능할 법한 무엇이었다. 그리고 그때는 아직 오지 않았다.

3

그러나 집을 짓겠다는 킵스의 결심은 어리석었다.

그가 그렇게 나선 건, 자기 생각에 주택 중개인들에 대한 특별한 적대감 때문이었다.

모두가 선원들을 사랑하듯, 모두가 주택 중개인을 싫

어한다. 그것이야말로 의심할 바 없이 매우 사악하고 부당한 혐오이지만, 소설가의 일은 윤리를 설파하는 게 아니라 사실을 적는 일이다. 사람들이 주택 중개인을 미워하는 까닭은, 그들이 모두를 불리한 처지에 놓이게 만들기 때문이다. 다른 모든 직업에는 어느 정도의 주고받음이 있다. 주택 중개인은 오로지 받기만 한다. 다른 직업은 너를 원한다. 변호사는 네가 그를 바꿀까봐 전전긍긍하고, 의사는 너무 도를 넘지 않으려 조심하며, 소설가는—네가 알기만 한다면—네 침묵 속 소망 앞에 말없이 굽신거린다. 상인들은 또 어떤가. 우유 배달부는 네 현관 앞에서 너를 차지하려 싸움을 벌이고, 채소 장수는 네가 갑자기 다른 집으로 돌리면 눈물까지 글썽이며 전화를 한다. 그런데 누가 주택 중개인이 누군가를 모시려고 애쓴다는 말을 들어본 적이 있는가? 네가 집을 구하고 싶어 그에게 간다. 길바닥을 전전하다 지치고 화가 나고 초조해 그에게 묻는다. 그는 태연하고, 말쑥하고, 활기라곤 없고, 과묵하며, 조용히 아무것도 하지 않는다. 너는 임대료를 깎아 달라 하고, 천장을 하얗게 칠해 달라 하고, 다른 집을 더 보여 달라 하고, 6번 별장과 4번 온실을 합쳐 달라까지 애원한다—그에게 무슨 대수란 말인가! 네가 집을 처분하고 싶을 때도 마찬가지다. 그는 똑같이 침착하고 무심하다—나는 한번, 그가 내 질문에 대답하는 내내 이쑤시개로 이를 쑤시던 걸 기억한다. 주택 중개인들 사이의 경쟁이란 조롱거리에 불과하다. 그들은 죄다 똑같다. 맞은편 사무실로 옮겨 그들을 아프게 할 수도, 그들을 해고할 수도 없다. 기껏해야 너 자신을 해고할 뿐. 그들은 마호가니와 황동 장식 뒤, 난공불락의 위치에 있고, 보통 우산으로는 달려들어 찌르기에도 너무 멀리 떨어져 있으며, 그들이 빌려준 열쇠를 돌려주지 않고 버리면 절도죄가 되고, 실제로 처벌받는다.

결정타는 도버의 어느 주택 중개인이었다. 킵스가 약간 떨리는 목소리로 최후통첩을 내밀었다. 지하실은 금지, 방은 여덟 개 이하, 위층 온수·냉수, 석탄 저장고는 실내에—다만 부엌으로 먼지가 퍼지지 않게 중간문 설치, 기타 등등. 숨이 찼다. "그런 걸 원하신다면, 직접 집을 지으셔야죠." 중개인이 지친 한숨을 쉬며 말했다. 그때 킵스가 "그럼 그렇게 하지—이따위가 계속된다면." 하고 중얼거린 것은, 사실 깊은 뜻이 있어서가 아니라 그럴싸한 응수였다.

그러자 중개인은 빙긋이 웃었다. 웃었다!

그 일을 곰곰이 되짚다 보니, 그의 마음속에서 제법 그럴듯한 의도가 싹트고 자라나고 있음을 그가 스스로도 놀라워했다. 생각해 보라, 많은 사람들이 집을 지었다. 그들이 짓지 않았다면, 어찌 이리 많을 수 있었겠는가? 그가 '정말로' 그렇게 한다면! 그러고서 중개인에게 가 말하는 것이다. "이봐, 나한테 딱 맞는 집을 찾겠다고? 젠장, 그 사이에 내가 하나 지어버렸지!" 포크스톤, 도버, 애쉬퍼드, 캔터베리, 마게이트, 램스게이트의 모든 중개인들 얼굴 앞에서 그렇게! 그러면 그들도 아마 속으로 뉘우치지 않겠는가. 그가 그 문제에 마음을 굳혔다는 걸 깨닫는 데는 잠깐밖에 걸리지 않았다.

"앤." 그가 말했다. "앤." 그러고는 팔꿈치로 쿡 찔렀다.

앤은 마침내 '무슨 일이냐?'는 듯한 흐릿한 물음의 음을 내며 깨어났다.

"나 집을 지으려고." 그가 말했다.

"응?" 앤이 문득 제정신이 든 사람처럼 했다.

"집을 짓겠다고."

앤은 그런 일은 하기 전에 아침까지 기다리는 게 낫지 않겠냐는 두서없는 말을 하더니, 그 훌륭한 신뢰심으로 금세 다시 깊은 잠에 빠졌다.

하지만 킵스는 한참을 뒤척이며 머릿속으로 집을 지었고, 아침 식사 자리에서 뜻을 분명히 밝혔다. 그는 오랫동안 주택 중개인들에게 모욕을 당했다고 느꼈고, 집을 짓는 일은 복수—훌륭한 복수—가 될 성싶었다. "그리고 말이야, 우리가 원하는 대로, 아주 근사한 작은 집을 만들 수도 있잖아."

그렇게 작정하고 나니, 아이러니하게도 1년짜리 셋집이 하나 구해졌다. 지하실은 있고, 서비스 리프트는 없고, 사방이 칠할 것투성이, 위층엔 물 한 줄기 없고, 욕실도 없고, 창틀에 매달려 닦아야 하는 거대한 여닫이창, 틀어지고 비에 씻기는 돌계단 너머 야외 석탄창고, 모자란 찬장, 쓰레기통까지는 맨바닥 길, 하녀방엔 벽난로조차 없고,

문지르다 끝이 안 날 쪼개진 마루—요컨대 극히 전형적인 영국 중산층 주택이었다. 여기에 가구를 들이고, '병장'과 약혼했고 예전에 호텔에 있었다는, 그웬돌린이라는 이름의 진짜 금발은 아닌 나른한 젊은 여자를 데려다 놓고, '이사'를 치른 뒤, 사적 책임을 져야 하는 집에 있게 된 낯섦 탓에, 도둑을 찾겠다며 밤마다 수색을 벌이는 온갖 잠 못 이루는 밤을 지나, 킵스는 잠시 정착했고, 집을 짓겠다는 계획에 제법 단단한 결심으로 다시 마음을 모았다.

4

처음에는 어떻게 시작해야 할지 막막해 조언을 구했다. 어느 날 그는 시브룩의 한 건축업자 가게에 들어가 담당 여성에게 집을 짓고 싶다고 말했다. 숨이 찼지만 결심은 확고했고, 당장이라도 주문할 준비가 되어 있었으나, 그녀는 남편이 외출 중이라며 시간을 끌었고, 그는 이름도 남기지 않은 채 나왔다. 또 솔트우드 근처 새집의 시공자라고 노동자가 가리킨 수레 탄 남자에게 가서 말을 붙였지만, 그는 처음엔 회의적이더니 이내 노골적으로 빈정

댔다. "휴가 때마다 집을 짓나 보군." 그가 그렇게 말하고 는 모든 경멸의 기색을 보이며 킵스에게서 돌아섰다.

뒤이어 카샷이 건축업자들에 대한 놀라운 이야기를 들려주어, 킵스의 굳은 결심이 꽤 흔들렸다. 그러자 피어스가 애초에 건축업자에게 가야 하는지, 아니면 건축가에게 가야 하는지 문제를 제기했다. 피어스는 애쉬포드에 형제가 건축가인 사내를 알고 있었고, 이런 일은 아는 사람을 통하는 편이 늘 낫기 때문에, 킵스 부부는 카샷의 경고가 다시 마음을 지배하기 전에, 피어스가 떠나기 전에, 그에게 의뢰하기로 작정했다. 그들은 다소 의심스러운 마음으로 그렇게 했다.

피어스 친구의 형제인 그 건축가는 검은 가방과 실크해트(원통형 모자)를 든, 작고 날랜 인물이었다. 그는 식탁에 앉아 모자와 가방을 좌우로 딱 같은 간격에 놓고, 인상적인 나무 기둥 같은 태도를 취했다. 반면 킵스는 난로깔개 위에 서서, 거대한 사업을 앞둔 떨림 속에 그의 물음에 더듬더듬 대답했다. 앤은 조각 오크 사이드보드 모서리 곁, 이 상황에 어울린다고 여긴 지점에 서서, 자신을 위한 감시와 브리핑을 겸했다. 그들은 어떤 의미로든 궁지에 몰렸다고 느꼈다.

건축가는 부지부터 물었고, 그게 아직 정해지지 않았다는 걸 알고는 약간 당황한 기색이었다. "그냥 아무 데나 지을 생각이었어요." 킵스가 말했다. "아직 마음을 못 정했거든요." 건축가는 '못생긴 쪽'을 어디로 둘지 보려면 부지를 보고 싶었을 거라고 하면서도, 원한다면 "공중에", 평지에, "등과 앞을 가정하여" 집을 설계하는 것도 물론 가능하다고 했다. 킵스는 다소 얼굴이 붉어져, 그게 수수료에 큰 차이를 내지 않길 은근히 바라며, 그걸로 괜찮겠다고 조심스럽게 말했다.

그러고서 건축가는 한 번 마른기침으로 화제를 구분하고는 가방을 열어, 스프링 줄자, 딱딱한 비스킷 몇 개, 금속 플라스크, 새 개가죽 장갑 한 켤레, 종이에 반쯤 싸인 태엽 자동차, 제비꽃 한 다발, 작은 놋쇠 나사 봉지, 그리고 마침내 크게 부풀어 오른 공책을 꺼냈다. 그는 다른 물건들을 조심스레 도로 넣고 공책을 펼친 뒤, 연필을 입술에 댄 채 "필요한 편의 시설은 무엇입니까?"라고 물었다.

그의 모든 동작을 잔뜩 주의하며, 점점 깊어지는 두려움 속에 지켜보던 앤은, 오랫동안 벼르던 이가 불시에 터뜨리듯 "찬장!" 하고 대답했다.

"어쨌든요." 그녀가 남편과 눈을 맞추며 덧붙였다.

건축가는 그것을 적었다.

"그리고 방은 몇 개지요?" 그는 부차적 문제로 옮기며 물었다.

젊은 부부는 서로를 보았다. 주문이란 것이 끔찍이도 뻔뻔한 것처럼 느껴졌다.

"가령, 침실은 몇 개?" 건축가가 거듭 물었다.

"하나?" 킵스가 이제 무슨 대가를 치르더라도 축소하려는 기분으로 제안했다.

"그웬돌린이 있어." 앤이 말했다.

"게다가 손님이 올지도 모르지요." 건축가가 덧붙이고는, 절제된 어조로 "절대 모를 일이지요."라고 했다.

"두 개, 아마도?" 킵스가 말했다. "우린 작은 집을 원해요, 그 이상은 싫고."

"하지만 가장 단출한 사냥 오두막이라도——" 건축가

가 말했다.

그들은 결국 여섯 개에 이르렀다. 그는 침실에서 침실로 차근차근 그들을 밀어붙였고, '어린이방'이라는 단어가 그들의 상상 속 하늘을 스쳐 지나갔다—그가 가장 먼 가능성으로 언질을 주었고—그렇게 여섯 개가 마지못해 확정되자, 앤은 테이블 앞으로 나와 앉으며, 준비해 둔 조건 하나를 내놓았다. "뜨거운 물과 찬물." 그녀가 말했다. "각 방에—어쨌든—들어가야 해요."

그건 오래전에 시드에게서 얻은 생각이었다.

"그럼요." 킵스가 난로 깔개 위에서 말했다. "각 침실에 뜨거운 물과 찬물이 들어가야 해요—그건 우리 결정이에요."

그제야 건축가는, 예외적으로 독창적인 부부를 상대하고 있음을 처음으로 감지했다. 그리고 그가 전날 오후 『건축가(Architect)』지에서 큰집 세 채를 골라, 그것들을 자기만의 독창적이면서도 저작권 있는 도안으로 결합해 올 생각이었기 때문에, 이런 새로운 요구엔 본능적으로 반발했다. 그는 배관이 얼마나 지독히 비싼지, 이미 도면에 들어 있지 않은 모든 것이 얼마나 터무니없이 비싼지를 장황히 설명했다. 그러다 앤이, 그 요구를 못 넣을 바엔 차라리 집을 짓지 않겠다고 못을 박고, 킵스가 얼굴이 창백해지면서도 자기가 원하는 걸 얻는 한 비용은 개의치 않겠다고 말하자, 그 역시 익힌 전문가적 절충 아래 숨어 있던 동류의 독창성을 비로소 드러냈다. 그는 단락 같은 기침으로 앞 대화를 접었다. "물론이지요." 그가 말했다. "당신들이 비정통적인 것을 개의치 않는다면——"

그는 외관은 앤 여왕 양식으로 생각하고 있었다고 설명했다. (앤은 자기 이름이 나오자마자 킵스에게 고개를 저었다.) 자신으로선, 집의 외부가 한 가지 양식으로만, 그것도 딱딱하게 한 양식으로만 가야 한다고 보지는 않았다. 한 가지가 우세하되, 앤 여왕식의 박공과 쪽창, 그리고 창틀에 약간의 거친 회반죽과 가짜 목재, 아마도 약간의 돌출부로 변화를 줘 집을 다채롭고 흥미롭게 만들 수 있다고 봤다. 그가 앤 여왕식이라 부르는 것의 장점은 매우 다양한 특징을 담을 수 있다는 점이었다. 그래도, 만약 비정통적인 것에 마음이 되어 있다면 그 또한 가능했다. 요즘은 비정통 양식으로 짓는 집도 적지 않고, 보기 좋은 경우도 많았다. 비정통 양식에선, 그가 '내부적 특징'이라 부르는 것들을 곧잘 둔다. 이를테면 낡은 영국식 오크 계단과 갤러리 같은 것. 흰 거친 회반죽과 녹색 페인트는 이런 유형의 집에서 매우 선호되었다.

그는 양식에 대한 이 여담으로 앤 여왕과 관련된 외관의 무한한 풍요를 한껏 늘어놓다가, 묘사적 열정의 순간에 덮어 둔 공책을 다시 펼치고, 기침을 살짝 써서 말끝을 알렸다. "침실 여섯." 그는 연필끝을 적시며 말했다. "필요하면 어린이방으로도 쓸 수 있게 창살 든 방 하나."

킵스는 쉰 목소리로 마지못해 이 의견을 거들었다.

집 짓기에 관한 흥미로운 논의가 이어졌고, 그 자리에서 킵스가 맡은 몫은 크지 않았다. 침실 이야기를 마치자 화제는 부엌으로 넘어갔고, 그곳에서 앤은 건축가가 감탄할 만큼 영리하고도 까다로운 요구를 내놓았다. 특히 석탄 저장고의 위치가 문제였다. 대부분의 집은 저장고가 지나치게 낮아 무거운 석탄을 번거롭게 나르고 뒤처리를 해야 한다고, 앤은 단호히 지적했다. 집 꼭대기에 부엌과 저장고를 함께 두자는 발상은, 석탄을 집 안 전체로 옮겨야 하고 그만큼 청소도 늘어난다며 현실적이지 않다고 곧바로 기각했다. 잠시 동안은 1층에 저장고를 두고 바깥에서 석탄을 붓는 슈트를 달아, 가벼운 계단으로 오르내리게 하는 안을 검토했다.

"그건 집의 '특색'이 될 수도 있겠네요." 건축가가 다소 의심스러운 어조로 메모하며 말했다. "다만 금세 새까매질 겁니다."

이어서 식모용 리프트의 대안, 더 나아가 건축가의 제안으로 가스 난방의 가능성까지 이야기가 번졌다. 이 대목에서 킵스는 '가스 난방은 공기를 덥힌다'는 화제로, 버릇처럼 새는 h 발음을 섞어가며 복잡한 푸가처럼 떠들어댔다. 그는 얼굴이 벌개진 채 한동안 논의에서 길을 잃었지만, 입술은 끊임없이 무언가를 중얼거렸다.

후일 건축가가 공책을 훑어보니, 모든 방의 환기창과 침실 수, 급수 배관, 리프트, 계단의 단 높이와 '꼬임 없는' 설계, 20피트 정사각형에 찬장 둘과 널찍한 창가 벤치를 갖춘 통풍 좋은 부엌, 그리고 부엌·별채·사무실 배치에 관한 지시는 매우 상세하게 적혀 있었다. 그러나 응접실·식당·서재 같은 거실부 구성이나 대략의 공사비에 대해서는 아무런 언급이 없어, 그는 추가 지시를 요청하는 편지를 보냈다. 건축가의 머릿속 기본안은 아침식사실, 식당, 응접실, 그리고 킵스를 위한 서재—최소한 이 정도였다. 이 문제를 두고 젊은 부부는 길고 열띤 토론을 벌였다.

이 대목에서 앤은 분명 '절제파'였다.

"여름철에 세를 놓을 게 아니라면, 응접실이니 식당이니 부엌 말고 방을 왜 그리 많이 둬? 현관도 마찬가지야. 청소거리만 늘지. 그리고 서재는 또 왜 필요해?"

건축가의 편지를 읽은 뒤로 콧수염을 쓰다듬으며 망설이던 킵스가 입을 열었다.

"작은 거면 돼—허그헨든에 있던 것처럼 책상과 책장만 있으면 좋아."

다시 만난 자리에서 건축가는 응접실이 없다는 데 크게 발끈했고, 부부는 그의 심기를 달래기 위해 결국 응접실을 넣는 데 동의했다.

"그치만 아마 평생 쓰진 않을 거야." 앤이 못내 못마땅하다는 듯 덧붙였다.

서재만큼은 킵스가 뜻을 굽히지 않았다.

"서재만 있으면 오래 미뤄둔 독서를 시작할 수 있어. 매일 한 시간씩 들어가 뭔가 읽는 습관을 들일 거야. 셰익스피어도 그렇고, 배워야 할 게 많잖아. 백과사전 둘 자리도 있어야 하고…. 서재가 있으면 책을 안 읽고는 못 배겨. 없으면, 결국 잡문학밖에 못 보게 된다니까."

그가 말을 멈추고 내려다보니, 앤의 얼굴엔 기쁨이라곤 없는 심각한 표정이 떠 있었다.

"세상에, 앤!" 그는 힘 빠진 목소리로 말했다. "이제 드디어 우리만의 작은 집을 갖는 건데…."

"작은 집은 아니게 되겠지." 앤이 딱 잘라 말했다. "그렇게 방이 많아지면."

5

그 문제에 남아 있던 의문은 '도면'을 확인하는 순간 말끔히 사라졌다.

건축가는 고약한 냄새가 나는 반투명 푸른 도면지에

세 벌의 설계를 그려 왔다. 색연필로 벽돌빛, 생강빛, 비소 녹색, 납빛 푸른색까지 곁들여 아주 근사하게 채색도 했다. 첫 번째 설계는 매우 단출했고 외관상 특징도 거의 없었다. 그가 말하길 "평범한 스타일"이지만, 막상 펼쳐보면 제법 덩치 큰 집처럼 보였다. 두 번째 설계는 온실과 여러 유형의 반원창, 거친 회반죽 박공 하나, 석고로 돌린 반 목조 박공 하나에, 약간 돌출된 베란다까지 달려 훨씬 인상적이었다. 세 번째 설계는 외관 장식이란 장식은 다 붙인 데다 실내도 방이 벌집처럼 촘촘했다. 그의 표현대로라면 "사실상 저택"이자, 인간 창의의 고귀한 결실이란다. 다만 하이스 같은 곳엔 다소 과분할 수 있다는 점은 본인도 인정했다. 그의 예술혼이 앞질러, 이른바 "포크스톤 최상급 스타일"의 현대식 저택을 만들어낸 셈이었다. 중앙 홀과 계단, 무어풍 갤러리, 튜더 양식 스테인드글라스, 현관 위 납지붕 성가퀴, 팔각형 돌출부와 팔각형 베이 윈도, 동양 풍 금속 돔, 단조로운 붉은 벽돌을 끊어주는 노란 줄무늬 벽돌, 기타 온갖 사치와 매력이 총출동했다. 도시의 거물급이 지을 법한, 호화롭고 위엄 넘치되 어딘가 관능적인 집—하지만 킵스 부부 눈에는 지나쳤다. 침실 수만 봐도 첫 번째 설계가 7개, 두 번째가 8개, 세 번째는 11개나 됐다. 건축가 말로는, 등산가 등짐 속 자갈처럼 하나둘 "끼워 넣다 보니" 그렇게 됐다고.

입면도를 펼치자마자 앤이 한마디 했다.

"집이 너무 크네요."

킵스는 눈을 동그랗게 뜬 채 신중한 태도로 건축가의 설명을 들으며, 괜히 깊게 휘말리지 않으려 애썼다. 건축가는 소형 매무새칼을 집어 들고(주머니 매니큐어 세트에 들은 그것이었다) 이 특징 저 특징을 콕콕 짚어 보였다. 앤은 그 사이 킵스의 표정을 살피며, 건축가의 머리 위로 무언의 신호를 보냈다. '그렇게까지 크진 않죠?'라는 입모양.

"내가 생각한 것보단 좀 큰걸." 킵스가 눈짓으로 받았다.

"막상 지어 놓으면 그렇게 크단 느낌 안 드실 겁니다." 건축가가 장담했다. "제 말을 믿으세요."

"우리는 침실이 여섯 개면 충분합니다." 킵스가 못 박았다.

"그럼 이 방 하나는 창고로 돌리시죠." 건축가가 태연히 받았다.

킵스는 잠시 말문이 막혔다.

"자, 그럼 어느 안으로 가실까요?" 건축가가 도면을 쫙 펼쳐 보이며 물었다. 제일 화려한 저택 도면을 특히 보기 좋게 펴놓는 것도 잊지 않았다.

킵스는 각각 '최대' 얼마가 들지 묻고 싶었고, 그 질문은 곧 앤의 놀란 눈짓을 불렀다. 건축가는 얼추 잡는 수준에서만 비용을 가늠해 줄 수 있었다.

그날 건축가는 아무 확답도 못 받은 채 돌아갔다. 킵스는 "생각해 보겠다"고만 했다.

"저런 집은 못 지어." 앤이 단호했다.

"모두 너무 커." 킵스도 동의했다.

"하인을 넷이나 둬도 빠듯하겠는걸." 앤이 덧붙였다.

킵스는 난로 앞 깔개까지 걸어가 기지개를 켰다. 말투는 태연했다.

"다음에 오면 분명히 말할게. 우리가 원하던 건 이쪽이 전혀 아니라고. 완전히—오해였다고. 걱정 마, 앤."

"모르겠어. 집을 짓는 게 과연 좋은 생각인지…." 앤이
중얼거렸다.

"에이, 여기까지 왔는데 짓자." 킵스가 답했다. "그렇지
만, 만약 우리가…."

그는 세 도면 중 가장 소박한 걸 다시 펼쳐 들고, 뺨을
붉혔다.

6

다음 날에 숙부가 찾아온 것은 불운이었다.

숙부는 늘 조카의 마음에 묘한 상태를 불러일으켰다.
평소와 다른 성급한 자기과시, 괜스레 으스대는 기질 같
은 것. 숙부와 숙모 모두를 포닉 가문과의 '어울리지 않는
결혼'에 납득시키는 데 큰 애를 먹었고, 그 여파가 가끔 숙
부의 입을 통해 되풀이되곤 했다. 아마 그래서였을 것이
다—저속한 허영심 때문이 아니라—숙부가 나타나기만
하면 킵스는 입담이 과장되고 성공담이 섞인 말투로 흥을
돋우려 했다. 사실 숙모는 끝내 마음을 풀지 않았다. 버스

를 타고 오라는 모든 초대는 사양했고, 젊은 부부가 포닉 부인을 뵈러 가는 길에 들른 장난감 가게에서도 과묵하기 짝이 없는 여주인으로 일관했다. 콧소리 섞인 그 냉기는 카타르라기보다는 자존심에 가까웠고, 앤에게 "결혼했다고 너무 잘난 체하지 말라" 한마디를 던진 게 전부였다. 방문은 짧막했고 거의 침묵뿐이었으며, 다과도 권하지 않았고, 앤은 유난히 달아오른 뺨을 하고 가게를 나섰다. 그 뒤로 뉴 롬니에 갈 때면 그 가게는 굳이 다시 찾지 않았다.

반면 숙부는 한 번 모험 삼아 그들의 저녁상에 앉아 맛을 본 뒤, 입맛에 맞는다는 걸 확인하자 앤에게 한층 부드러워졌다. 또 오고, 또 왔다. 버스를 타고 내려와, 입안이 가득 찼을 때를 빼곤 하이스 하이스트리트로 돌아가는 오후 버스 시각이 될 때까지, 조카에게 은근 불편한 조언을 한 덩어리씩 내놓곤 했다. 바닷가까지 함께 걸어 내려가, 뱃사공들과 흥정해 배를 사자고도 했다. "남자라면 자기 배 하나쯤은 있어야지." 그가 말했다. 하지만 킵스는 타고난 선원과는 거리가 멀었다—혹은, 하이스의 인적 드문 골목들을 어슬렁거리며 마음속에 키우고 있던 다른 계획, 곧 그가 '주간'(週刊) 재산이라 부르는 소규모 월세 건물의 소유주가 되어 직접 임대료를 걷는 구상을 좇곤 했다. 그에 들일 자본이 어디서 나올지는 끝내 내비치지 않았고, 때로는 그것을 조카에게 맞는 생업으로 길잡이해주려는 듯 말하기도 했다.

다만 앤을 대하는 태도엔 언제나 뭔가 남아 있었다. 무심코 던지는 시선 속에 섞인 그 무엇. 그래서 숙부가 있을 때면 킵스는 늘 경계를 늦추지 못하고 공연히 들떠 있었다. 별별 일에서도 그랬다. 이를테면 숙부 탓에, 어느 날 킵스는 호기로움에 못 이겨 9펜스짜리 시가 한 상자를 사들이고, 평소 무난하고 흡족하던 흰 라벨 대신 파란 라벨의 '오래된 므두셀라 4성급' 위스키로 갈아치웠다.

"이건 위스키 맛이 좀 나는구나." 늙은 킵스가 한 모금 머금고는 입술을 오물거리며 평했다.

"젊은 장교들이 들락거리더구나." 그가 또 말했다. "자원봉사대에 들어가서 몇 놈이랑 사귀어 둬. 인맥이 생겨."

"그럴까 해요. 나중에요." 킵스가 얼버무렸다.

"장교도 금방 달아줄 거야. 요즘 인력이 딸려. 개는 샀
냐?"

"아직이요, 숙부님. 시가 한 대 하시겠어요?"

"자동차는?"

"그것도 아직요."

"급할 건 없지. 다만 살 거면 이런 값싼 고물 말고, 평생
쓸 걸로 사. 네가 돈을 좀더 빌려 쓰지 않는 게 신기할 정
도다."

"앤이 자동차를 영 좋아하질 않아요." 킵스가 말했다.

"허—그럴 줄 알았다." 늙은 킵스는 문 쪽을 곁눈질했
다. "어디 다니는 데 익숙지가 않지. 집에 있는 걸 더 좋아
할 게다."

"그보다." 킵스가 급히 말을 돌렸다. "우린 집을 지어보
려 해요."

"그러진 마라, 이 녀석아—"라고 시작하던 숙부 앞에
서, 조카는 벌써 서랍 속 도면을 뒤적이고 있었다. 앤에 대
한 추가 논평을 막기에 딱 맞춘 타이밍이었다.

"흠." 늙은 신사가 말했다. 특유의 냄새가 배어 있고,

비정상적으로 반투명한 추적지 한 벌이 손에 들어오자, 그 자체로 꽤 인상을 받은 눈치였다. "그래서 집을 지어보겠다고?"

킵스는 세 가지 설계안 중 가장 소박한 것부터 꺼내 들었다.

숙부가 은테 안경 너머로 천천히 읽었다. "아서 킵스 에스콰이어를 위한 주택 계획—흠."

그의 얼굴엔 곧장 환심 산 기색이 없었다. 앤이 방으로 들어와 보니, 그는 여전히 건축가의 제안을 반신반의하는 눈빛으로 훑어보고 있었다.

"우리가 아무리 찾아봐도 마음에 드는 집이 없더군요." 킵스가 테이블에 팔을 괴고 아무렇지 않은 척 말했다. "그렇다면 우리가 직접 지으면 될 일이라고 생각했죠." 그 자신만만한 어투가 숙부의 취향에도 맞았다.

"우리가 한번 해볼 수 있겠다 싶었어요…." 앤이 거들었다.

"물론 투기지." 늙은 킵스가 중얼거리며, 도면을 안경에서 두어 뼘 떨어뜨리고는 찡그렸다. "하지만 이건 네가 고를 법한 집은 아니구나." 그가 말했다. "한마디로 빌라야. 은행원이 살만한 집이지, 내가 '신사의 집'이라 부를 만한 건 아니야, 아티."

"네, 평범하긴 하죠." 킵스가 숙부 곁에서, 첫 대면 때만큼은 위풍당당해 보이지 않는 그 설계도를 내려다보며 고개를 끄덕였다.

"너무 평범해서도 곤란해." 늙은 킵스가 덧붙였다.

"살기만 편하면…." 앤이 조심스레 말했다.

늙은 킵스는 안경 너머로 그녀를 힐끗 보았다.

"사람은 자기 신분에 맞게 살아야 이 세상에서 편히 지내는 법이야." 그는 고색창연한 격언 '노블레스 오블리주'를 현대어로 간단히 풀어 말했다. "이런 집은 은퇴한 상인이나 동네 변호사가 어울리지. 하지만 너희는—"

"이게 전부는 아니에요." 킵스가 끼어들며 중간 크기의 설계안을 펼쳤다.

결정타는 세 번째 도면이었다. "자, 저게 집이지." 늙은 킵스는 보자마자 점찍었다.

앤은 남편 어깨 너머로 바짝 다가서서 도면을 들여다

보았다. 늙은 킵스는 큰 설계안의 장점들을 조목조목 늘어놓았다. "당구실은 꼭 있어야 해. 여기 표시가 안 됐지만, 나머진 흠잡을 데가 없군. 이 동네 장교들 중엔 당구한 판 하자고 들르는 이들이 많을 거야."

"여기 점점이 찍힌 건 뭐죠?" 늙은 킵스가 물었다.

"관목이요." 킵스가 대답했다. "꽃 피는 관목."

"저 집은 침실이 열한 개나 돼요." 앤이 말했다. "너무 많지 않나요, 숙부님?"

"필요할 거다, 애야. 나이가 들수록 손님이 늘어. 네 남편 친구들도 올 테고, 사격장 쪽 사람들도 올지 몰라. 인생은 모르는 거니까."

"그렇게 관목을 많이 심으면요." 앤이 조심스레 말했다. "정원사를 둬야 하잖아요."

"관목 숲이 없으면." 늙은 킵스가 느긋한 설득조로 받았다. "지나가는 바보들까지 네 응접실 안을 훤히 들여다볼 텐데―때로는 특별한 손님을 모실 수도 있지 않겠니?"

"우리는 그런 관목 숲에 익숙하지 않아요." 앤이 끝까지 고집을 보였다. "지금도 잘 지내고 있고요."

"익숙한 게 중요한 게 아니야." 늙은 킵스가 못 박았다. "이제는 네게 '맞는' 걸 가져야지." 그 말에 앤은 말을 거두었다.

"서재와 도서관." 늙은 킵스가 도면의 표기를 소리 내어 읽었다. "좋아. 며칠 전 브루클랜드에서 탄탈루스를 봤거든. 신사 서재에 딱이더군. 내가 가서 가격 좀 알아보마."

버스 시간이 다가오자, 늙은 킵스는 집짓기 얘기에 한껏 들떴고, 가장 큰 설계안으로 굳어지는 분위기였다. 그러나 앤은 그 뒤로 더는 한 마디도 보태지 않았다.

7

킵스가 숙부를 버스에 태워 돌려보내고 돌아왔을 때—저 뚱뚱한 몸집이 저 작은 빨간색 '팁-탑' 상자에 들어가긴 하는 걸까 싶은 의심이 매번 들곤 했다—앤은 여전히 테이블 곁에 서서 세 벌의 설계도를 '도무지 못마땅하다'는 표정으로 내려다보고 있었다.

"숙부님, 의외로 멀쩡하시더라." 킵스가 난로 깔개 위에 자리를 잡으며 말을 건넸다. "속 쓰리다더니, 계단도 새처럼 폴짝폴짝 뛰어오르시던걸."

앤은 대꾸 없이 그림만 바라보았다.

"그 설계들, 마음에 안 들어?" 킵스가 조심스레 물었다.

"아니, 아티."

"이제 와선 어쨌든 하나는 지어야 해."

"하지만… 저건 '신사의 집'이잖아, 아티!"

"응… 뭐, 크긴 크지."

킵스는 슬쩍 도면을 보더니 창가로 걸어갔다.

"청소만 해도 기가 막히겠어. 저런 집이면 하인 셋이 들어가도 길 잃겠다, 아티."

"하인은 있어야지." 킵스가 말했다.

앤은 자신들의 '앞으로의 거처'를 시큰둥한 눈길로 훑었다.

"어쨌든 우린 체면을 지켜야 해." 킵스가 몸을 돌려 그녀를 보며 말을 이었다. "우리, 이제 신분이 있잖아. 알겠지? 난 네가 바닥을 쭈그리고 닦는 모습을 보고 싶지 않아. 넌 하인을 두고 집을 거느려야 해. 내가 창피당하길 바라진 않잖아—"

앤은 입술을 달싹였지만 말을 잇지 못했다.

"왜?" 킵스가 물었다.

"아니야." 앤이 고개를 저었다. "그저… 난 작은 집이면 좋겠다고 생각했을 뿐이야, 아티. 우리 둘이 살기 좋고, 손 닿는 대로 편한 그런 집."

킵스의 얼굴에 핏기가 오르며 고집이 굳어졌다. 그는 특유의 냄새가 배어 있는 트레이싱지를 집어 들었다. "난 깔보임 당하고 싶지 않아." 그가 낮게 말했다. "숙부님 때문만도 아니고."

앤이 그를 바라보았다.

"그 월싱엄 같은 자식이—이를테면—우릴 훑어보며 코웃음 치는 꼴, 두 번 다시 용납 못 해." 킵스가 말을 이었다. "마치 우리가 뭘 잘못한 사람들처럼. 어제 그를 봤거든. 쿠트도 마찬가지야. 나도—우린—똑같아. 무슨 일이 있었던들 간에."

한동안 방 안을 메운 건 종이 스치는 소리뿐이었다.

문득 고개를 든 킵스는, 앤의 눈가에 번들거리는 눈물

을 보았다. 둘은 한동안 말없이 서로를 바라봤다.

"그럼 큰 집을 갖자." 앤이 침을 삼키며 말했다. "내가 거기까지는 생각을 못 했어, 아티."

그녀의 표정은 매섭고 단호했다. 감정과 사투를 벌이는 기색이 역력했다. "큰 집을 지어." 그녀가 다시금 또렷이 말했다. "그 누구도, 내가 너를 끌어내렸다고 말 못 하게 할 거야—단 한 사람도. 늘 마음 한구석에—그게 두려웠거든."

킵스는 다시 도면을 내려다보았다. 이상하게도, 방금 전까진 과장돼 보이기만 하던 그 웅장한 집이 이 순간만큼은 꽤나 그럴듯해 보였다. 그가 조용히 숨을 내쉬었다.

"그래, 아티. 아무도 그런 말 못 하게." 앤이 어느 결기에 이끌린 듯 도면을 자기 쪽으로 홱 돌려 끌어당겼다.

사실, 킵스는 더 아담한 설계에 관해 변명을 해볼 수도 있었다. 하지만 이미 말을 너무 멀리 던져버린 탓에, 이제 와서 물러서는 문장을 찾을 수가 없었다.

결국 설계는 건축업자들에게 넘어갔고, 머지않아 킵스는 공사비 2,500파운드에 묶였다. 그래도, 당신도 알다시

피, 그의 연수입은 당시 1,200파운드였다.

8

집을 짓다 보면, 사소한 데서도 얼마나 많은 난관이 생기는지 놀랄 따름이다.

"있잖아, 앤." 어느 날 킵스가 말했다. "우리 집에도 이름을 붙여야 하잖아. '홈 코티지'가 어떨까 했는데, 이게 딱 맞는지 모르겠어. 이 근처 어부네 집들은 죄다 코티지라 부르잖아."

"난 코티지가 좋은데." 앤이 말했다.

"하지만 우리 집은 침실만 열한 개야." 킵스가 말했다. "침실이 넷만 넘어도 코티지라고 하긴 민망하지. 엄밀히 말하면 큰 빌라야. 아니, 거의 '대저택'에 가까워. 적어도 '집'이긴 하지."

"그렇다면." 앤이 말했다. "빌라라고 해야 한다면… '홈 빌라'. 그랬으면 싶네."

킵스가 한참 생각하더니 목소리를 높였다. "그럼 '유레카 빌라'는 어때?"

"유레카가 뭐야?"

"이름 말이야." 그가 대답했다. "예전에 '유레카'라는 드
레스 잠금장치가 있었거든. 생각해 보면 가게들만 둘러봐
도 이름은 널렸어. '파자마 빌라'도 있겠다 싶고—양말 가
게에서 본 건데—아니, 그건 좀 그렇고. '마라포사'—오트
밀 무늬 천 이름인데… 음, 그래도 '유레카'가 낫겠다."

앤이 잠시 골똘하더니 말했다. "뜻도 없는 이름을 달아
두면 좀 우스워 보여."

"그럴 수도 있지." 킵스가 말했다. "사람들이 흔히들 하
긴 하지만."

그가 다시 골똘해지더니 번쩍 눈을 들었다. "아, 알겠
다!"

"설마 '오리카'는 아니겠지?" 앤이 재빨리 잘랐다.

"아니지! 헤이스팅스에서 다니던 학교 맞은편에 꽤 큰
집이 하나 있었는데, 이름이 '세인트 앤'이었어. 그거면—"

"안 돼." 앤이 딱 잘라 말했다. "고맙지만 사양할래. 정
육점 점원들이 이름 가지고 놀리기 딱 좋잖아."

그들은 카샷에게도 자문을 구했다. 그는 며칠 생각하

더니, 킵스의 할아버지를 우아하게 기리는 뜻에서 '와디콤'을 제안했다. 숙부는 자신이 한때 둘째 하인으로 있던 저택의 이름을 따 '업튼 매너 하우스'를 밀었다. 버긴스는 아예 "번호로 가자"며, 다른 집이 없다면 '1번'이 낫고, 아니면 '엠파이어 빌라'처럼 애국심이 묻어나는 이름이 좋겠다고 했다. 피어스는 '샌드링엄'에 마음이 갔다. 이렇게 조언이 쏟아졌지만, 정작 둘은 끝내 결정을 못 내렸다.

그 사이 마음은 요동치고, 흥정과 말다툼, 근심과 혼란, 왕복되는 발걸음이 이어졌다. 그러는 와중에 킵스는 1에이커의 8분의 3에 해당하는 자유보유지의, 기쁨이라고는 없는 소유자가 되어버렸다. 그리고 어느 날, 언젠가 집이 들어설 그 땅에서 잔디가 수레에 실려 나가는 광경을 멍하니 지켜보았다.

2. 방문객들

1

킵스 부부는 점심상 앞에 마주 앉아, 루바브 파이 접시
가 남긴 흔적 사이로, 1시 우편이 가져온 엽서 두 장을 놓
고 실랑이를 벌였다. 결혼 뒤 3월, 비바람이 잦은 나날 속
에서 드물게 햇살이 비치던 순간이었다. 킵스는 유행을
타는 녹색 넥타이에 갈색 양복을 입었고, 앤은 대개 샌들
과 '진보적 사상'에 붙곤 하는 그림 같은 헐렁한 원피스를
걸쳤다. 다만 앤에게 샌들도, 진보적인 사상도 없었고, 그
옷은 얼마 전 시드 포닉 부인의 조언으로 장만한 것이었
다.

"좀 예술적이네." 킵스가 한마디 양보했다.

"입긴 훨씬 편하고." 앤이 답했다.

프랑스식 창문 밖으로는 작은 초록 잔디밭과 하이스 퍼레이드가 보였다. 퍼레이드는 비에 젖어 번들거렸고, 그 너머 녹회색 바다가 하늘과 맞물려 너울거렸다.

집 안 가구는—우연히 킵스가 골라 든—벽지 속에서 조용히 색을 보태는 크로모 석판화 몇 점을 빼면, 영악한 판매원이 슬쩍슬쩍 권해 온 대로 들여놓은 '평범하게 우아한' 스타일이었다. 조각 오크 사이드보드가 하나 있었는데, 그게 때로 킵스에게 목공소를 떠올리게 하는 것이 흠이었다. 비스듬한 유리 패널에는 이제 그의 뒤통수가 비쳤다. 선반 위에는 파슨스 도서관에서 빌린 책 두 권이 종이쪽지를 꽂은 채 놓여 있었지만, 둘 중 누구도 제목이나 저자를 입에 올리지는 못했을 것이다. 흑단 난롯장에는 원색 유리병과 항아리들이 늘어서 있었고, 거울이 그걸 다시 복제했다. 버밍엄제 '중국풍' 항아리 한 쌍—시드니 포닉 씨 부부가 보내 준 결혼 선물—과 번듯한 일본 부채 몇 개, 그리고 매우 호화로운 터키 카펫도 자리를 잡았다. 번트 & 버블 사의 이런 '현대적 성취' 말고도, 작동하지 않

는 키 큰 괘종시계 두 대(연식만으로 감정가를 유혹할 법
한 물건), 육상·천체 지구본 한 쌍(천체 쪽은 깊이 움푹 들
어갔다), 묵직한 오래된 철제 주물과 먼지 앉은 책 뭉치
들, 유리 눈 하나가 빠진 박제 올빼미까지—이건 숙부가
공수해 온 전리품이었다. 식탁 살림은 가능한 한 빈든 보
팅 부인의 그것을 본떴지만 값은 더 나갔고, 녹색과 진홍
색 와인잔까지 갖춰 두었다—정작 두 사람 다 와인은 거
의 마시지 않으면서도.

킵스는 먼저, 더 읽기 쉬운 쪽 엽서로 돌아갔다.

"'오늘은 피치 못해 찾아뵙지 못합니다.'래." 그가 읽고
는 콧방귀를 뀌었다. "내가 그 녀석한테 시작할 발판도 주
고, 이런저런 걸 다 챙겨 줬는데, 저 오만이 마음에 안 들
어."

그는 한숨을 내쉬었다.

"확실히 널 좀 얕보는 눈치야." 앤이 거들었다.

킵스는 월싱엄에 대한 반감이 얼굴로 슬그머니 올라
오는 걸 숨기지 않았다. "요즘 건방이 하늘을 찌른다니까.
차라리 그녀가 위약 소송이라도 걸었으면 좋겠다는 생각

까지 들어. 그가 '그럴 일 없다'고 큰소리친 뒤로는, 내가 내 돈 쓰는 것까지 제멋대로 간섭하려 드는 모양이야."

"네가 집 짓는 건 특히 못마땅해했지."

"그게 그와 무슨 상관인데?"

그는 성이 나서 한마디 얹었다. "초인이라나! 허, 난롯장에 세워 둘 말이지. 나한테 또 그런 식으로 나오면, 그가 듣기 싫어할 말도 못 할 줄 알아?"

그는 두 번째 엽서를 집어 들었다. "젠장, 한 글자도 안 보여. 끝에 '치터로'… 그게 다야."

그는 미간을 모으고 더 들여다봤다. "마치 발작 일으킨 사람이 휘갈긴 것 같아. 이건 아마 W-H-A-T, 'what'… 그 다음 P-R-I-C-E… 알겠다! '지금 해리는 얼마지?' 그 친구가 입에 달고 살던 말이지. 아마 그 연극 시작하려고 뭐라도 벌였을 거야, 앤."

"그럴 법도 해." 앤이 수긍했다.

한참 씨름하던 킵스가 손을 들었다. "더는 못 읽겠어. 도저히."

성가신 우편이었다. 그는 카드를 탁자에 툭 던지고 창

가로 걸어갔고, 앤은 잠깐 치터로의 상형문자를 훑어본 뒤 그를 따라섰다.

"오후엔 뭘 하지?" 킵스가 주머니에 두 손을 깊숙이 찔러 넣고 말했다.

"산책이라도 가야지."

"아침에 벌써 다녀왔는데."

그는 잠시 뜸을 들이다가 "그래도 또 나가야겠네." 하고 덧붙였다.

둘은 바람 거센 바다의 황량함을 말없이 내려다봤다.

"그 녀석이 왜 나를 안 보려는 걸까?" 킵스가 다시 윌싱엄 애기로 되돌아왔다. "바쁘다는 건 핑계야."

앤은 굳이 해답을 지어내지 않았다.

"또 비 오네!" 작은 빗방울이 창유리를 톡톡 두드리자 킵스가 중얼거렸다.

"아, 젠장! 뭐라도 해야지." 그가 확 소리를 높였다. "있지, 앤! 난 그냥 비를 헤치고 솔트우드를 지나, 뉴잉턴을 돌아, 캠프를 넘어, 크게 한 바퀴 돌고 올게. 그 김에 집 공사도 한 번 보고. 알겠지? 그리고… 아! 내가 돌아오기 전까지 그웬돌린은 잠깐 바람 좀 쐬게 내보내. 계속 비가 오면 여동생 만나고 오라 하고. 그러면 우린 둘이서 차 마시면서 버터 듬뿍 바른 티케이크를 먹자—응? 내가 오븐에 직접 구워도 좋고. 어때?"

"난 집에서 할 일 찾을 수 있어." 앤이 잠깐 생각하더니 말했다. "넌 비옷하고 레깅스 챙겨. 그 길은 비옷 없으면 홀딱 젖어."

"알았어." 킵스가 대답하고, 그웬돌린에게 갈색 레깅스와 예비 부츠를 가져오라 심부름하러 나갔다.

2

그날 오후, 킵스를 타락으로 몰아넣은 건 여러 가지가 한꺼번에 작용한 탓이었다.

집을 나설 때만 해도 남서풍이 몰아쳐 온통 흠뻑 젖어 보였으니, 그는 뉴잉턴으로 가는 진창길은 아예 포기하고, 시브룩 제방을 따라 포크스톤 쪽, 동쪽으로 발길을 돌렸다. 비옷은 그의 몸을 휘감아 펄럭이고, 빗방울은 뺨을 때렸다. 잠깐 동안 그는 거친 날씨를 뚫고 나서는 '사나이'

라도 된 듯했다. 그런데 불현듯 비가 그치고 바람도 멎더니, 샌드게이트 하이 스트리트에 닿기도 전에, 날씨는 어느새 화창한 봄날로 바뀌어 있었다. 그리고 그 한복판에서, 킵스는 비옷에 삐걱거리는 레깅스까지 껴입고, 딱한 몰골을 한 채 서 있었다!

관성에 밀려 그는 리스까지 한 마일을 더 걸었다. 세상은 아예 비 같은 건 내린 적도 없다는 표정이었다—정말로. 하늘은 구름 한 점 없이 개었고, 여기저기 웅덩이만 빛날 뿐, 아스팔트는 뼈마디처럼 말라 있었다. 평범한 천처럼 보이지만 실상은 얄밉게 방수 처리된 외투를 입은 멀끔한 사내가 지나가며, 킵스의 비옷이 만든 뻣뻣한 주름을 흘끗 내려다봤다.

"젠장!" 킵스가 말했다. 비옷 자락은 레깅스를 스쳤고, 레깅스는 그의 부츠 위에서 삐걱대며 휘파람을 불었다.

"난 왜 매번 뭐 하나 똑바로 못 하는 거지?"

그는 눈부시게 명랑해진 우주를 향해 투덜댔다.

근사한 노부인들이, 단정한 우산을 든 신사들이, 해맑고 거만한 표정의 아이들이 그를 지나쳤다. 물론! 이런 날

씨엔 얇은 외투에 우산이 제격이었다. 아이도 알 일이다. 그가 그걸 집에 갖고 있지 않은 것도 아니었다. 그런데 설명을 어찌 해야 한단 말인가? 그는 하비 기념비 쪽으로 내려가 클리프턴 가든을 통해 언덕으로 피해 오르기로 했다. 그러다가—쿠트를 마주쳤다.

이미 그는 '비굴하고 아첨스러운 사회적 추방자'라도 된 듯 스스로를 느끼고 있었고, 쿠트는 거기에 못을 박았다. 두 사람은 한 야드 남짓 거리를 스쳤다. 쿠트는 킵스를 향해 오고 있었고, 킵스가 그를 알아보는 순간, 킵스의 다리는 갈피를 잡지 못해 보도 가장자리를 비틀거렸다. 쿠트는 킵스를 보자 눈에 띄게 흠칫했다. 다음 순간, 일종의 '생기 어린 경직'이 그의 몸을 훑고 지나간 듯했다. 턱이 앞으로 돌출되고, 그의 느슨한 피부 아래에서 잔 기포들이 왔다 갔다 하는 모양새였다. (보였다고 말하는 바, 나 또한 쿠트에게—우리 모두에게—그런 걸 막아 주는 결합조직이 실제로 있음을 잘 안다.) 그의 눈은 수평선에 붙박인 채 흐려졌고, 그가 스쳐 지나갈 때 킵스는 그의 고르고 단호한 숨소리를 들을 수 있었다. 그는 지나갔고, 킵스는 죽은 고양이, 쓰레기, 조개껍질과 재더미의 우주 속으로 비틀거리며 밀려 들어갔다—절교! 절교!

가혹한 섭리의 명령은 거기서 그치지 않았다. 거의 곧바로, 킵스의 남은 체면은 유난히 길고 예의 바른 눈길을 던지는 여학교 무리를 지나쳐야 했다.

그는 숀클리프 역과 체리턴 사이 도로에서야 제정신을 차렸다. 어떻게 그곳까지 왔는지는—오늘에 이르기까지—기억하려 애써 본 적도 없다. 그리고 그의 생각은 어젯밤 뒤적이던 소설로 되돌아갔다. 그 책은 집의 서랍장 위에 던져져 있었고, 사회와 정치에 관한 이야기였다—제목도, 저자도 굳이 밝힐 필요가 없다—킵스의 마음 속 어떤 반항도 짓눌러 버릴 만큼, 무겁고 철두철미하게 쓰인 책이었다. 그 책은 그의 모든 보잘것없는 이상—분별 있고 겸손한 삶, 아늑함, 남의 시선 따위에 개의치 않는 평온—을 먼지로 만들어 버렸다. 그 책은 영국 사회생활의 '유일하게 옳은' 개념을 다시, 정면으로, 강하게 그의 앞에 세워 놓았다. 그 속에는 예술을 깔보고, 프랑스 소설에 중독돼, 옷차림도 느슨하고 부주의하며, 위엄 있고 은발에 정치·종교적 신념이 넘치는 어머니에게 골칫거리인 인물이 등장했다. 그는 주교들의 훈계를 놋쇠 같은 낯짝으로 받아 넘겼고, 집안이 정해 준 '착한 아가씨'를 냉대했으며, 제 신분에 맞지 않는—하층의 무언가—와 결혼했다. 그리고—추락했다.

킵스는 이 얘기가 자신에게 어떻게 적용되는지 모른 체할 수 없었다. '괜찮은 사람들' 눈에 그게 어떻게 비칠지, 거기에 합당한 벌이 어느 정도일지, 똑똑히 보였다. 그의 마음은 그 생각에서 자연스레 쿠트의 얼어붙은 대리석 같은 얼굴로 미끄러져 갔다.

그럴 만도 했다!

후회뿐인 하루였다!

그는 결국, 거의 절망에 가까운 기분으로 공사 현장에 서 있었다. 비옷은 팔에 걸치고, 그는 둘러보았다.

그날은 일꾼도 거의 없었다—건축업자들이 어떤 모호한 방식으로 그를 속이고 있음이 분명했다—현장은 전체가 우울한 잡동사니처럼 보였다. "윌킨스, 건축업자, 하이스"라고 검은 글씨가 큼직하게 찍힌 창고는, 수레와 널빤지, 흙과 모래, 벽돌이 뒤엉킨 혼돈 속에 좌초된 듯했다. 벽 기초는 축축한 콘크리트로 찬 도랑뿐—부분적으로 굳어 가는 중이었다. '방'—장차 방이 될 것들—은 거칠고 젖은 흙풀과 사각형·직사각형의 얕은 웅덩이로 윤곽만 잡혀 있었다. 터무니없이 작아 보였다—정직하지 못할 만큼 작았다. 뭐가 다를 수 있었겠는가? 물론 건축업자들은 그를 속이고 있었다. 너무 작게, 모조리 잘못된, 형편없는 재료로! 숙부가 귀뜸해 준 '비결'도 떠올랐다. 월싱엄도, 다른 모두도—그를 속이고 있었다! 그들은 그를 이용하고, 비웃었다. 그를 존중하지 않았기 때문이다. 그는 일을 똑바로 해 내지 못했다. 누가 그를 존중하겠는가?

그는 추방자였고, 세상에 그의 자리는 없었다. 좋은 기회를 잡고도 그 등에 침을 뱉은 인물. 그는 '나쁘게 굴었다'—그 말이 정확했다.

여기, 머지않아 큰집이 들어설 것이다. 돈은 줄줄 새어 나갈 테고, 그도 앤도 감당 못 할 집—침실 열한 개에, 늘 주인 위에 군림하는 무례한 하인 넷!

어쩌다 여기까지 왔을까?

이것이 그의 '큰 행운'의 종말이었다. 얼마나 좋은 출발점이 있었던가! 애초 뜻대로 일에 충실했더라면, 얼마나 더 나았을까! 가정교사를 들였더라면—처음부터 마음에 품었던 생각—소홀히 교육받은 신사들을 위해, 무엇이든 제대로 가르쳐 줄 그 '특별한' 가정교사를. 책을 더 읽고, 쿠트의 말에 더 귀를 기울였더라면!

방금 그와 절교한, 바로 그 쿠트의 말에!

침실이 열하나! 그때 그를 홀렸던 건 대체 뭐였나? 그 방들을 보러 올 이가 누가 있나, 그 방들과 연이 닿을 이가 누구란 말인가. 숙모는 그와 담도 끊었다! 숙부는 반쯤 경멸, 반쯤 관용으로 대할 뿐. 셈에 넣을 친구는 한 명도 없다! 버긴스, 카샷, 피어스, 가게 점원들! 포닉 집안—저속한 사회주의자 패거리! 그는 무너진 터의 외로운 사람처럼, 아직 굳지도 않은 기초들 사이에 서 있었다. 미래의 폐허 속에 박힌 채, 스스로 어리석고 잘못된 인간임을 시인했다. 그는 그와 앤이 이 큰, 미친 집에서—그렇게 될 집에서—모두가 몰래 그들과 그들의 '열한 개 방'을 비웃고, 그들에게는 아무도—곧, 점잖고 바른 부류는 영영—다가오지 않는 삶을 살게 되리라 내다보았다. 그리고 앤!

앤은 또 어찌된 일인가? 그녀는 요즘 산책을 끊었고, 예민해지고 잘 울었으며, 입맛도 까다로워졌다. 딱 그럴 때가 아닌데도. 이 또한 잘못된 행동에 대한 심판의 일부, 그 무시무시한 소설이 그의 가슴에 새겨 놓은 '사회적 형벌'의 일부인 듯싶었다.

3

그는 래치키로 문을 열고 들어왔다. 우울한 기분으로 식당에 가서 도면을 꺼내 펼쳤다. 어쩌면 침실이 열 개뿐이길 막연히 바랐다. 하지만 아니었다. 여전히 열한 개였다. 그제야 앤이 도면 위에 서 있는 걸 알아차렸다.

"아티, 이거 봐!" 앤이 말했다.

고개를 들자, 그녀가 하얀 직사각형 카드 묶음을 들고 있었다. 그의 눈썹이 획 올라갔다.

"손님이 왔어." 앤이 말했다.

그는 도면을 천천히 옆으로 밀어 놓고, 엄숙하달 만큼 진지한 태도로 카드를 받아 들었다. 그리고 조용히 읽었다. 정말 손님이었다! 그렇다면, 그는 세상에서 완전히 소외된 것은 아닐지도 모른다. G. 폴렛 스미스 부인, 폴렛 스미스 양, 메이블 폴렛 스미스 양, 거기에 G. 폴렛 스미스 목사의 작은 카드 두 장.

"세상에!" 그가 중얼거렸다. "성직자잖아!"

"숙녀 한 분에, 아가씨 둘—다들 차려입고 왔어!"

"그리고 그분—목사님은?"

"그분은 안 계셨어."

"아니—?" 그는 작은 카드를 흔들며 물었다.

"아니야. 숙녀 한 분과 젊은 숙녀 두 분뿐이었어."

"그런데 왜 G. 스미스 목사님 명함이 두 장이나 남아 있지? 본인이 함께 오지 않았다면."

"함께 안 왔다니까."

"혹시… 뒤에서 슬쩍 따라오다가, 초인종 누르는 사이에 돌아선 건 아닐까? 사람들이 문 두드릴 때, 살짝 빠져나간 거야—너희가 들이기 전에. 뭐, 어쨌든 정식 방문으로 치긴 해야지." 그는 자신이 자리를 비운 사실에, 한순간 비열한 안도감을 느꼈다. "그 사람들, 무슨 얘기를 했어, 앤?"

잠시 침묵.

"난… 들이지 않았어." 앤이 말했다.

그는 번쩍 고개를 들었다. 앤에게 무슨 일이 있는 게
틀림없었다. 얼굴이 벌겋게 달아올랐고, 눈가도 붉고 단
단했다.

"안 들였다고?"

"응! 아예 들이지 않았어."

그는 너무 놀라 말이 막혔다.

"내가 문을 열었거든." 앤이 말했다. "위층 바닥에 에나
멜을 칠하던 참이었어. 우리가 여기 있는 동안 손님이 온
적이 한 번도 없었잖아—어떻게 손님일 거라고 생각하겠
어, 아티? 그웬돌린은 바람 좀 쐬라고 내보냈고, 난 그 애
가 엉망으로 만들어 놓은 바닥을 마저 칠하고 있었지. 그
녀가 오기 전에 다 끝내고, 차도 준비해서 너랑 둘이 조용
히 토스트까지 곁들여 마실 작정이었어. 그러니, 손님일
줄을 어떻게 알겠어?"

그녀는 말을 멈췄다.

"그래서… 그분들은?" 킵스가 재촉했다.

"와서 벨을 누르더니 문을 두드렸어. 난, 누군가 물건 팔러 온 줄 알았지. 앞치마도 벗지 못했고, 손에 묻은 에나멜도 닦지 못했어—아무 준비도 없었어. 그런데, 거기… 그분들이 서 있는 거야!"

다시 잠깐 멈춤. 불편한 대목이 닥친 것이다.

"뭐라고 하시던?"

"그분이 말했어. '킵스 부인 계세요?'—알겠지? 나더러."

"응."

"그런데 나는—손엔 페인트, 머리엔 모자도 없이, 그 어떤—부인도, 하녀도 아닌 꼴로 서 있었지. 그 자리에서, 아티, 진짜 땅으로 꺼져버리고 싶었어. 목소리도 겨우 나왔어. '안 계세요'—그 말밖에 떠오르지 않았고, 습관처럼 쟁반을 내밀었지. 그랬더니 카드를 주고 가더라고. 다시 그 숙녀 얼굴을 어떻게 보나 싶어. 그게 다야, 아티. 그분들은 날 위아래로 한 번 훑어보고, 난 문을 닫았어."

"세상에나!" 킵스가 말했다.

앤은 떨리는 손으로 불을 공연히 뒤적이고, 일어나 거울 속 달아오른 얼굴을 잠깐 바라보았다. 킵스의 실망은 눈에 띄게 깊어졌다.

"그건 좀—네가 더 잘했어야 했어, 앤! 정말 그래."

그는 카드들을 손에 든 채, 커져만 가는 '사회적 재난'의 감각과 함께 앞으로 숙였다. 테이블엔 식탁거리가 가지런히 놓여 있고, 토스트는 덮개 아래 따끈했으며, 난로 울타리 한가운데 찻주전자가 미지근히 데워지고, 막 불에서 올린 주전자는 석탄 사이에서 노래를 했다. 앤은 그를 힐끗 보더니 주전자 집게를 들어, 조심스레 차를 우리기 시작했다.

"쳇!" 킵스가, 점점 격앙되는 정신 상태를 드러내며 말했다.

"지금 화낸들 무슨 소용이 있겠어." 앤이 말했다.

"소용 없다고? 난 있다고 봐. 알겠어? 여기 이분들—좋은 사람들이야, 우리와 어울리고 싶어서 온 거라고! 그런데 넌 가서 그들 얼굴에 침 뱉듯 굴었잖아!"

"난 얼굴에 침 따위 안 뱉었어."

"사실상 그랬지. 코앞에서 문을 쾅 닫아 버렸잖아. 우리가 그 사람들을 볼 기회가 고작 그게 전부였다고. 이런 일은, 10파운드짜리 지폐를 준다 해도 겪고 싶지 않았어."

그는 투덜대며 후회의 말을 끝맺었다. 잠시, 앤이 차를 준비하는 살짝살짝 나는 소리만이 흘렀다.

"차요, 아티." 앤이 그에게 컵을 내밀었다.

킵스가 받았다.

"설탕 한 번 넣었어." 앤이 덧붙였다.

"아, 젠장! 누가 신경이나 써?" 킵스는 분노로 떨리는 손가락으로 설탕 덩어리를 터무니없이 크게 집어 넣고, 약간 거친 힘으로 컵을 벽장 선반에 턱 하니 놓았다. "누가 신경을 쓰냐고?

"정말, 이런 일만 아니었으면 좋았을 텐데." 그는 이미 벌어진 사태의 값어치를 되뇌듯 덧붙였다. "아니, 20파운드를 준대도 사양했을 거야."

길게 1분쯤 침묵. 그때 앤이, 그의 마음을 폭발시킬 치명적인 한마디를 했다.

"아티!"

"뭐?"

"버터 바른 토스트 있어! 네 발 옆에!"

순간 침묵. 남편과 아내가 서로를 바라봤다.

"버터 바른 토스트?" 그가 되받았다. "넌 손님들을 망쳐 놓고는, 나한테 버터 바른 토스트나 먹으라고? 버터 바른 토스트라니! 이게 우리에게 어울릴 사람을 알 수 있는 첫 기회였다고—. 자, 앤! 내가 분명히 말할게. 반드시 답방을 가."

"답방을—하라고?"

"그래, 답방! 그게 네가 해야 할 일이야. 나도 알아—" 그는 막연히 벽장 위의 잡다한 책들을 가리켰다. "『상류 사회의 예절과 규칙』에도 있어. 카드 몇 장을 남겨야 하는지 확인하고, 직접 가서 남겨. 알겠지?"

앤의 얼굴에 공포가 스쳤다. "하지만, 아티… 어떻게 그래?"

"어떻게 하냐고? 아까는 어떻게 했는데? 어쨌든 해야 해. 널 못 알아볼 거야—그 본드 스트리트 모자 쓰고 가면! 설령 알아봐도 아무 말 안 할걸."

그의 목소리는 간청조로 낮아졌다. "제발, 가 줘, 앤."

"난 못 해."

"해야 해."

"난 못 하고—안 할 거야. 합리적인 건 뭐든 하겠어. 하지만 그분들을 다시 마주하는 건 못 해—방금 일 터지고 나서야."

"안 한다?"

"안 해!"

"그래서 그분들은 그냥 가버렸고—우리는 다시는 못 보겠지! 그리고 그게 계속되는 거야, 계속! 우린 아무도 모르고, 아무도 우릴 모르고! 넌 스스로를 조금도 내놓지 않으려 하고, 뭘 어떻게 해야 하는지 알아보려는 수고도 안 하잖아."

무서운 침묵.

"난 너랑 결혼하지 말았어야 했어, 아티. 그게 사실이야."

"아! 그만해."

"정말이야, 아티. 난 그 지위에 어울리지 않아. 네가…

빠져 죽겠다고 하지 않았다면—" 그녀는 목이 메었다.

"넌 왜 노력하지 않는 거야, 앤? 난 발전했어. 넌 왜 안 하니? 대신 하인을 내보내고, 위층 바닥에 에나멜이나 칠하고, 손님이 오면——"

"네 그 늙은 손님들이라면서! 내가 어떻게 알았겠어?" 앤이 울먹이며 소리를 높이더니, 벌떡 일어나 그들의 망가진 차—그 '버터 바른 토스트'가 왕관이요 영광이 될 예정이던 그 차—에서 달아났다.

킵스는 잠깐 어리둥절한 표정으로 그녀를 바라보다가, 단단히 마음먹었다.

"더 잘했어야지." 그가 중얼거렸다. "그런 식으로 굴다니!"

그는 잠시 무릎을 문지르며 푸념을 이어갔다. "'난 못해, 안 해.'라니…." 이제 그는 그녀를, 자신이 당한 모든 수치의 근원으로만 보였다.

이윽고, 아주 기계적으로 몸을 굽혀 꽃무늬 도자기 덮개를 들어 올렸다.

"그 '버터 바른 토스트'는 도로 갖다 놔!" 그는 보는 순간 외치고, 덮개를 탁 덮었다.

　그웬돌린이 돌아왔을 때, 집안은 묘한 정적의 균형 상태였다. 킵스는 불가에 뻣뻣하게 앉아, 우연히 뽑은 브리태니커 백과사전 한 권을 펼쳐 들고 있었고, 앤은 위층에 있어 누구도 접근할 수 없었다—이윽고 눈이 벌겋게 상기된 채 다시 내려오긴 했다. 불 앞, 금이 간 덮개 아래에는, 아직도 충분히 먹을 만한 버터 바른 토스트가 넉넉히 남아 있는 게 분명했다.

　"둘이 한바탕했네요." 그웬돌린이 부엌에서 일을 하면서, 아직 모자를 벗지도 않은 채, 입 가득 물고 중얼거렸다. "참 이상한 분들이야—만약 그렇다면! 세상에!"

　그러곤 앤이 넉넉히 발라 둔 그 토스트를 한 조각 더 집어 들었다.

4

그날 밤, 킵스 부부는 서로 더 이상 한마디도 하지 않았다.

카드와 버터 바른 토스트를 둘러싼 말다툼은, 그들에게는 가장 냉정한 차이만큼이나 심각한 사건이었다. 그들에겐 모두, 완벽히 논리적이었다. 제 몫을 당연히 받아야 한다는 감각, 굽히지 않는 의무감, 자존심의 완고함이 각자 안에서 활활 탔다. 잠시 뒤, 킵스는 불행의 밑바닥에서 눈을 뜬 채 누워 신음소리를 삼킬 지경이 되었다. 삶이 유난히 황량한 혼란으로만 보였다. 쓸모없는 집, 사회의 불신, 헬렌에게 저지른 못난 짓, 앤과의 신분 낮은 결혼….

그때 그는 앤의 숨결이 어딘가 불규칙하다는 것을 알아차렸다.

귀를 기울였다. 그녀는 깨어 있었고, 조용히—아주 개인적으로—흐느끼고 있었다! 그는 마음을 굳혔다. 단호히, 한 번 더 마음을 다잡았다. 이 잘리고 제한된 삶의, 우스꽝스러울 만큼 자잘한 비극이라니!

목가적 체면을 붙들고, 변변히 교육받지 못한 사람들

이 그럭저럭 "잘 지낸다"고—이 모든 게 무해한 장난거리, 그 이상은 아니라고—치장하는 게 대체 무슨 소용이란 말인가? 당신은 내가 반쯤 교육받고 훈련받지 못한 사람들을 두고 살찐 듯 어리석게 낄낄대는 소설이나 쓰고, 내내 그걸로 때우며, 이 모든 게 그저 해프닝일 뿐이라고 우기는 줄 아는가?

내가 어둠 속에 비참히 누워 있는 그들을 떠올리면, 내 시선은 밤을 꿰뚫는다. 그리고 내가 보는 바를 말하겠다! 그들 위에, 그들을 짓누르며 엎드린 것이 있으니—괴물이다. 거구의 괴물, 서투른 그리핀 같기도 하고, 크리스털 팰리스의 라비린토돈 같기도 하며, 쿠트 같고, 교황이 혐오하던 납빛 여신의 둔중함 같고, 비만하고 으스대는 하인 같고, 자존심 같고, 게으름 같으며, 삶을 어둡게 하고 무겁게 하고 방해하는 모든 것의 응어리다. 그것은 물질이자 어둠, 반(半)영혼, 곧 어리석음이다. 나의 킵스들은 그 그림자 속에서 산다. 샬포드와 그의 도제 제도, 헤이스팅스 학원, 쿠트의 사고방식, 늙은 킵스들의 관념, 지금의 킵스를 만든 온갖 생각들—그 모든 것이 바로 그 그림자다. 그 괴물만 없었더라면, 그들은 허위의 관념 사이를 더듬지 않고, 서로를 그렇게 심하게, 그렇게 어리석게 상처 입히지 않았을지도 모른다. 그게 없었다면, 어린 날의 빛나던 약속이 더 행복한 결실로 이어졌을지도 모른다. 생각이 그들 안에서 깨어나 세상의 생각과 마주했을지도 모른다. 문학의 활달한 햇빛이 그들의 영혼의 실체를 꿰뚫었을지도 모른다. 그들의 삶은—지금은 영영 이혼된 듯하지만—우리가 선호하는 이들이 누리는 아름다움의 이해, 곧 인생을 영원히 고귀하게 만드는 성배의 비전으로부터 떨어져 나가지 않았을지도 모른다. 나는 웃었고, 나는 이 둘을 조롱했다. 당신을 웃기려 들기도 했다.

그러나 나는, 어둠을 통해 나의 킵스들의 영혼을 본다. 그들은 있는 그대로—마치 영양실조에 시달리며 병든, 무지한 아이들의 작은 육체 조각처럼—살아 있는 작은 분홍색 덩어리다. 아프고, 장난치고, 혼란스러워하고, 고통받지만, 왜 그런지 모르는 아이들. 그리고 그 위에—짐승의 발톱이 내려앉아 있다!

3. 종결

1

다음 날 아침, 포크스톤에서 놀라운 전보가 도착했다.

"즉시 와주세요. 긴급. 월싱엄."

전보엔 그렇게 적혀 있었고, 킵스는 동요했지만 아침을 든든히 먹고서야 길을 나섰다.

그가 돌아왔을 때 얼굴은 창백했고 표정은 완전히 흐트러져 있었다. 그는 래치키로 문을 열고 들어와, 앤이 앉아 있던 식당으로 곧장 걸어들어갔다. 앤은 '턱받이'라고 부르는 작은 것을 만드는 척 바느질을 하고 있었다. 방금 전, 현관에서 그의 모자가 바닥에 떨어지는 소리를 들었다. 마치 못을 헛찍은 소리처럼.

"할 말이 있어, 앤." 그는 밤새의 말다툼을 아랑곳하지 않고 말했다. 그리고 난로 깔개 위로 가 벽난로를 짚고 서서, 앤을—마치 처음 보는 사람이라도 되는 듯—바라보았다.

"그래서?" 앤이 고개를 들지 않은 채 손놀림만 조금 빨라지며 말했다.

"그가 사라졌어!"

앤은 번개처럼 고개를 들었다. 손도 멈췄다. "누가 사라졌는데?" 그제야 그녀는 킵스의 창백함을 알아차렸다.

"윌싱엄. 그녀를 만났는데, 그렇게 얘기하더군."

"사라졌다니? 무슨 뜻이야?"

"도망쳤다고! 영영 가버렸어!"

"무슨 일로?"

"건강 때문이라나." 킵스가 불현듯 쓰디쓴 어조로 내뱉었다. "그자는 투기를 했어. 우리 돈을, 자기네 돈을—모조리 투기에 쏟아붓더니, 이젠 줄행랑이야. 그게 다야, 앤."

"그게… 무슨 말이야?"

"말 그대로 떠났고, 우리 이만 사천 파운드도 같이 날아갔다는 뜻이지! 그리고 우린 여기 남았고! 끝장이야, 앤. 완전히." 그는 거칠게 숨을 몰아쉬었다.

앤은 그런 사태를 표현할 말이 없었다. "아… 세상에." 하고는 멍하니 앉아 있었다.

킵스는 주머니에 두 주먹을 깊이 찔러 넣었다. "전 재산을 투기에 말아넣고—다 날려먹고—그리고 도망쳤어."

그의 입술마저 핏기가 가셨다.

"그럼, 우리에겐 정말 아무것도 안 남았다는 말이야, 아티?"

"한 푼도! 빌어먹을 한 푼도 남지 않았어, 앤. 하나도!"

그 말과 함께 그의 가슴속에서 격정이 돌풍처럼 치솟았다. 그는 울퉁불퉁한 주먹을 내저었다. "만약 그 자가 여기 있다면—" 그는 이를 악물었다. "난… 난 그놈 목을 비틀어버릴 거야. 난—난—" 목소리가 단숨에 고함으로 치달았다. 부엌에 있는 그웬돌린이 떠올라, 그는 꾹 삼키듯 "으!" 하고 짧게 소리쳤다.

"그런데, 아티." 앤이 사태를 이해하려 애쓰며 말했다.

"그가 우리 돈을 가져갔다는 거야?"

"투기했다고!" 킵스가 팔을 휘두르며 말했다. 그러나 그건 설명이 되지 못했다. "비싸게 사서 싸게 팔고, 우리가 가진 걸로 장난치고—그게 그자가 한 짓이야, 앤." 그는 마지막 문장을 격렬한 부사를 덧붙여 되풀이했다.

"정말 우리 돈이 다 없어졌단 말이야, 아티?"

"빌어먹을, 그렇다니까, 앤!" 킵스가 폭발하듯 내질렀다. "지금 내가 그 말을 하고 있잖아!"

그는 곧바로 후회했다. "미안해, 너한테 고함치려던 건 아니야, 앤." 그가 낮추어 말했다. "나도 정신이 하나도 없어. 내가 무슨 말을 하는지도 모르겠어. 어쨌든—모든 돈이야."

"하지만, 아티—"

킵스는 으르렁거리듯 중얼거렸다. 창가로 가 잠시 햇살 번지는 바다를 멍하니 내다보았다. "빌어먹을!" 그가 욕설을 삼켰다.

"한마디로." 그가 앤 쪽으로 돌아서며 신경질적으로 정리했다. "그 자가 돈을 횡령하고 달아났다는 얘기야. 그게 내 말이야, 앤."

앤은 턱받이를 내려놓았다. "그럼… 우린 어떻게 해야 하지, 아티?"

킵스는 한 번의 넓은 손짓으로 자신의 무지, 분노, 절망을 통째로 내보였다. 벽난로 장식 하나를 집어 들었다가 다시 내려놓았다. "나, 문간이라도 쾅쾅 차부술 것 같아." 그가 이를 악물었다. "아주 조금만 더 건드리면 말이야."

"그녀를 만났다고 했지?"

"그래."

"그녀가 정확히 뭐라고 했어?" 앤이 다그쳤다.

"변호사를 찾으래—당장 우릴 도와줄 사람을." 그는 잠깐 눈을 감았다가 덧붙였다. "그녀는 검은 옷을 입고 있었어—예전처럼—말투는 침착하고 조심스러웠지. 헬렌! 헬렌은 정말 냉정해. 날 똑바로 바라보며 말하더군. '내 잘못이야.'라고. '내가 당신에게 경고했어야 했어. 다만 사정상 좀 어려웠을 뿐이야.' 아주 담담하고 솔직했어. 나는 거의 아무 말도 못 했지. 그녀가 나를 내보낼 때까지도 사태를 제대로 이해하지 못했던 것 같아. 차라리 그게 나았을

지도 몰라. 거의 손님 대하듯 말하더군. 그러고는―그녀 어머니 애길 했지, 뭐라고 했더라… '어머니는 깊은 슬픔에 잠겨 계셔요.' 그래서 모든 걸 자기가 맡아야 한다고."

"그리고 우릴 도와줄 사람을 찾으라고?"

"그래. 그래서 늙은 빈에게 갔지."

"빈 씨?"

"응. 내 사업을 가져간 그 사람."

"그는 뭐라고 했어?"

"처음엔 좀 퉁명스러웠는데, 곧 누그러졌어. 사실관계를 알기 전까진 단정 못 한다더군. 내가 아는 월싱엄의 행태로 봐선, 사실관계가 우리에게 큰 도움이 되진 않을 거라나. 그래, 별 기대 못 해."

그는 잠시 생각에 잠겼다. "이건 완전히 끝장이야, 앤. 어쩌면―우린 빚까지 떠안고 있을지 몰라. 그 수렁에서 어떻게든 빠져나와야 해."

"다시 시작해야지." 그는 계속했다. "어떻게일지는 모르겠어. 집에 오는 내내 머리가 빙빙 돌았어. 어쨌든 우린 생계를 꾸려야 해. 우리만의 한가한 시간, 여웃돈, 조급해하거나 걱정할 일 없는 생활—그 모든 건 이제 영영 끝났어, 앤. 우린 어리석었어. 가진 걸 귀한 줄 몰랐지. 그러다 제대로 한 방 맞았어. 빌어먹을! 빌어먹을!"

그는 또다시 '쾅쾅거릴' 직전까지 갔다.

그들은 복도에서 금속이 가볍게 부딪히는 소리, 하녀의 실내화가 내는 크고도 부드러운 '퍽' 소리를 들었다. 마치 운명의 일부, 그나마 완화해 주는 요소라도 되는 듯, 그 웬돌린이 점심상을 차리러 들어왔다. 킵스는 곧바로 감정을 다잡았다. 앤은 다시 턱받이를 집어 들고 몸을 굽혀 바늘질을 이어 갔다. 부양가족이 방에 머무는 동안, 두 사람은 우울하되 절망에 빠지지는 않은 태도로 버텼다. 그웬돌린은 식탁보를 펴고, 느리고도 어설픈 동작으로 식기를 놓았다. 킵스는 혼잣말을 몇 마디 중얼거리더니, 다시 창가로 갔다. 앤은 일어나 자신의 일을 서랍장에 조목조목 정리해 넣었다.

"생각해보면 말이지." 그웬돌린이 나가 문이 닫히자마자 킵스가 말했다. "숙부와 숙모한테, 그 모든 일들을 뭐라고 말해야 할지 생각만 해도—차라리 벽에다 머리를 박아 내 한심한 뇌를 박살 내버리고 싶어! 그리고 버긴스—
내가 랑데부 스트리트의 그 작은 옷가게에서 다시 시작하
자고 반쯤 약속했던 그 버긴스 말이야."

그웬돌린이 다시 들어와, 태연한 위엄을 되찾았다.

점심상은 천천히, 그러나 차근차근 차려졌다. 그웬돌
린은 늘 하던 대로 문을 열어둔 채였고, 킵스는 자리에 앉
기 전에 조심스레 문을 닫았다.

그는 잠시, 의심스러운 눈길로 차려진 음식을 내려다
보며 서 있었다.

"한술도 못 넘길 것 같아." 그가 말했다.

"먹어야 해." 앤이 말했다.

잠시 말이 없었다. 하지만 첫 입을 넘기자, 둘은 어떤
우울한 식욕에 이끌리듯 계속 먹었다. 각자 머릿속은 분
주했다.

"결국." 한참 만에 킵스가 입을 열었다. "어찌 됐든, 다
음 분기까지는 우릴 내쫓거나 집을 처분하진 못할 거야.
그건 꽤 확실해."

"우릴 처분한다니!" 앤이 눈을 크게 뜨며 말했다.

"우린 파산했을 테니까." 킵스가 담담한 척하며, 떨리는 손으로 쓸데없이 감자를 더 떠 자기 접시에 올렸다.

긴 침묵이 흘렀다. 앤은 먹기를 멈추었고, 조용한 눈물이 뺨을 타고 흘렀다.

"감자 더 먹을래, 아티?" 앤이 목메인 소리로 물었다.

"못 먹겠어." 킵스가 대답했다. "정말."

그는 실제로 감자가 가득 담긴 접시를 뒤로 밀어놓고, 일어나 방을 오락가락 걸었다. 심지어 식탁조차 산만하고, 평소와 다른 물건처럼 보였다.

"무엇을 해야 할지—정말 모르겠어." 그가 말했다.

"아, 젠장!" 하고 그는 외치며, 책을 하나 집어 들었다가 다시 내려놓았다.

그의 눈길이 아침 우편으로 온 치터로의 또 다른 엽서에 닿았다. 그것은 벽난로 선반, 그 옆에 놓여 있었다. 그는 엽서를 들어 불완전하게 읽히는 문장을 힐끗 보더니 내려놓았다.

"지연됐다고!" 그가 경멸스럽게 코웃음쳤다. "작은 걸로는 생산이 안 된다나. 아니면 '냄새' 얘긴가? 대체 뭐라

는 건지 알 수가 있나! 어쨌든 또 허풍이야. 스트랜드가
어쩌고. 됐어! 뽑아낼 수 있는 돈은 다 뽑아갔지! 나는 끝
이야."

그는 자신의 선언이 주는 극적 효과에서 순간적인 위
안을 얻는 눈치였다. 난로 깔개 위에서 절망의 연기를 한
껏 올리려다가, 불쑥 앤 곁으로 와 앉아, 두 주먹의 마디에
턱을 괴었다.

"내가 바보였어, 앤." 그는 건조하고 우울한 톤으로 말
했다. "빌어먹을 바보였지. 그래도 우리 처지가 힘든 건
사실이야. 아주 힘들어."

"네가 어떻게 알았겠니." 앤이 말했다.

"알았어야 했어. 사실 어느 정도는 알고 있었고." 그는
씁쓸하게 고개를 저었다. "그리고 이렇게 됐지! 나 혼자
였으면 이만큼 신경 쓰지도 않았을 거야. 하지만 너잖아,
앤! 봐, 우린 완전히 망했어! 게다가 너—" 그는 차마 말
로 다 옮길 수 없는 재앙의 악화를 앞두고 말을 멈추었다.
"그자가 믿을 놈이 아니라는 것쯤은 알았는데, 그걸 덮어
두고 있었어! 그 대가를 네가 치르게 됐어. 우릴 앞으로

어떤 일이 기다릴지—난 모르겠다."

그는 턱을 앞으로 내밀고, 운명을 노려보았다.

"그가 전부 투기했다는 걸 어떻게 확신해?" 한참 그를 살피던 앤이 조용히 물었다.

"그랬어." 킵스가 짜증 섞인 어조로, 재앙을 꽉 움켜쥔 채 말했다.

"그녀가 분명히 그렇게 말했어?"

"그녀도 물론 단정할 수는 없지. 하지만 그거라고 봐도 틀리지 않아. 그녀도 뭔가 심상치 않다는 걸 느끼고 있었대. 그가 떠난 뒤 남긴 쪽지를 발견하고서야 모든 걸 알아챘지. 야간 배를 타고 도망쳤대. 그래서 곧장 내게 그 전보를 보낸 거야."

앤은 부드럽고도 당황한 눈빛으로 그의 얼굴을 살폈다. 그렇게 창백하고 굳어진 그의 표정은 본 적이 없었다. 그녀의 손은 그의 팔에서 한 치쯤 떨어진 곳에 멈춰 섰다. 실제 손실은—말하자면—아직 그녀에게서 멀리 있었다. 당장 눈앞에 있는 건 그의 참담한 고통뿐이었다.

"어떻게—" 그녀가 묻다 말았다. 그를 더 자극할까 두려웠다.

킵스의 상상은 맹렬한 속도로 질주하고 있었다.

"끝장났어!" 마침내 그가 내뱉었고, 앤은 흠칫했다.

"다시 일하러 나가야 해. 매일같이—그건 못 견디겠어, 앤, 정말. 그리고 너는—"

"그건 생각해봤자 소용없어." 앤이 말했다.

잠시 뒤 그는 결심에 닿은 듯했다. "계속 생각만 하게 돼. 뭘 해야 할지, 어떻게 해야 할지. 오후 내내 집에 틀어박혀 있으면 더 안 좋아. 머릿속이 쉼 없이 빙빙 돌아—계속, 계속. 차라리 나가서 걸어야겠어. 지금 집에 있으면, 난 울부짖고 물건을 박살 내고 싶을 거야. 손가락도 덜덜 떨려. 어쩌다 이런 사달이 났는지만 곱씹게 되고, 스스로를 바보라 부르며."

그는 간청과 부끄러움 사이 어딘가에 선 눈으로 앤을 바라보았다. 마치 그녀를 버리고 떠나는 듯 보일 수도 있는 부탁이었다.

앤은 눈물 고인 눈으로 그를 바라보았다.

"그게 네게 좋다면 다녀와, 아티." 그녀가 말했다. "나는 청소하는 게 나을 것 같아. 그웬돌린은 계약 한 달을 채워야 하니까 당장 내보내 봤자 소용없고. 위층 방부터 정리해야겠네." 그녀는 씁쓸한 농담처럼 덧붙였다. "내게 시간이 있는 동안 해두는 게 좋겠지."

"그래, 걸어야겠어." 킵스가 말했다.

그리고 이윽고, 우리 불쌍하고도 격정에 휩쓸린 킵스는 갑작스런 비참을 견디려는 듯 걸음을 떼었다. 습관은 그를 지어 올라가는 자기 집이 있는 길로 이끌었다. 그러다 문득 그 방향을 자각하곤—"아, 이런!"—옆길로 확 꺾어, 언덕마루로, 샌들링 로드로 향하는 급경사를 올랐다. 숲이 우거진 교차로를 지나 선 따라 걷고, 포슬링 쪽 넓은 들판을 가로질러—작고 검은 점 같은 행인 하나로—다운스 능선을 타고 전혀 가보지 않았던 저 언덕 너머로 사라졌다.

2

그는 어둑해진 뒤 한참이 지나서야 돌아왔고, 앤은 복도에서 그를 맞았다.

"어디 갔었어, 아티?" 그녀가 긴장한 목소리로 물었다.

"그냥 걸었어. 또 걷고… 몸이 지쳐 쓰러질 때까지. 그 내내 뭘 해야 할지 생각했어. 없는 데서 있는 걸 만들어 보려는 심정으로."

"이렇게 오래 나가 있을 줄은 몰랐어."

킵스는 문득 양심의 가책을 느꼈다.

"우리가 이제 어떻게 해야 할지 모르겠어." 그가 한참 있다가 말했다.

"빈 씨에게서 소식을 듣기 전까지는, 네가 할 수 있는 게 많지 않아, 아티."

"그래, 내가 할 수 있는 건 별로 없어. 바로 그게 문제야. 가만히 있자니 머리 꼭대기가 터질 것만 같아. 밖에 있는 동안 반쯤은 신문 광고 문구를 생각했어—일자리 구함, '경험 많은 판매원 겸 재고 관리, 맨체스터 드레스와 진열 창문 장식 잘함'… 세상에! 또 그 모든 걸 처음부터 시작해야 한다고 상상해 봐! 네가 잠깐 시드네에 가서 지낼 수 있다면—내가 가진 돈은 전부 네게 보내고—아, 모르겠다! 정말 모르겠어!"

그날 밤, 둘은 억지로 잠을 청하려 애썼다. 커다란 침묵이 방을 채운 끝에, 킵스가 흐릿한 목소리로 말했다.

"앤, 일부러 놀래키려던 건 아니었어. 이렇게 늦도록 밖에 있을 줄은 나도 몰랐어. 그냥 계속 걸었고, 그게 좀 나을 것 같았거든. 스탠포드를 훨씬 지나 언덕마루까지 올라가 오랫동안 앉아 있었어. 습지를 내려다보며, 해가 지는 걸 보고 있었지. 그게… 좀 진정시켜 주는 것 같았어."

오래고 긴 뜸 끝에 앤이 말했다.

"아티, 네가 생각하는 것만큼 나쁘지는 않을지도 몰라."

"아니, 나빠." 킵스가 잘라 말했다.

"아마… 결국은, 그렇게까지 나쁘지는 않을 거야. 아주 조금이라도 남아 있다면——"

또다시 긴 침묵.

"앤." 어둠 속에서 킵스가 불렀다.

"응."

"앤…." 하고는, 마치 서둘러 말문을 닫은 듯 멈췄다.

그는 다시 입을 열었다.

"내내 생각했어. 결국—내가 너한테 화낸 건 바보 같았지, 그 카드 일 말이야, 앤. 그런데…." 그의 목소리가 부서졌다. "우린 행복했잖아, 앤… 어쨌든… 둘이서."

그리고 그 말이 끝나기가 무섭게 둘은 격렬하게 울음을 터뜨렸다. 그들은 꽉 껴안았다—결혼 초 그 반짝이던 시간이 평범한 회색의 나날로 바래든 뒤로는 한 번도 이렇게 가까웠던 적이 없었다.

세상이 던지는 재앙이 아무리 많아도, 결국 그 불쌍하고 불안한 두 사람은 한 베개에 머리를 나란히 대고 잠들었다. 더는 할 일도, 더 생각할 것도 남지 않았다. 시간이야 제멋대로 장난을 치겠지만, 적어도 그 순간만큼은, 그들은 여전히 서로를 가지고 있었다.

3

킵스는 빈 씨와의 두 번째 면담을 마치고, 묘한 흥분에 들떠 돌아왔다. 그는 래치키로 문을 열어젖히고 쾅 닫았다.

"앤!" 그가 특이한 음색으로 불렀다. "앤!"

앤이 먼 데서 대답했다.

"할 말이 있어." 킵스가 말했다. "새 소식이야!"

곧 앤이 부엌에서 불안스레 나왔다.

"앤." 그는 그녀 앞서 작은 식당으로 들어갔다. 그 소식은 복도에서 말하기엔 너무 중대한 것이었기 때문이다. "아마, 앤, 빈 씨 말로는 우리가——" 그는 일부러 긴장을 끌었다. "맞혀 봐!"

"못 맞혀, 아티."

"큰돈을 떠올려 봐!"

"한 100파운드?"

그가 아주 신중히 입을 열었다. "1000파운드가 넘을지도!"

앤은 그를 바라보며 말문을 닫았다. 얼굴은 더 희어졌다.

"넘을 거라고, 거의 확실하대."

그는 식당 문을 닫고 성큼 다가갔다. 앤이 이 재앙의 완화 소식을 듣고 완전히 무너지려는 눈치였기 때문이다.

그녀는 거의 쓰러지다시피 그의 팔에 안겼다.

"아티…." 마침내 그녀가 말했다. 그러고는 그에게 꼭 매달려 울음을 터뜨렸다.

"거의 확실해." 킵스가 그녀를 안은 채 되풀이했다. "1000파운드!"

"내가 뭐랬어, 아티." 그녀가 쌓였던 억울함을 실은 목소리로 그의 어깨에 얼굴을 묻은 채 울었다. "아마 그렇게까지 나쁘진 않을 거라고 했잖아."

잠시 후 그는 세부 내용으로 들어갔다. "조건이 있어. 건드릴 수 없는 게 하나 있대—새 집! 거긴 자유보유지에다 땅값은 치렀고, 위에 공사가 좀 올라가 있어서, 500이나 600파운드쯤—안전하게 잡아 300파운드만 쳐도. 우리가 생각하던 것처럼 그걸 마무리하려고 집 자체가 '팔려나갈' 처지는 아니래. 빈 씨가 말하길, 반쯤 지어진 집—특히 자유보유지—은 의외로 잘 나간대. 팔릴 가능성이 매우 높다더군. 그다음이 허그헨든이야. 허그헨든은 가치의 절반도 저당 안 잡혀 있어서, 거기서 100파운드쯤은 뽑을 수 있고, 가구와 여름철 임대료도 계속 들어오고 있고. 다른 데서도 회수할 게 더 있을 가능성이 높다더라. '1000파운드'—그가 그렇게 말했어. 어쩌면 그 이상일 수도 있대."

둘은 이제 테이블에 마주 앉아 있었다.

"모든 게 달라지네." 앤이 말했다.

"나도 집에 오는 내내 그 생각뿐이었어, 앤. 오늘 자동차를 탔거든—사고 이후로 처음이야. 그웬돌린은 당장은 안 내보내도 되겠어, 적어도 그다음까지는. 알지? 여기서 당장 이사 나갈 필요도 없어—한동안은. 숙부와 숙모를 위해 해 오던 것도 거의 그대로 이어갈 수 있을 거야. 그리고 네 어머니도! … 오는 길에 소리라도 지르고 싶더라니까. 호텔 옆길 내려올 땐 거의 뛰다시피 했어."

"아, 여기서 좀 더 편히 지낼 수 있다니 정말 다행이야." 앤이 말했다. "정말, 너무 좋아."

"운전사한테도 말해 버릴 뻔했어—그 사람이 워낙 말 없는 타입이라 참았지…. 있잖아, 앤, 우린 가게를 차릴 수도 있겠어. 제대로 된 일을 다시 시작하는 거지. 예전처럼 일자리로 되돌아가야 하나 어쩌나—그런 고민은, 이젠 전부 물 건너간 셈이야."

잠시 두 사람은 그저 환호하며 기쁨에 몸을 맡겼다. 그리고는 차츰 마음을 가라앉히고, 눈앞에 열리는 새로운 앞날을 구체적으로 그려 보기 시작했다.

"우리는 가게 같은 걸 해야 해." 상상력이 한창 달아오른 킵스가 말했다. "가게여야만 해."

"잡화점?" 앤이 물었다.

"잡화점은 자본이 너무 많이 들어. 제대로 시작하려면 1000파운드로는 어림도 없어."

"그럼, 옷가게는? 버긴스가 하려던 것처럼."

그 생각은 킵스의 머릿속에 미처 떠오르지 않았던 터라, 그는 잠깐 그 말을 곱씹었다. 그리고 곧 자기 쪽 선입견으로 돌아왔다.

"글쎄, 난 다른 걸 생각했어, 앤." 그가 말했다. "알잖아, 난 늘 작은 책방을 떠올렸거든. 잡화점처럼 '배워야 하는 것'하고는 결이 달라. 사실 파산하기 전부터 생각했어—손에 잡히는 일이 하나 있으면서도, 우리가 늘 휴가 보내듯 지낼 수 있는, 그런 걸 하고 싶었다고."

그는 잠깐 뜸을 들였다.

"넌 책은 잘 모르잖아, 아티?"

"그럴 필요가 없어." 그는 예를 들었다. "포크스톤 도서관에 가곤 했을 때를 봐. 숙녀 손님들은 잡화점 손님이랑 전혀 달라—딱 원하는 게 없으면 '아, 아니요' 하고 그냥 나가버리잖아. 그런데 책방은 달라. 한 권의 책은 다른 책과 꽤 비슷해—결국 뭐야? 읽고 끝나는 거지. 프린트 원단이나 냅킨처럼 '취향'이 샅샅이 드러나는 물건이 아니야—그런 건 좋다 싫다가 분명하고, 사람들은 그걸로 널 평가하거든. 반면 책방·도서관 손님들은 네가 권하는 걸 받는 쪽이고, 뭘 읽어야 할지 안내해 주면 기뻐해. 우리도 그 도서관에서 그랬잖아."

그는 말을 멈추더니 덧붙였다. "있지, 앤——

"사실 며칠 전에 광고를 하나 봤어. 빈 씨에게도 물어봤지. '500파운드'라고 쓰여 있었거든."

"뭐가 500파운드인데?"

"지점." 킵스가 말했다.

앤은 얼른 이해하지 못했다.

"전국에 체인으로 책방을 내는 그런 거야." 킵스가 설명했다. "네게는 말 안 했지만, 좀 알아봤었어. 그러다 그냥 접었지. 파산 전 얘기야. 장난삼아 가게를 해볼까―하고 생각했었는데, 그땐 어리석다고 여겼거든. 게다가 그땐 내 형편에 안 맞는 일처럼 느껴졌고."

그의 얼굴이 확 달아올랐다. "그러니까, 일종의 '내 계획'이었어, 앤. 다만 성사되지는 않았던 거지." 그가 덧붙였다.

킵스 부부가 서로에게 무언가를 설명할 때면, 늘 말이 우회로를 탔다. 그래도 이런 단편적인 설명과 질문의 미로를 지나며, 두 사람의 마음속에는 마침내 그들만을 위한 틀―작고 환한, 아담한 가게의 그림이 또렷해지기 시작했다.

"포크스톤에 있을 때였어. 어느 날 쇼윈도를 들여다보는데, 어떤 친구가 진열을 하면서 참으로 태평하게 휘파람을 불더라고. 그걸 보다가 '그래, 어쨌든 난 책방을 하고 싶다'고 생각했지. 할 일이 하나 있다는 건 좋잖아. 손님이 없을 땐 앉아서 책 읽으면 되고. 알겠지? 나쁘지 않을 거야."

두 사람은 테이블에 팔꿈치를 괴고, 손가락을 입술에 댄 채, 사색에 잠긴 눈으로 서로를 바라봤다.

"아마 우린, 예전처럼 돈이 더 많았을 때보다 더 행복할지도 몰라." 이윽고 킵스가 말했다.

"우리는 거의… 어울리지도 않았잖아." 앤이 생각에 잠긴 채 말을 흐렸다.

"물 밖으로 나온 물고기 신세였지." 킵스가 맞장구쳤다.

그가 화제를 틀었다. "이제 그 방문에 답할 필요도 없어. 그건 좋은 일이야."

"세상에!" 앤의 얼굴이 눈에 띄게 환해졌다. "정말 안 해도 되는 거네!"

"설령 네가 답방을 한다 쳐도—지금 형편에선 그쪽이 원치 않겠지."

앤의 얼굴이 한층 더 밝아졌다. "이제 그 누구도 명함 들고 우릴 찾아오지 않겠네, 아티. 우린 거기서 빠져나온 거야!"

"더 이상 잘난 체할 필요가 없어." 킵스가 말했다. "영원히! 우리, 앤, 그냥 평범한 사람들이야. 지켜야 할 '지위' 같은 건 전혀 없어. 원치 않으면 하인도 둘 필요 없고, 남들보다 번지르르하게 차려입지도 않아도 되고. 만약 우리가 강도를 당한 게 아니었다면—그 돈을 잃은 게 난 조금도 아깝지 않았을 거야. 정말이야." 그의 얼굴에, 역설을 즐기는 드문 미소가 번졌다. "진심으로 믿어, 앤. 결국에는 오히려 '절약'이 됐을 거라고."

4

킵스의 상상력에 책방의 꿈을 불어넣었던 그 기막힌 광고는, 가장 유혹적인 방식으로 펼쳐졌다. 그것은 대서양 건너에서 들여온 포괄적 계획의 한 단면으로, 우리 식의 구식 서적 유통을 통째로 "각성"시켜 주겠다는 야심으로 가득했다. 활기와 명료함, 장밋빛 약속이 넘쳤고—이 모든 것이 빈 씨로 하여금 속으로는 깊은 회의감을 품게 만들었다. 킵스가 새로 알아본 바에 따르면, 그 광고는 설득력 있는 삽화까지 달린 팸플릿(빈 씨 보기엔 '점잖은 사업치곤 지나치게 근사하게 찍어낸' 물건)이었다. 빈 씨는 이 회사가 책의 세계를 송두리째 바꾸겠다며 모집하는 주식에 킵스가 자본을 넣는 건 말렸지만, 그들의 '연합 서점' 가맹점주가 되는 것까지 막을 수는 없었다. 그리고 마침내, 한 시대가 열리지는 않으리라는 게 분명해지고, '연합 서점 거래 조합'이 뒷걸음질치다 해산·청산되고(눈물 몇 방울만 남긴 채) 사라져 다른 화제거리를 찾아간 뒤에도, 킵스는 이 흥미진진하나 불확실한 우주 한가운데서 무사히 떠 있는 '독립 서점 주인'으로 남아 있었다.

실패했다는 점만 빼면, 연합 서점 거래 조합은 성공의 모든 징후를 갖추고 있었다. 굳이 흠을 찾자면, 한두 가지가 아니라 '모든' 흠을 다 갖추었다는 것일 터. 조합은 모든 회원·준회원의 도서를 도매로 일괄 구매하고, 재고를 돌려 쓰며, 공통 카탈로그와 공동 대출도서관을 운영하고, 한편으론 길가를 지나는 교양인의 눈에 쏙 들어오도록 통일된 등록 상호까지 내걸 참이었다. 다만 그것이 산수를 천재적으로 '응용'하는 혈기왕성한 젊은 초인들의 통제 아래 있었고—그 점만 빼면—그럴듯하고도 희망적인 설계였다. 킵스는 런던을 몇 차례 오갔고, 조합 측 대리인도 하이스까지 내려왔다. 빈 씨가 적절한 때에 제동을 걸기도 했다. 그 뒤로는 널빤지로 가린 유리와 하이 스트리트의 공고문 뒤편에서, 통일 등록 상호를 단 가게 전면이 빠르게 모습을 드러냈다. '연합 서점 거래 조합'—세련되고 예술적인 필치로 새긴 이 글자가, 베른카스텔러 도크터 병의 정갈한 라벨을 아끼는 40대 이상의 현명한 사람들이 그러하듯, 장차 책 사는 이들의 자랑거리가 되리라는 계산이었다. 그리고 그 아래, '아서 킵스.'

잡화점을 낸다면 모를까, 이 준비의 나날만큼 킵스가 더 진실로 행복했던 때가 또 있었을까.

세상사에—어쩌면 천국에조차—기쁨이 드문 법이지만, '작은 잡화점을 차리는' 기쁨만큼은 예외다. 이를테면, 테이프 서랍—상상 가능한 모든 폭의 테이프가 촘촘히 포개진, 작고도 완벽한 우주 한 칸을 떠올려보라. 깔끔하고 큰 봉투 속에, 각각 '갈고리'와 '아이' 샘플 하나씩을 뽑내는 포장 묶음들의 대열을 떠올려보라. 면사 서랍, 색실 서랍, 바늘 서랍의 작은·더 작은·가장 작은 칸칸이와 가느다란 묶음들을 생각해 보라! 소매업의 신비로운 우위를 알아보지 못하는 불행한 군왕과 서글픈 신사들이 맛볼 수 있는 것은 고작 우표첩이나 나비표본 상자 같은, 그런 기쁨의 희미하고도 못 미더운 그림자일 뿐이다. 물론 나는 이런 것의 매력을 아는 사람에게 말하고 있다. 머서라이즈드 면사 실패와 끝없이 이어지는 핀 종이띠에서 아무것도—혹은 거의 아무것도—보지 못하는 이 살아 있는 멍청이들을 위해 쓰는 게 아니다. 나는 현명한 사람을 위해 쓴다. 그러면서도, 킵스가 잡화점의 유혹을 누를 수 있었다는 사실에 새삼 놀라곤 한다. 실제로 그는 눌렀다. 하지만 책방을 연다는 것 또한—무한한 공간과 시간 속에 자기 손으로 집을 한 채 짓는 일이나, 논란의 여지 없는 사회적 지위와 안전한 유가증권으로 할 수 있는 그 어떤 일보다도—스무 배는 흥미로운 법이다. 이 점만큼은 내기를 걸어도 좋다.

이제 당신은, 킵스가 "우리 작은 가게가 어떻게 되어 가나 보러 간다"고 말하는 장면을 떠올린다. 그 가게는 더 이상 적자와 돈 낭비의 구렁텅이가 아니라, 이득의 원천이 될 것이다. 그는 너무 서두르진 않는다. 간판이 시야에 들어오자 걸음이 느려지고, 고개가 한쪽으로 갸웃해진다. 더 잘 보려고 길 건너 맞은편 인도로 건넌다—간판엔 아주 옅은 흰 선으로 그의 이름이 이미 밑그림처럼 비친다. 길 한복판에 멈춰 서서, 이웃 골동품상 남자의 이익을 위해서라도 상상의 세부를 꼼꼼히 훑어본다. 그리고 마침내, 문을 연다. 페인트와 아직 다 마르지 않은 소나무 대팻밥 냄새! 창은 이미 끼워졌고, 한 목수가 옆 진열창의 가변 선반용 부속을 만드느라 분주하다. 다른 화가는 벽을 따라 돌게 될 비품—위로는 선반, 아래로는 서랍으로, 대부분의 재고를 삼킬—을 손질하고, 카운터와 책상은 벌써 완성되어 있다. 킵스는 가게의 전략적 중심이 될 그 책상 안으로 들어가, 톱밥을 몇 번 쓸어내고는 놀라운 금전등록기를 꺼내본다. 여기엔 금화, 저기엔 은화, 또 한켠엔 동전—아래 우물의 현금함엔 지폐가 들어앉겠지. 그리고 책상에 팔꿈치를 괴고, 주먹으로 턱을 받친 채, 상상의 재고로 선반을 채우기 시작한다. 아직 읽히지 않은 책들. 매일 손을 씻고, 칼 안 댄 페이지를 '예술적으로' 넘기는 걸 좋아하는 이라면, 여기서 케이크를 먹고도 케이크를 가진 셈이다. 카운터 오른쪽 아래엔 종이와 끈이 숨어 있다가, 막 팔린 책을 포옹하듯 감싸 안으려 튀어나올 준비를 할 것이다. 왼쪽 탁자엔—예술서, 그게 뭐든 간에!—가 놓이리라. 그는 진열을 그려보고, 상상의 손님을 응대하고, 꿈결처럼 7실링 6펜스를 받아 포장하고, 고개 숙여 배웅한다. 그러곤 문득, 자신이 어쩌다 가게를 '불쾌한 장소'라 여겼는지 의아해한다.

"다르네." 그가 한참 그 달콤한 곤란을 음미하더니 중얼거린다. "내 것이 되는 건."

정말, 다르다.

또 다른 장면을 떠올려도 좋다. 젊은 성구 관리인 같은 표정으로, 새하얗고 티 없는 장부를 들여다보는 킵스. 보고 또 보고, 다시 또 본다. 그리고는 위아래로 줄을 그은, 비길 데 없이 아름다운 동판 인쇄의 양식을 슬쩍 펼친다. 큼지막한 장식 글씨로 "아서 킵스와의 계좌." 옆에는 단정한 장식으로 "서점 거래 조합." 램프 불빛 원 안의 다른 지점에는 앤이 앉아, 알 수 없는 어느 낯선 이를 위해서인지 기묘한 작은 옷을 바느질하고, 그 맞은편에 킵스가 자리

한다. 그의 앞엔 새겨진 전표 한 꾸러미, 손끝에 조용하고
도 푸짐하게 번지는 진득한 녹자주 잉크를 머금은 축축한
패드, 환자 수술에 쓰일 응급 도구처럼 믿음직한 십자 펜
촉, 그리고 날짜 고무도장. 그는 이따금 큰 주의와 힘을 주
어 도장을 '쿵' 찍는다. 들어 올리면, 보라색 잉크의 아름
다운 타원 도안 안에 "지불됨, 아서 킵스, 연합 서점 거래
조합"—그리고 날짜가 또렷이 떠오른다.

　가끔 그는 "이 책은 연합 서점 거래 조합에서 구입했습
니다."라고 적힌, 작고 둥근 노란 라벨 상자에 눈길을 준
다. 하나를 정성스레 핥아 앞의 종이에 붙이고, 커다란 의
식처럼 그것을 '훼손'한다. "나도 할 수 있어, 앤." 그가 환
히 올려다보며 말한다. 연합 서점 거래 조합은, 그 밖의 온
갖 화려한 발상들 가운데서도, 일정 기간 내 '새 책'을 분
할로 갚는 조건으로 '되사들이는' 기발한 제도를 고안했었
다. 그 제도가 무너졌을 때, 세상엔 이런 미상환 서류를 들
고 선 이들이 사방에 남았다.

5

이 모든 부산함과 흥분, 하이 스트리트로 "이사"하기 전 오가던 소동의 와중에, 킵스 부부에게 큰 위기가 닥쳤다. 어느 날 이른 새벽, 앤이 아이를 낳은 것이다.

킵스는 눈에 띄게 성숙해지고 있었다. 한때 사람 몸속의 '관(管)'을 처음 보고 놀라 자빠지고, 여성의 견갑골에 충격을 받았으며, 잘못 걸친 지부스에 부끄러움과 고뇌를, 애너그램 티에는 섬뜩함을 느끼던—어쩌면 토끼 같은 영혼이—마침내 더 큰 현실과 맞닥뜨렸다. 그는 갑자기 삶의 본질, 곧 탄생과 마주했다. 밤새, 그리고 새벽녘까지, 그는 무력한 두려움 속에서 시간을 견뎠다. 그리고 마침내 그의 팔 위에 가장 놀라운 존재—약하고 우는, 믿을 수 없을 만큼 애틋하고 다정한, 조그맣게 애걸하는 손을 지닌 생명—이 올려졌다. 그는 그 기적을 안아들고, 너무 여려 입술이 상처라도 낼까 두려운 듯 그 부드러운 뺨을 살며시 어루만졌다. 그 경이로움은—그의 아들이었다!

그리고 앤이 있었다. 전에도 느꼈던 낯섦과 친숙함이 한층 더 깊어진 채로. 관자놀이와 입술에 작은 땀방울이

맺혀 있었고, 그의 걱정과 달리 창백하지 않고 발그스름
했다. 마치 격렬하고 활기찬 일을 막 치른 사람의 얼굴이
었다. 그는 몸을 굽혀 그녀에게 입맞추었고, 할 말이 없었
다. 그녀는 아직 말을 삼가야 했지만, 손으로 그의 팔을 쓸
며 단 한마디를 속삭였다.

"아티, 아홉 파운드가 넘었어. 베시 애는—여덟 파운드
도 안 됐잖아."

시드를 이겼다는 한 파운드의 우세는 킵스에겐 통쾌한
승리였고, 앤에게는 거의 '이제 주님, 당신의 종을 평안히
놓아주소서'를 입에 올리고도 남을 정당한 위안처럼 보였
다. 그녀는 잠시 그의 얼굴을 바라보다, 간호사가 다정한
어머니처럼 그를 조심스레 밖으로 내보내자, 안도한 미소
와 함께 행복한 탈진 속으로 눈을 감았다.

6

킵스는 자기 삶에 너무 몰두해 있어 치터로의 추가 '공
적'까지 신경 쓸 겨를이 없었다. 그 남자는 2,000파운드를
챙겼다. 전반적으로 킵스는 그 돈을 월싱엄이 아니라 그

가 가져갔다는 사실에 오히려 안도했으며, 그걸로 그 문제는 끝난 셈이었다. 그가 거의 읽을 수 없고 대개 이해도 안 되는 엽서들로 '달성'과 '선포'를 거듭하던 복잡한 거래들에 대해서는, 긴급한 일들에 매달려 있는 동안 길가에서 스쳐 듣는 떠도는 목소리만큼의 의미밖에 없었다. 킵스는 그런 것들을 한쪽에 밀쳐 두었고, 그 엽서들은 재고 장부 페이지 사이에 끼여 영영 자취를 감추었으며, 가끔은 그 내용 때문에 몹시 당혹스러워하던 손님에게 물건과 함께 팔려 나가기도 했다.

그러던 어느 날 아침, 그가 아침 식사 전 먼지를 털고 있는데, 치터로가 불쑥 가게 문간에 나타났다.

킵스는 압도될 만큼 놀랐다.

세상에서 가장 뜻밖의 일이었다. 치터로는 이브닝드레스를 입고 있었는데, 밤늦게까지 입고 돌아다닌 사람 특유의 구겨진 모습이었다. 헝클어진 붉은 머리 위엔 조그맣고 둥근 지부스 모자를 우스꽝스러우리만치 앞으로 눌러쓰고 있었다. 그는 문을 활짝 열고 길쭉한 몸을 쫙 펴 넓게 서더니, 한쪽 손의 커다란 흰 장갑을—장갑이 터질 수 있는 한 끝까지—과시하듯 내밀었다. 눈빛은 번뜩였고, 이마와 입 주변에는 노련한 배우만이 지을 수 있는 주름이 잡혀 있었으며, 그의 전 존재에서는 기이한 감흥의 광채가 뿜어져 나왔다. 완전히 경이로운 광경이었다.

그 놀라움은 킵스의 수용 한계를 훌쩍 넘었다. 손에 들고 있던 종이가 잠깐 바스락거리다 그대로 멎었다. 길고 장엄한 1초 동안 모든 것이 숨을 죽였다. 킵스는 놀라움의 극치에 달했다. 설령 열 배쯤 더 놀랄 수 있는 능력이 있었다 해도, 그는 여전히 완전히 압도되었을 것이다. "치터로잖아!" 그가 마침내, 먼지떨이를 든 채 내뱉었다.

하지만 한편으로는 이게 꿈이 아닐까 의심이 들었다.

"쯧!" 믿을 수 없을 만큼 흥분하고 특별난 그가, 여전히 우람하게 기세를 올린 자세로 헐떡이며 소리를 냈다. 그리고 별빛처럼 반짝이며 찢어진 장갑을 홱 앞으로 내밀며 "쾅!" 하고 외쳤다.

더는 말이 나오지 않았다. 준비해 온 장대한 연설이 머릿속에서 통째로 날아간 모양이었다. 킵스가 그의 묘한 안색 변화를 바라보는 사이, 니스벳과 롬브로소가 말하던

'천재'에 관한 이론이 어렴풋이 떠올랐다.

갑자기 치터로의 얼굴 근육이 경련하더니, 연극 같은 외양이 옷처럼 우수수 벗겨져 내렸다. 그는 울고 있었다. "늙은 킵스! 우리 늙은 킵스! 아, 킵스!"라고 알아듣기 힘들게 웅얼거리더니, 믿기 어려울 만큼 웃음과 흐느낌을 뒤섞어 냈다. 과장된 포즈의 중간쯤에서 그가 스르르 실제 크기의 한 인간으로 줄어들었다. "내 연극, 으앙!" 그가 친구의 팔을 덥석 움켜쥐고 흐느꼈다. "내 연극, 킵스! (흐느낌) 그거 알지?"

"그래서?" 킵스는 동정심에 가슴이 저며 외쳤다. "설마… 안 됐단 소리는 아니——"

"아니!" 치터로가 울먹이며 외쳤다. "아니라니까. 성공이야! 친구! 얘야! 아—아—(훌쩍)—대—성—공—이야!" 그는 돌아서서 손등으로 눈물을 훔쳤다. 몇 걸음 왔다 갔다 하더니 다시 돌아섰다. 그러고는 연합 서점 거래 조합 전용으로 주문 제작한, 유난히 '예술적인' 의자에 털썩 앉아 끼가 넘치는 레이스 손수건을 꺼냈다. 목이 메어 "내 연극…." 하고 얼굴을 여기저기 가린다.

그는 애써 스스로를 추슬렀으나, 잠깐은 작고 애처로운 인간으로 줄어든 듯했다. 큰 코가 무심히 대충 접힌 손수건 틈새로 툭 튀어나왔다.

"나는 녹초가 됐어." 그가 코맹맹이 소리로 중얼거리고는, 잠시 그대로—놀랄 만큼—가렸던 얼굴을 내리지 않았다.

이윽고 눈물을 닦아내려는 용감한 시도를 했다. "너한테는 말해야 했어." 그가 꿀꺽이며 말했다.

"곧 괜찮아질 거야." 하고 덧붙인 뒤 얌전히 앉아 마음을 추슬렀다.

킵스는 그 '성공'에 대해 연민이 섞인 눈으로 지켜보았다. 그러다 발자국 소리가 들리자 얼른 집 쪽 문으로 가서 말했다. "잠깐만. 앤, 지금은 가게에 들어오지 마. 잠시만." 그리고 낮게 덧붙였다. "치터로야. 좀 격해졌어. 금방 괜찮아질 거야. 내가 너무 놀라게 했어. 알지?"—그의 목소리는 마치 부고를 전하듯 조용해졌다—"그가 연극을 대성공시켰어."

그는 아내가 남자의 눈물이라는 '추문'을 보지 않도록

문간에서 막았다.

곧 치터로는 진정했지만, 한동안은 놀랄 만큼 차분하기까지 했다. "너한테는 꼭 말해야 했어." 그가 말했다. "누군가를 놀라게 하고 싶었거든. 뮤리엘—그야말로 일류지. 하지만 지금 딤처치에 있어." 그는 큰 소리로 코를 풀더니, 순식간에 수다스럽고 낙관적인 사람으로 돌아왔다.

"그녀, 정말 기뻐할 거야."

"아직 몰라, 애야. 딤처치에—친구랑 같이 있어. 첫 공연 전에도 몇 번 보긴 했어. 그래도 없는 게 나았어. 지금 당장 그녀에게 갈 거야. 밤새도록—애들이랑 떠들고 뭐하고—한숨도 못 잤지. 정신이 하나도 없어. 하지만—그거, 사람들을 휘어잡았어. 모두를 휘어잡았다고."

그는 바닥을 보며 단조로운 톤으로 이어갔다. "처음엔 좀 웃더군—근데 그게 자리를 못 잡더라—2막까지는—알잖아, 목 뒤에 딱정벌레 붙은 녀석. 작은 치쇼름이 그 부분을 제대로 해냈어. 그때부터 본격적으로 시작됐지." 그의 목소리가 다시 뜨거워지고 커졌다. "웃음! 그 웃음이 날 또 웃게 만들었어! 관객들이 식기 전에 3막으로 그대로 밀어붙였지. 모두가 푹 빠졌어. 그렇게 빨리 지나가는 첫 공연은 처음이야. 웃고, 웃고, 웃고, 웃고, 웃고, 또 웃고—" (마지막 '웃고'를 그는 어마어마한 기세로 내질렀다.) "웃을 건 다 웃었어. 우리가 애초 웃기려고 하지 않은 데서도 웃더라—한순간도 빼놓지 않고. 쾅! 윙! 커튼. 완전 녹다운! 나도 나갔지—근데 한마디도 안 했어. 치쇼름이 대신 떠들었어. 환호! 무대를 가로지르는 게 꼭 나이아가라 폭포 아래를 걷는 느낌이더라고. 관객이란 걸 그전엔 본 적도 없었던 모양이야."

그는 잠깐 숨을 고르고, 다시 감정에 휘말렸다. "우리 귀여운 녀석들!" 그가 중얼거렸다. "사랑스런 늙은 소년들!"

그의 말은 점점 길어졌고, 자신에 대한 비중도 점점 커졌다. 잠시 후 그는 어느 정도 예전의 자신을 되찾았지만, 흥분은 여전했다. 어디에도 오래 앉아 있지 못했다. 킵스가 그를 다독이자 그는 아침식사 방으로 들어와, 괄호치듯 형식적으로 킵스 부인과 악수한 뒤 앉았다가, 곧바로 벌떡 일어났다. 구석의 요람으로 가서 킵스 주니어를 멍하니 내려다보고는, 그 젊은이를 위해서라도 기쁘다고 말했다. 그리고는 곧 담화의 실마리를 다시 잡았다.

"앉아도 될까요, 킵스 부인. 사실 누구 앞에서도 앉아 있을 수가 없었는데, 당신 앞에서는 앉을게요. 난 지금 당신과 뮤리엘, 그리고 옛 친구들, 좋은 친구들 생각뿐이에요. 이건 부(富)를 뜻하고, 돈을 뜻해요—수백, 수천. 객석 반응을 들었더라면, 당신도 알았을 거예요."

그는 여러 주제들이 머릿속에서 서로 먼저 나오겠다 다투는 듯 잠깐 말을 멈추더니, 마침내 터져 나와 전부를 한꺼번에 쏟아냈다. 그것은 마치 댐이 터져 상당한 규모의 지방 도시를 휩쓸어버릴 때 물이 들이닥치는 기세 같았다. 온갖 잡다한 것들이 소용돌이 위로 떠올랐다. 이를테면 그는 자신의 장래 행로를 논하고 있었다. "지금 이때 온 게 좋아요. 더 일찍이 아니었고. 저는 이제야 교훈을 얻었거든요. 이젠 아주 신중해질 거예요, 믿어줘요. 우린 돈의 가치를 배웠으니까." 그는 시골집의 가능성, 마르텔로 탑을 '수영 상자'(사격 상자라고도 하듯)로 빌리는 문제, 예술적 교류와 풍광 때문에 베네치아에서 지내는 일,

웨스트민스터의 플랫이나 웨스트엔드의 집에 관해서도 이야기했다. 또 흡연과 음주를 끊는 문제, 자신의 체질에 특히 해로운 술의 종류까지 거론했다. 그렇지만 이런 담화들은 여기서도 저기서도, 그리고 미국에서 무려 '1,000일 밤'을 찍었을 때의 예상 수익을 괄호 속 계산으로 끼워 넣는 걸 막지 못했고, 킵스가 가져갈 몫이라든가, 그 몫을 치터로가 기꺼이 지급하겠다는 의지라든가, 그가 우회적인 경로로 알게 되어 온갖 연상을 불러일으킨 월싱엄의 비열함에 대한 놀라움과 유감 같은 주제도 놓치지 않았다. 나폴레옹에 대한 여담은 어찌된 셈인지 급류 속으로 빨려 들어갔다가 수면 위로 떠올랐다가를 거듭했다. 모든 이야기는 중국 상자처럼 서로 맞물린 괄호와 종속절로 이어지는 하나의 긴 문장 형태로 쏟아졌고, 처음부터 끝까지 마침표다운 마침표에 다가서는 기미조차 없었다.

이 홍수 속으로 『데일리 뉴스』가, 와츠의 그림 속 빛줄기처럼, 스며들었다. 신문을 펼치는 동안 물결이 잠잠해졌고, 그 안에는 칭찬 일색의 지면 한 단이 통째로 실려 있었다. 치터로가 신문을 들고, 킵스는 그의 왼손 너머로, 앤은 그의 오른손 아래로 훑어보았다. 그제야 일이 킵스에게 한층 현실로 다가왔다. 심지어 마음 한구석에 감춰둔 막연한 의심까지 치터로에게 유리하게 확인되는 듯했다. 그러나 그건 곧 치터로를 다시 데리고 나갔다. 그는 소용돌이에 휘말리듯 자리에서 일어나, 모든 조간—있는 모든 '빌어먹을' 신문을 한 부씩 몽땅 사서, 곧장 딤처치의 뮤리엘에게 가져가겠다고 했다. 차링 크로스에서 그만큼을 하지 못한 건 소년들이 그에게 환송회를 벌였기 때문—간신히 열차를 잡았다는 건 말할 나위도 없었다. 게다가 지금은 서점이 문을 열 시간이 아니었다. 창백한 얼굴이 거대한 흥분으로 빛나던 그는 그들에게 성대한 작별 인사를 남기고 햇살 속으로 나섰다. 활기찬 걸음은 거의 비틀거릴 지경이었고, 거리 햇빛에 비친 머리칼은 밤새 사이에라도 자라난 듯 보였다.

그들이 보는 앞에서 그는 신문 파는 소년을 멈춰 세웠다.

"있는 모든 빌어먹을 신문!" 그 화려한 음성의 공명하는 한 음절이 그들에게까지 날아왔다.

신문팔이에게도 호기가 찾아온 셈이었다. 소년의 희미한 환호 같은 소리가 둘의 거래를 마무리짓듯 공중에 흩어졌다.

치터로는 큼지막한 신문 뭉치를 흔들며 자신만만한 승리자의 모습으로 길을 떠났다. 신문팔이는 넋이 나간 듯 멍하니 서 있다가, 손에 든 뭔가를 다시 확인해 주머니에 넣고는, 잠시 그를 바라보다가, 소란이 휩쓸고 간 자리에 남은 조용함 속으로 일상을 재개했다.

앤과 킵스는 물러나는 그 행복의 뒷모습을 말없이 지켜보다가, 그가 모퉁이를 돌아 사라질 때까지 눈길을 거두지 못했다.

"난 기뻐." 앤이 마침내, 작은 한숨과 함께 말했다.

"나도." 킵스가 힘주어 말했다. "일하고, 또 기다려 온 친구가 있다면—그게 바로 저 사람이야."

그들은 생각에 잠긴 채 가게 안으로 들어갔다. 잠든 아기를 힐끗 보고, 중단했던 아침식사를 다시 시작했다. "일하고 기다려 온 친구가 있다면, 그건 바로 그지." 킵스가 빵을 자르며 말했다.

"어쩌면 사실일지도 몰라." 앤이 살짝 애잔한 어조로 말했다.

"뭐가 사실?"

"그 많은 돈이 정말 들어올 거라는 거."

킵스는 잠시 생각에 잠겼다. "그럴 리 없다고 볼 이유는 없어." 그가 결론짓고, 칼끝에 올린 빵 조각을 앤에게 건넸다.

"하지만 우린 가게는 계속할 거야." 그는 잠시 후 한 겹 더 곱씹듯 덧붙였다. "무슨 일이 있든. 우리가 겪은 일들을 생각하면, 난 돈이라는 것에 더는 큰 신뢰가 안 생겨."

7

그로부터 2년이 지났다. 온 세상이 알다시피, 〈괴롭힘 당하는 나비〉는 여전히 상연 중이었다. 사실이었다. 그 작품은 스트랜드의 한때 침체하던 작은 극장에 대박을 안겼고, 밤마다 거대한 딱정벌레 장면은 만원 관객에게 행복한 눈물을 불러냈다. 치터로가 사업 수완이 뛰어난 편은 아니었지만―그럼에도―킵스는 거의 처음만큼 부자가 되었다. 호주, 랭커셔, 스코틀랜드, 아일랜드, 뉴올리언스, 자메이카, 뉴욕, 몬트리올의 사람들이 곤충학 드라마의 뜻밖의 유머에 이끌려 극장으로 몰려들었고, 그 축적된 부는 우리 작은 행성의 대기에서 응결하듯—적어도 그 일부가—킵스의 주머니로 스며들었다.

"이상하네." 킵스가 말했다.

그는 책방 뒤 작은 부엌에 앉아 미소 지으며 철학을 늘어놓았고, 앤은 난로 앞에서 아서 와디 킵스에게 저녁 목욕을 시키고 있었다. 손님만 없으면, 킵스는 늘 이 의식에 참견했다. 담배, 비누, 그리고 집 냄새가 뒤섞인 그 공기에는 말로 표현하기 어려운 매력이 있었다.

"안녕, 꼬마 신사." 그는 파이프를 흔들며 아들에게 다정히 말했다. 그리고 모든 부모가 그렇듯, 세상 아이들 가운데도 이토록 곧고 말끔한 몸매는 드물다고 혼잣말로 덧붙였다.

"아빠, 수표 받았어." 아서 와디 킵스가 수건 사이로 얼굴을 내밀며 말했다.

"애는 뭐든 귀신같이 집어내." 앤이 말했다. "입을 함부로 놀릴 수가 없다니까—"

"아빠, 수표 받았어." 그 놀라운 아이가 한 번 더 확인했다.

"그래, 꼬마야, 수표 받았지. 그건 네가 학교에 갈 때를 대비해서 은행에 넣어 둘 거야. 알겠니? 세상 물정도 좀 알면서 자라도록."

"아빠, 수표 받았어." 경이로운 아들은 되풀이하더니, 이번엔 발차기로 물보라를 일으키는 데 혼신을 다했다. 물이 터질 때마다 웃음이 북받쳐 올라 욕조에서 미끄러질 뻔해 붙잡아 주어야 했다. 마침내 발끝까지 말끔히 닦여 따뜻한 플란넬에 싸이고, 입맞춤을 받은 뒤, 앤의 사촌이자 가정부인 엠마의 품에 안겨 잠자리에 들었다. 앤이 목욕통을 부엌으로 내보낸 뒤 돌아왔을 때, 남편은 파이프를 꺼트린 채 여전히 수표를 들고 있었다.

"2천 파운드라니." 그가 말했다. "정말 이상해. 앤, 내가 대체 뭘 해서 2천 파운드를 번 거지?"

"당신이 안 한 게 뭐가 있는데?" 앤이 받았다.

그는 그 말의 뜻을 곰곰이 씹었다.

"난 이 가게를 절대 접지 않을 거야." 그가 마침내 말했다.

"여기가 우린 제일 행복해." 앤이 답했다.

"오만 파운드가 있어도 말이야."

"그럼요." 앤이 고개를 끄덕였다.

"가게란 건 말이지." 킵스가 이었다. "일 년 뒤에 와도 그대로 있어. 그런데 돈은—오는 꼴, 가는 꼴 좀 봐! 돈이란 건 영 영문이 없어. 죽어라 애써서 벌 수도 있지만, 넋놓고 있을 때 불쑥 와 버리기도 하지. 내 원래 재산? 지금 어딨나? 홀연히 사라졌지! 그 돈은 월싱엄을 끌고 갔고, 그도 사라졌어. 그건 마치 볼링 같아. 공이 날아오면 좌우로 핀이 날고, 구르고, 그뿐이야—세상은 조금도 달라지지 않아. 아무 뜻도 없어! 그는 가버렸고, 그녀도 가버렸지—저녁 식사 자리에서 마주쳤던 그 친구 레벨이랑 함께. 유부남이라고! 그런데 치터로는 부자가 됐지! 세상에—그와 점심 먹었던 게릭 클럽은 정말 멋진 곳이야! 웬만한 호텔보다 낫다니까. 분가루 바른 하인들이 있어—웨이터가 아니고, 앤—하인들! 그는 부자고, 나도 부자지—

어떤 의미에선. 아무리 생각해도 영 뜻모를 노릇이야, 앤." 그는 고개를 저었다.

"나는 한 가지는 알겠어." 킵스가 말했다.

"뭔데?"

"가능한 한 여러 은행에 나눠 넣을 거야. 알겠지? 여기 50, 저기 50—전부 예금. 투자? 안 해."

"그건 돈을 묻어두는 거나 마찬가지잖아." 앤이 말했다.

"차라리 가게 지하에 일부를 묻을까도 생각했어. 밤마다 내려가서 그대로 있는지 확인하고 싶을 것 같거든. 돈 문제만 나오면—나는 아무도 못 믿겠어." 그는 수표를 테이블 모서리에 내려놓고, 그 놀라운 종이쪽을 눈으로 애지중지하다가, 난로에 파이프를 톡톡 두드렸다. "가령, 늙은 빈이 맘먹고 시작한다고 해 봐." 그가 중얼거렸다. "한 가지, 다리가 약간 저는 게 흠이야."

"그런 짓 안 하실 분이야." 앤이 말했다. "절대."

"농담이지." 그는 자리에서 일어나 벽난로 위 촛대 사이에 파이프를 내려놓고, 수표를 집어 조심스레 접어 지갑에 넣기 시작했다.

작은 종이가 사각 소리를 냈다.

"가게지!" 킵스가 말했다. "맞아. 네가 가게를 지키면, 가게가 널 지켜줘. 그게 내 방식이야, 앤."

그는 응접실 문으로 나가기 전, 지갑이 가슴 주머니에 제대로 들어갔는지 덧검사했다.

다만 실제로 킵스를 지키는 게 책방인지, 아니면 킵스가 책방을 지키는 건지—그건 내 같은 비(非)산술 체질의 사람들이 영영 풀 수 없는 상업의 수수께끼다. 아무튼, 하늘에 감사하게도, 두 쪽 다 아주 잘 지내고 있다.

킵스의 책방은 포크스톤에서 내려오는 하이스 하이 스트리트 왼편, 마구간 마당과 오래된 은제품 따위를 파는 가게 진열창 사이에 있다—찾기 아주 쉽다. 거기서 당신은 그를 바로 보고, 그와 이야기를 나누고, 원한다면 그에게서 이 책을 살 수도 있다. 그가 재고를 갖고 있다는 건—아주 점잖게—내가 확인했다. 그의 성은 물론 '킵스'가 아니지만, 그건 이해해 주시길. 다른 건 내가 말한 그대로다. 당신은 그와 책 이야기, 정치 이야기, 불로뉴로 건너가는 일, 인생과 그 우여곡절에 대해 얼마든지 수다를 떨 수 있다. 아마 그는 버긴스 얘길 인용할지도 모른다—그 친구 말인데, 이제 포크스톤 랑데부 스트리트의 작은 가게에서 신사의 옷장에 있어야 할 모든 걸 판다. 운이 좋게 킵스의 기분이 좋은 날을 만나면, 그는 자신이 "한때" 유산을 물려받았다고 털어놓을지도 모른다. "다 날려버렸죠." 그는 그리 불행하지만은 않은 미소로 말할 것이다. "나중에 또 벌었어요—연극에 '투자'해서. 원한다면 이 가게 안 해도 돼요. 그래도, 할 일이 있어야죠."

그가 한층 더 속내를 털어놓을 때도 있다. "나, 좀 겪었지요." 그가 언젠가 내게 말했다. "정말로! 인생이란 게! 왜, 한 번은—도망도 쳤다니까요! 정말로 그랬어요—정말로!"

(물론 그에게 그가 '킵스'라고, 혹은 내가 그를 이 책에 집어넣었다고는 말하지 마시길. 그는 모른다. 아시다시피, 사람은 이런 류의 일을 어떻게 받아들일지 알 수 없는 법이다. 나는 이제 오래되고 믿음직한 단골이고, 여러모로 다정한 이유에서, 모든 것이 지금 이대로 정확히 남아

있길 바란다.)

8

7월의 어느 이른 마감 저녁, 둘은 아기를 하녀이자 사촌인 엠마에게 맡기고, 킵스가 앤을 태워 하이스 운하로 나갔다. 저녁노을은 눈부셨고, 해는 거대한 불덩이처럼 지며 따뜻하고도 아주 고요한 세상을 남겼다. 황혼이 내려앉았다. 물빛은 환히 빛나고, 하늘은 더 깊은 푸른색으로 가라앉았으며, 거대한 나무들은 물을 향해 가지를 늘어뜨리고 있었다. 그 풍경은 그가 한때 헬렌과 노 저어 집으로 돌아오던 기억—그녀의 눈이 어둠 속 별처럼 보이던 그 밤—을 소환했다. 그는 노를 멈추고 그 위에 몸을 기대 쉬었다. 문득 삶이 지닌 기이한 경이, 곁에 다시 서 있는 이 존재의 낯섦이 그를 쳤다.

그의 존재를 스쳐 흐르는 얕고 잡초 무성한 물밑 어둠에서 하나의 물음이 솟아올랐다. 희미하게 떠올랐다가 끝내 수면에 닿지 못하는 물음. 삶의 사건들과 기억 사이로 주저앉는, 목적도 연속성도 없이 홀연히 스치는 아름다움—그 아름다움의 경이로움에 대한 물음이었다. 그것은 그의 마음의 표면까지 올라오지 못한 채 형체를 갖추지 못하고, 깊은 물속에서 잠깐 얼굴을 비추다 이내 무(無)로 가라앉는 환영처럼 사라졌다.

"아티." 앤이 불렀다.

그는 깜빡 정신을 차리며 노를 저었다. "응?" 그가 말했다.

"지금 네 생각, 1페니어치만." 앤이 웃었다.

그는 잠시 생각하더니,

"아무 생각도 안 하고 있었던 것 같아." 하고 미소 지었다. "정말로."

그는 여전히 노에 몸을 기댄 채였다.

"아니, 생각했지." 그가 말을 이었다. "모든 일이 얼마나 이상한지—그런 종류의 생각이었어."

"별난 늙은 아티!" 앤이 말했다.

"그렇지 않니? 나 같은 친구는 전에도 없었을 거야."

그는 잠깐 더 골똘하다가, "아, 모르겠다." 하고는 정신을 바짝 차려 다시 노를 저었다.

　『킵스』는 한 평범한 인간이 사회적 상승과 내면적 성장 사이에서 겪는 혼란과 깨달음을 그린 이야기였다. 2권은 주인공 아서 킵스가 뜻밖의 유산을 상속받은 뒤, 본격적으로 "신분이 달라진 사람"으로서 살아가야 하는 국면에서 시작되었다. 1권이 "가난한 직공 견습생이 갑자기 부자가 되는 이야기"의 쇼크를 다루었다면, 2권은 "부자가 된 뒤의 삶이 과연 무엇을 의미하는지"를 집요하게 추적하는 이야기였다.

　유산을 얻은 킵스는 상류층의 기준에 맞는 '신사'가 되기 위해 교육을 받고, 예법과 발음, 취향을 새로 익히려 했다. 그 과정에서 그는 자신이 자라온 세계—잡화점의 삭막한 기숙사와 뉴 롬니의 초라한 거리, 숙모와 숙부의 인색한 가게—와 점점 멀어지는 것을 느꼈다. 그 대신 그를 맞이한 것은 세련된 말투와 교양을 중시하는 사람들, "품위 있게 보이는 법"을 집요하게 지도하는 어른들, 그리고 어딘가 자신과 다른 공기 속에서 자란 여성 헬렌 월싱엄이었다. 헬렌은 킵스의 언어와 습관, 몸짓 하나까지 교정하며 그를 "더 나은 사람"으로 만들 수 있다고 확신하는 인물로 그려졌다. 킵스 역시 그녀에게 매혹되었고, 그녀와의 약혼은 마치 자신이 완전히 다른 계급으로 편입되었다는 증표처럼 느껴졌다. 그러나 그 짧은 영광의 순간들은 곧 무거운 압박으로 변해 갔다.

킵스가 헬렌과 약혼한 이후, 그는 상류 사회의 식사 자리와 모임, 기묘하게 지적인 대화들 속에서 늘 한 템포 늦게 따라가는 사람으로 남았다. 그의 농담은 어색하게 빗나갔고, 단어 선택은 늘 어설폈으며, 그가 "성공한 사람"

으로 대접받을수록 내면의 위축감은 더 커졌다. 그런 와중에 어린 시절의 친구 앤과의 재회가 일어난다. 뉴 롬니의 평범한 길목에서, 하녀 신분의 앤을 다시 마주치는 장면은 2권 전체의 정서적 축을 형성하는 순간이었다. 둘은 예전의 반쪽 6펜스 동전 이야기를 떠올리며 자연스럽게 웃음을 터뜨리고, 잠시 동안 킵스는 유산을 받기 전의 자신—투박하지만 솔직했고, 미래에 대해 막연하게나마 꿈을 꾸던 소년—으로 돌아갔다. 이 만남 이후, 그는 헬렌 곁에 있을 때마다 앤의 얼굴을 떠올리며 자신이 진정으로 어디에 속해 있는지, 누구와 함께 있을 때 안도감을 느끼는지를 자꾸 묻게 되었다.

동시에 이야기의 다른 축에서는 돈의 문제, 즉 유산의 운명이 진행되고 있었다. 킵스는 헬렌의 동생과 그 주변 인물들이 권하는 투자에 휘말려 합자회사의 주요 투자자가 되었다. 2천 파운드라는 거액이 그의 이름으로 거래되었고, 그는 그것이 무엇을 의미하는지도 제대로 모른 채 서명했다. "아무 일도 나와 상의하지 않고는 하지 않겠다고 약속해 달라"는 헬렌의 말 앞에서, 그는 이미 자신이 함정에 걸려들었다는 느낌을 어렴풋이 받았다. 밤에 잠을 이루지 못하고 뒤척이면서, 그는 옆방 어딘가에 있을 것만 같은 헬렌의 얼굴과 동시에, 노란 바다양귀비 사이에서 웃고 있던 앤의 모습을 함께 떠올렸다. 그때부터 그는 자신이 더 이상 헬렌을 사랑하지 않는다는 사실, 그리고 앤을 원하고 있다는 사실을 점점 분명하게 깨닫게 되었다.

2권의 중반부는 바로 이 갈등—약혼이라는 사회적 약속과, 앤을 향한 개인적 사랑 사이의 균열—을 따라가며 전개되었다. 킵스는 앤에게 다가가려 했지만, 한때 자신을 향해 마음을 열었던 그녀는 그를 냉정하게 밀어냈다. 귀부인의 집 하녀로 일하는 앤에게, 이제 부자가 되어 다른 여성과 약혼한 킵스는 쉽게 받아들일 수 없는 존재였다. 문간에서의 짧은 대화, 문이 코앞에서 쾅 닫히는 순간, 그리고 "그 사람은 조금 취한 것 같아요. 잘못된 이름을 찾더군요"라는 앤의 말은, 두 사람 사이에 깊어진 거리와 상처를 상징적으로 보여주었다. 그럼에도 킵스는 포기하지 못했다. 부엌으로 내려가는 지하문을 통해 앤에게 찾아가, 오래전의 반쪽 6펜스를 내보이며 "내가 바보였다"고 고백하는 장면은, 이 소설에서 가장 인간적인 순간 가운데 하나로 읽히었다. 그가 "넌 나와 결혼해야 한다"고 말할 때, 그 말에는 신분 상승의 꿈도, 부자가 되었다는 자부심도 남아 있지 않았다. 그저 한 인간이 다른 인간에게 다가가고자 하는 절박함만이 남아 있었다.

그러나 개인적 사랑의 선택이 곧바로 삶의 안정을 보장해 주지는 않았다. 킵스와 앤이 마침내 서로를 선택하고 결혼을 향해 나아가는 동안, 그의 유산은 점차 사라지고 있었다. 무책임한 투자와 젊은 월싱엄의 투기 끝에, 그의 돈은 어디론가 사라져 버렸고, 그는 자신이 이해하지도 못한 채 "수렁" 속에 빠졌음을 깨달았다. 그 과정에서 웰스는 킵스를 단순한 피해자가 아니라, "가진 것의 가치를 몰랐고, 현실을 외면한 채 허황된 세계를 꿈꾸다 제대로 한 방 얻어맞은 사람"으로 그려냈다. 격앙된 욕설과 절망 속에서도, 킵스는 다시 일어서야 한다는 사실을 받아들인다. 이제 그 앞에 남은 선택지는 단 하나였다. 앤과 함께, 다시 노동과 소박한 일상의 세계로 돌아가는 것이었다.

후반부에서 두 사람은 작은 가게를 꾸리고, 빚을 갚으며, 빠듯하지만 서로에게 의지하는 삶을 시작한다. 한때 부자였던 기억은 이제 "세상은 전혀 달라지지 않았는데 공만 왔다 갔다 했던 볼링"처럼 느껴질 뿐이었다. 돈은 왔다가 사라지지만, 가게는 자리를 지키고, 일상의 노동은 사람을 땅 위에 단단히 붙들어둔다. 마지막 부분에서 킵스가 "오만 파운드가 있어도 이 가게를 접지 않겠다"고 말하는 대목은, 이 소설 전체가 도달한 정점을 보여주는 문장처럼 읽혔다. 그것은 패배의 선언이 아니라, 자신이 진정으로 어떤 삶을 원하고, 어떤 곳에 속해 있는지를 깨달은 사람의 고백이었다.

H. G. 웰스는 흔히 '과학소설의 아버지'로 알려져 있지

만, 그의 문학 세계는 단순한 공상이나 예언을 넘어 사회 비판적이고 현실적인 문제의식으로 가득했다. 1866년 영국 켄트에서 태어난 그는 하층민 가정의 아들로서 어린 시절부터 빈곤과 계급 차별을 몸소 겪었다. 그 경험은 그가 평생 탐구한 주제—계급, 교육, 노동, 사회 개혁—의 토대가 되었다. 웰스는 과학과 기술이 인간 사회를 변화시킬 것이라는 진보적 믿음을 지녔지만, 동시에 그 변화가 인간성을 위협할 수 있다는 경계심도 잃지 않았다. 『타임 머신』, 『보이지 않는 인간』, 『우주전쟁』 같은 작품이 기술 문명에 대한 상상력을 보여준다면, 『킵스』와 『러브 앤드 미스터 루윈』은 훨씬 더 구체적인 현실—영국 사회의 계급 구조와 인간적 존엄—을 정면으로 응시한 작품이었다.

웰스가 『킵스』를 집필한 1900년대 초 영국은 산업혁명 이후 새로운 중산층이 등장하고, 교육과 직업의 기회가 넓어지던 시기였다. 그러나 계급 제도는 여전히 견고했고, '사회적 상승'은 개인의 노력만으로는 완전히 달성할 수 없는 신화에 가까웠다. 웰스는 이 소설을 통해 바로 그 신화를 풍자했다. 그는 신분 상승을 꿈꾸는 이들이 부딪히는 보이지 않는 장벽을 적나라하게 드러내며, 그러한 욕망이 인간을 얼마나 왜곡시키는지를 보여주었다. 헬렌과 그 가족이 상징하는 교육받은 계층의 세계는 세련되고 우아하지만, 동시에 가난한 출신의 킵스를 끝내 '동화되지 못한 이방인'으로 남겨 두는 공간이었다.

사상적으로 웰스는 사회주의에 깊은 관심을 가진 진보적 사상가였다. 그가 말하고자 했던 것은 추상적인 혁명이 아니라, "모든 인간이 존엄을 가진 존재로 살아갈 수 있는 사회"였다. 부와 신분, 교육의 격차가 인간의 가능성을 가로막는 현실을 비판하면서도, 그는 노동과 소박한 삶 속에서 발견되는 기쁨과 연대를 긍정했다. 이러한 사상적 배경은 『킵스』의 결말에 고스란히 반영되었다. 킵스가 상류사회의 세계에서 밀려나 다시 작은 가게를 꾸리게 되는 과정은, 겉으로 보면 몰락의 서사처럼 보이지만, 웰스의 시선에서 그것은 오히려 '제자리 찾기'에 가까웠다. 진정한 존엄은 남이 부여하는 호칭이나 계급이 아니라, 자신의 노동과 관계 속에서 스스로 삶을 꾸려가는 데서 온다고 그는 믿었다.

문체 면에서 『킵스』는 웰스의 장점이 잘 드러나는 작품이었다. 그는 단정하고 명료한 문장 속에 풍자와 유머를 절묘하게 섞어 넣었다. 인물의 대사는 현실적이면서도 계급적 어투의 차이를 세심하게 반영했고, 서술은 아이러니를 통해 독자에게 끊임없이 생각할 여지를 남겼다. 킵스가 상류사회의 언어를 흉내 낼수록 문장은 어색해지고, 다시 가난한 일상으로 돌아올수록 말이 자연스러워지는 변화는, 웰스의 사회언어학적 감각이 얼마나 날카로운지 보여주는 좋은 예였다. 그는 도덕을 설교하는 대신, 인물의 말투와 상황만으로도 누가 진실되고 누가 허위에 가까운지를 드러내 보였다.

『킵스』는 결국 한 개인의 실패담이 아니라, '인간다운 삶'에 대한 조용한 예찬이었다. 웰스는 독자에게 화려한 성공보다 진실한 존재의 가치를 선택하라고 속삭였다. 부와 교양, 사회적 성공이 인간의 존엄을 보장해주지 못한다는 사실은, 오늘날의 독자에게도 여전히 유효한 메시지이다. 킵스가 겪는 우왕좌왕과 후회, 선택과 재시작의 여정은 곧 우리 모두가 살아가며 겪는 자기 인식의 과정과 크게 다르지 않다. 그래서 『킵스』는 20세기 초 영국의 사회소설이면서 동시에, 시대를 뛰어넘어 지금 여기의 독자에게도 말을 걸어오는 인간의 이야기로 남게 되었다.

2025년,
마이너스

작가 연보

1866   9월 21일, 영국 켄트 주 브롬리에서
하층 노동계급 가정의 셋째 아들로 태어남.
아버지는 크리켓 선수이자 잡화점 운영자였고,
어머니는 대저택의 가정 하녀로 일함.

1874   다리를 다친 후 긴 병상 생활 동안 독서에
몰두하며 문학적 관심을 키움.
이 시기 '독서로 세계를 배우는 경험'을
훗날 여러 글에서 강조함.

1877   아버지의 경제적 몰락으로 집안을 돕기 위해
견습 직공, 서점 점원 등 다양한 직업을 전전함.
이 노동 경험이 《킵스》와 《러브 앤드 미스터 루
윈》 같은 계급 소설의 기반이 됨.

1883-1887	장학금을 받아 '노멀 스쿨 오브 사이언스' (현 임페리얼 칼리지 런던)에 입학. 저명한 생물학자 토머스 헉슬리에게 직접 수학하며 과학적 사고와 인문적 비판 정신을 함께 흡수. 이 경험이 그의 진보주의·과학주의 세계관의 핵심을 형성.
1888-1893	중등학교 교사로 일하며 생계를 유지하는 한편, 저널리즘과 단편소설을 쓰기 시작함.
1895	《타임머신(The Time Machine)》 발표. 첫 장편이자 대성공을 거두며 웰스를 세계적 작가로 만들었고, 본격적 '과학소설의 개척자'라는 명성을 얻음.
1896-1901	《모로 박사의 섬》(1896), 《투명인간》(1897), 《우주전쟁》(1898), 《최초의 인간들》(1901) 등 대표적인 공상과학 소설을 연이어 발표.

과학기술·진화론·문명 비판을 문학적 장르로 흡수하며 독창적 세계관 구축.

1905 사회주의적 비판 정신을 담은 대작 《근대 유토피아(A Modern Utopia)》 발표.
이후 소설뿐 아니라 사회평론, 역사서, 미래 예측 논문을 활발히 씀.

1909-1910 계급 문제와 인간적 존엄을 다룬 사실주의 계열 작품들 발표.
《킵스(Kipps)》(1905 출간이지만 이 시기 재조명), 《러브 앤드 미스터 루윈》 등을 통해 "사회소설가 웰스"의 면모 확립. 중산층의 허위, 계급 이동의 환상, 교육의 문제 등을 본격적으로 다룸.

1914-1918 제1차 세계대전 발발 후 반전·평화주의적 글쓰기 강화. 《세계가 자유로워질 때(The War That Will End War)》 등 정치적 저술 집중.

1920-1930	국제연맹 지지, 세계정부 구상 등 진보적·세계주의적 정치사상 발전. 인류 공동의 미래, 교육 개혁, 사회 구조 변화의 필요성을 피력. 여러 나라를 방문하며 지식인·정치가들과 교류.
1933	《레닌 방문기》 출간. 소련 방문 경험을 기록하며 당시 세계 질서를 비판. 사회주의 이상을 지지했으나, 전체주의·권위주의에는 비판적 태도를 유지.
1938	말년에 가까워지며 문명 비관론이 강화됨. 《신세계 질서(The New World Order)》 등에서 세계적 연대의 필요성을 강조.
1941	자서전 《Experiment in Autobiography》 개정판 출간. 자신의 생애, 사상, 문학적 여정을 집대성.

1946   8월 13일, 런던에서 사망.

사상가·미래학자·소설가로서 20세기 문학과 사

유에 거대한 영향을 남김.

킵스: 어느 순박한 영혼의 이야기 2

초판 1쇄 발행 2025년 11월 27일

지 은 이	허버트 조지 웰스
옮 긴 이	마이너스
펴 낸 이	송누리
편 집	강영은
디 자 인	강영은
마 케 팅	김경래, 최승윤
펴 낸 곳	해밀누리
등록번호	제2024-000196호
등록일자	2024년 8월 16일
주 소	서울, 마포구 성지길 25-11, 지층 1190호 (합정동)
메 일	haemilnuli@gmail.com
I S B N	979-11-7505-211-6 04840
I S B N	979-11-7505-209-3 (세트)